마음이 머문자리

마음이　머문자리

임려원 지음

프로빙스

어릴 적 나의 모습을 상상해 보면 '조용한 아이'의 이미지가 가장 어울렸다. 말 없고, 존재감 없이 사는 게 내 옷이라 여겼던 내가 종일 누군가와 말을 하는 직업을 갖게 될 줄은 꿈에도 몰랐다. 상담을 하고 강의를 하는 동안 더 많은 사람들과 마음 이야기를 하고 싶은 욕구가 생겼다. 그게 바로 책이었다.

봄이면 살구꽃이 예쁘게 핀 시골에서 중학교 때까지 살았다. 우리 동네가 예쁜 동네라는 걸 중학교 1학년 때 가정방문 오신 담임선생님을 통해 알았다. 학기 초에 집으로 방문오신 선생님의 담당과목이 국어였다. 선생님은 동네 입구에 들어오시자마자 이런 말을 했다. '와… 이렇게 예쁜 살구꽃이 피는 동네에 살아서 려원이가 글 쓸 맛이 나겠구나.' 선생님의 말씀을 듣고 나서야 '우리 동네에 살구꽃이 예쁘게 피었구나. 내가 그 영향을 받아서 글쓰기에 관심이 생겼구나'하는 생각이 오랫동안 남았다. 그 당시 글이라 해봤자 날마다 일기쓰는 정도였고 학교에서 가끔 글짓기 대회가 열릴 때 써봤던 정도였다. 선생님께서는 무심코 말한마디 뱉었을지 몰라도 내게 스며든 것은 따뜻한 마음이었다. 책이 뭔지도 모르고 살았던 내가 책을 읽고 글을 쓰며 사는 삶이 되기까지는 한 사람의 마음을 내 마음에 담았기 때문이었다.

40세가 넘어 대학원을 마치고 상담현장에 뛰어들었다. 내 수준으로는 이해가 잘되지 않는 책을 읽고 딱딱한 지식으로 쌓아올렸던 수 년의 세월이 지나고 보니 좀 쉽고 편안한 글을 써서 사람들과 나누고 싶었다. 마음이 편해야 몸이 편하고 몸이 편해야 마음이 편하다지만 몸 보다는 마음공부를 좀 더 했다는 이유로 마음에 대한 이야기를 천천히 써내려가고 싶었다.

상담실에서는 한 사람과 연결되지만 책을 통한다면 많은 사람들과 연결될 수 있다고 생각하니 책쓰기에 욕심이 생겼다. 마음이 머무는 길을 따라 걷다 보면 나와 당신의 이야기를 만날 수 있을 것이다. 마음이 번지듯 나와 당신이 어우러지고 서로에게 스며들기를 바란다. 마음이 흐르는 그대로에 머물며 마음의 온도가 같아질 때까지 기다릴 것이다.

상담사로서 경험이 쌓이면 사람들을 이해하는데 탁월한 혜안이 생기는 줄 았았다. 한쪽으로 치우치지 않고 그 누구도 평가하지 않으며 감정에 휘둘리지 않을 줄 알았다. 다른 사람들을 단번에 이해하고 그들의 문제를 한 쾌에 해결할 수 있을 거라는 허무맹랑한 희망은 환상이었다. 상담사가 되고 나서 해가 거듭날수록 누군가를 안다라는 말이 얼마나 무모한 말인가를 뼈저리게 느낀다. 상담사로 사는 나는 여전히 자기중심적이고 마음이 휘어지며 감정에 휘청이는 삶을 산다.

상담심리를 전공하고 상담전문가로서 자격은 얻었지만 과연 사람의 마음을 이해하는데 있어서 전문가라는 단어가 어울리나 싶다. 한 사람을 만나고 그 마음과 공명을 이루는 일은 지식과 기술로 되어지는 일이 아니었다. 살아온 이야기가 다른 사람이 만나 서로의 민낯을 드러내는 일은 기적이 아닐 수 없다. 매번 아낌없이 자신의 민낯을 드러내 주는 모든 사람들에게 감사를 표한다.

한 번도 가보지 않은 미지의 세계를 향해 나아가는 데는 서로를 향한 신뢰가 필요하다. 나를 찾는 모든 사람들에게 도움이 되고 싶었지만 욕심이었다. 도움이 될 거라 여겼던 마음의 한계를 체감할수록 좌절감이 깊어졌지만 사람 마음에 대한 관심은 진심이었다. 삶을 살아가는 내내 마음의 어떠함에 대해 공부하며 고민했다. 내가 알아가는 좋은 것들을 다른 사람도 알았으면 좋겠다. 내가 느끼는 좋은 것들을 다른 사람들도 느꼈으면 좋겠다. 좀 더 일찍 알아차리고 느낄 수 있다면 삶을 살아가는데 조금이라도 보탬이 될 거라 확신하기에 한 글자 한 글자 써 내려갈 수밖에 없었다.

사람의 마음이 어떤 형상으로 정형화 될 수 없지만 삶이 고통스러워지는 이유, 그럼에도 살아갈 이유와 방법이 있다는 것을 나누고 싶다. 하루를 살아가느라 분주한 마음과 걸음으로 놓치고 있는 것이 무엇인지 지독히 고민하는 '나'이기에 어느 누구든 붙잡고 이야기하고 싶었다. 자신이 원하는 삶을 선택할 수 있는 힘이 우리에게 분명히 있다는 것을 조심스럽게 찾아보려 한다. 내가 알아가는 자그마한 그 무엇이라도 다른 누군가와 나누기 위해서는 글을 쓰는 방법이 가장 나 답다고 여기며 한 문장 한 문장을 써 내려 갔다.

한참을 걸어가고 나서야 걸어온 길에 놓쳤던 소중한 것들이 떠오른다. 그때 그 사람에게 해주었으면 좋았을 법한 말 한마디, 그 때 용기를 내어 잡아야 했던 기회, 안타까운 보물들은 지나온 길에 있었다. 그렇다고 해서 뒤를 돌아보며 살 수만은 없는 일이다. 지금 걷고 있는 길, 앞으로 걸을 길에 놓여있을 새롭고 좋은 것들을 모르고 놓치는 일이 없도록 당신의 마음을 터치하고 싶다.

꾹꾹 눌러 쓴 한 문장들은 당신과 나에게 해주는 이야기다. 하소연 하고 싶은데 마땅히 말 할 곳이 없는 사람, 물어보고 싶은데도 마음속에 그냥 묻어두는 사람, 아무도 모르게 깊은 밤 홀로 웅크리며 앉아 눈물 훔치는 사람, 이거 하나만 알았어도 삶의 무게가 가벼워질 수 있었을텐데라는 아쉬움을 가진 사람, 그런 사람들과 나누고 싶은 이야기들을 서툰 솜씨로 엮어보았다.

이 책을 펼쳐 든 누군가의 마음에 이 마음 한 자락 스며들기 바란다. 스며든 마음이 번져 조금이라도 편안해지기를 바란다. 다른 사람의 마음은 어쩌지 못하지만 적어도 내 마음 하나는 살펴볼 수 있게 여유를 갖고 열어 보기 바란다. 삶을 통째로 바꿔버리는 방법을 나는 모른다. 그러나 오늘을 사는 나, 지금 이 순간의 나에게 작은 변화를 줄 수 있는 방법은 소개해 줄 수도 있지 싶다. 그때는 몰라서 지나쳤지만 지금이라도 당신 마음에 말을 걸어 바라는 그 무엇들이 선명히 보이기를 바란다. 아무렇게나 풀어놓은 내 물음에 당신이 대답해 준다면 당신이 찾는 마음의 시선은 오롯이 당신을 향해 있을 것이다.

2023년 늦은 봄
임려원

contents   머리글   5

제1장

마음이 번지듯이

삶의 불공평함 속에
진정한 공평함이 있어요

결혼 이후 아이를 낳은 후부터 공부를 시작한 나는 20대의 나이에 대학원에 다니는 미혼의 학생들이 부러웠었다.

'쟤네들은 참 좋겠다. 부모님이 주는 학비로 저 나이에 학교만 다녀도 되고… 복도 많다.'

어디까지나 내 입장에서 드는 생각이었다. 그들도 나름 학비를 버느라 고군분투할 수도 있고, 남들이 알 수 없는 고민이 있었겠지만 겉으로 보기에 그들의 조건이 참으로 부럽기만 했다.

나는 이렇게 어려운 조건에 있는데, 다른 사람이 가진 조건은 왠지 좋아 보이고 멋있어 보이고 쉬워 보일 때가 있다. 이런 기분이 들 때면 삶이 참 불공평해 보이고 부조리해 보이기까지 하다.

내가 선택하지 않은 내 부모님과 내 양육환경 및 조건들이 이에 해당된다. 인생 대부분은 내가 선택하지 않은 것들과 더불어 시작된다. 부모를 선택해서 태어난 사람은 아무도 없지 않은가? 나라를 선택해서 태어난 사람은 아무도 없지 않은가? 우리나라는 사계절이 있는데 계절을 선택해서 태어난 사람은 아무도 없지 않은가? 특히 나는 추위를 잘 타는 편이니, 선택할 수만 있었다면 겨울에 태어나지 않았을 것이다. 그러나 나는 추운 계절에 태어났다.

모든 사람의 조건은 같다. 선택할 수 없는 불공평한 조건으로 삶이 시작되었고, 그 삶은 누구에게나 공평하게 제공되는 것이다. 이러한 조건은 사람이든 자연이든 가릴 것 없이 동일하게 적용된다. 살아있는 생명은 모두 같다.

자신이 가지고 있는 지금의 조건들 중에서 선택할 수 있었다면, 과연 당신은 어떤 선택을 했을까? 지금 가지고 있는 것들을 그대로 가질지 아니면 더 좋은 것들을 가지려는 선택을 할지 고민이 될 것이다. 아마도 지금의 조건보다 더 나은 조건들을 택하려고 노력할 것이라는 점은 분명하다. 그러나 안타깝게도 그러한 선택의 기회는 태어날 때 주어지지 않는다. 이것이 바로 불공평함이다. 이러한 불공평함이 투정이 되면 불만이 되어 당신의 발목을 잡게 된다. 그러나 어차피 우리가 선택하지 않은 조건대로 태어나며 살아가야 하는 게 인생이다. 다행스러운 점은 이러한 조건이 누구에게나 공평하게 주어진다는 것이다. 얼마나 다행스러운 일인가. 그 누구에게도 거스르지 않는 공평한 조건이니 말이다.

우리가 태어난 인생의 조건은 어쩔 수 없는 수동적인 조건일 수밖에 없다. 그러나 그 이후의 삶은 그 조건을 당신이 받아들이기만 한다면 얼마든지 선택지가 널려있다. 씨앗은 온도가 어느 정도 맞고 최소한의 물만 있다면 포장도로나 바위틈, 돌 벽 사이에서도 싹을 틔워 생명임을 증명해내지 않던가. 어디에 부려졌다고 탓하지 않고, 자신에게 주어진 자리에서 자신에게 주어진 모든 생명의 자원들을 끌어 모아서 뿌리를 내리기 위해 애쓰고 꽃을 피워 씨를 퍼뜨리지 않던가. 이들은 자신들의 불공평한 조건을 기꺼이 받아들였다.

어떻게 이래요. 왜 우리 집만 이렇게 안 좋은 일이 생겨요.
누군가가 지켜보고 있다가 내가 뭔가 새롭게 하려고 할 때마다 못하게 막는 거 같아요.
삶이 너무 가혹해요. 너무 불공평해요.

매번 그는 상담실에 와서 비통한 마음을 쏟아냈다. 그의 무겁고 버거운 삶을 누구보다도 잘 알기에 섣불리 무슨 말을 하기가 어렵다. 그도 힘을 내고 싶지만 극한 한계에 부딪히고 연속적으로 어려움에 노출되다 보니, 자신이 처한 조건을 좀처럼 받아들이기 힘들 것이다. 이런 상황에서 어찌 삶이 원망스럽지 않을 수 있을까.

조건이 더 낫기를 바라고, 더 나은 조건을 가진 사람이 부럽기만 할 것이다. 그러다가 더 심해지면 세상이 자신을 버린 것 같은 느낌이 들 수도 있고, 삶이 덧없게 느껴질 수도 있다. 하지만 내가 선택할 수 없는 조건이라면 원망하거나 탓한다고 해서 해결되지 않는다. 뼈아픈 말이지만 더 나락으로 빠지는 길이다. 우선 받아들이는 것이 먼저이다. 그런 다음 무엇을 선택할 수 있는지에 대한 고민을 해볼 만하다.

마음의 선(線)이
필요해요

함께 있으되 거리를 두라.

그래서 하늘 바람이 너희 사이에 춤추게 하라.

칼릴 지브란의 '함께 있으되 거리를 두라' 중에서

대부분의 심리적인 문제는 시간이 흐름에 따라 자연스러운 과정을 거쳐 사라지는 경우가 많다. 그러나 성격장애는 그 사람의 성격이라는 이유로 사라지거나 변하기가 어렵다. 절대 불가한 것은 아니지만 다른 심리장애에 비해 접근이 어렵다고 말할 수 있다. DSM-5에서 성격장애를 크게 3개의 군(A군, B군, C군)으로 나누고 있는데, 그중 B군에는 경계선(성) 성격장애(경계선 인격장애)가 있다. 경계성 성격장애는 타인과 자신에 대한 좋고 싫음이 너무 극단적이거나 충동적이어서 그 정서가 매우 불안정한 특징이 있다.

내가 좋아하는 남자 친구, 나와 결혼한 배우자, 나의 소중한 사람들에게 버림받을까 봐 맹목적으로 매달리다가 갑자기 반대로 폭언과 폭행을 일삼기도 한다. 상대방을 자기 곁에 붙잡아두기 위해 극단적 시도를 일삼기도 하는데, 자살이나 자해를 시도하기까지 한다. 이런 행동을 시도하는 이들은 순간의 감정에 압도되어 판단력을 잃고 잠시 동안이지만 망상과 해리 증상까지 보인다.

인간관계에 있어서 선(線) 지키기가 미숙할 때 뜻하지 않는 어려움을 겪게 된다. 나는 오랫동안 상담심리분야에 머무르면서 '선만 잘 지켜도 많은 사람들의 마음이 아프지 않을 텐데…'라는 생각을 해왔다. 지나치게 타인에게 다가가는 사람, 타인이 자신의 영역에 지나치게 침범하는데도 침묵하는 사람, 그들은 선을 넘나들며 서로를 힘들게 했다.

속마음은 거절하고 싶은데 '좋다'는 말이 먼저 튀어나와서 난감한 적이 있는가? 이러한 경험의 이면에는 자신의 욕구보다 타인의 욕구를 우선적으로 생각함으로 인한 결과이다. 내가 굳이 나서지 않아도 되는 일에 뛰어들어 조언이라는 명목으로 간섭하거나 훈수를 두는 경우도 흔하다. 또는 타인에게 도움을 청하는 방법이 서툴러서 많은 일들을 혼자서 끙끙거리며 해내는 사람들이다. 이런 성향을 지닌 사람들 또한 적절한 선 지키기가 서툴다.

보웬이라는 심리학자는 건강한 경계선의 예를 가족 간의 관계에 있어서 '자아 분화'의 개념으로 설명하였다. 자아 분화란 개인이 자신만의 고유한 방식에 의해 기능함으로써 자신과 타인 간의 관계에서 분화가 원활한 것을 말한다. 자아가 분화된 사람들은 불안이나 스트레스 상황에서 지적 과정과 감정 과정을 분리시켜 충동적이지 않다. 즉, 자신만의 가치, 주도성에 의해 사고하고 계획하며, 반응할 수 있다는 말이다. 반대로 융합적인 사람들은 자아의 분화가 미흡하여 타인의 비위를 맞추려고 애쓰거나, 타인의 인정을 얻기 위해 끊임없이 노력한다. 하지만 노력하는 과정 내내 불안하여, 자율성이 떨어지고 의존적이며 비합리적 사고로 상황을 바라보고 결정한다. 결국 불안이 높은 이유 중 하나는 자아 분화가 제대로 이루어지지 않은 결과로 볼 수 있다.

마음의 선(線)이 적절하게 형성된 사람의 특징과 자아 분화가 잘 된 사람의 특징은 유사하다. 이런 사람은 자신의 경계가 잘 유지되고 있으며, 자신에게 주도권이 있어 자신이 주체가 되는 삶을 살아간다. 이러한 경계가 건강한 사람은 타인과의 관계에서 자신의 영역과 타인의 영역을 잘 구분한다. 무분별하게 경계를 넘나들면서 자신과 타인과의 관계를 해칠 가능성이 낮기 때문에 윤택한 삶을 지속할 수 있다.

나는 형제가 많다. 내가 막내로 태어났을 때 엄마는 40세를 앞둔 나이였고, 몸은 아픈 곳이 많아 하루를 힘겹게 살아내던 분이셨다. 이로 인해 나는 어릴 때부터 '엄마를 내가 돌봐야 해, 엄마를 속상하면 안 돼.'라는 생각을 자연스럽게 하며 자랐던 것 같다. 내 인생의 목표는 오로지 엄마를 기쁘게 하는 일이 되었고 '엄마가 나를 통해 웃었으면 좋겠다.'라는 생각 속에 모든 삶의 방향을 잡고 결정을 내렸다. 4년 전 엄마가 돌아가시기 전까지 나의 모든 관심사는 엄마를 돌보는 일이 되었다. 나는 어쩌면 오랫동안 나의 고유한 선(線)을 찾지 못했던 거 같다. 엄마가 실망하는 모습을 보지 않기 매번 노력했고, 나의 감정을 솔직하게 표현하지 않았다. 나의 감정들은 제 때에 해소되지 못한 채 마음속 깊은 곳에 자리를 잡았다. 자식들 때문에 속상해하는 부모님을 보며 마음을 졸였고, '저러면 안 되는데…'하면서 더욱더 부모님의 기쁨조 역할을 하기 위해 애썼다. 엄마와 가족들을 위해서는 언제든지 달려갈 준비를 하며 살았다.

결혼하고 아이를 낳고 대학원을 다니는 중에도 엄마와 가족들은 나에게 우선순위였다. 상담심리를 공부하며 오랫동안 내면의 탐색 과정을 경험한 후에야 비로소 가족들과의 경계가 명확하지 않았다는 사실을 알게 되었다. 그동안 가족들과 특히 엄마에게 쏟아 부었던 나의 정성과 시간들이 나름 버거웠고, 그리고 나 스스로에게 얼마나 미안한 일인지를 알게 되었다. 이러한 '아하 경험'을 하게 된 후 나는 나 자신에게 사과했다. 마음을 다잡고 건강한 선을 찾기 위해 내 삶을 좀 더 챙기기 시작했다. 미묘하게 달라진 내 모습을 보며 약해진 노모는 서운하게 생각하는 듯 보였다. 그러나 나의 삶을 지나치게 희생하면서까지 엄마와 융합하려는 삶은 결코 바람직하지 않다는 것을 안 이상 되돌아갈 수는 없었다. 나를 책임질 사람은 오직 나뿐이다. 내가 그토록 매달리던 엄마도 아니며, 내 돌봄이 필요하다 여겼던 가족은 더더욱 아니다. 우리는 각자 자신의 삶을 책임질 수 있을 만큼 지면서 사는 것이다.

건강한 선을 갖고 있지 않은 사람은 '내가 이렇게 말하면 상대방이 상처받을까 봐 말을 못 하겠어요.'라고 말한다. 자신이 생각한 바를 상대방에게 표현하면 관계에 좋지 않은 영향을 미칠까 봐 자신의 생각과 결정을 외면한다. 자신의 필요보다 타인의 필요를 채우며 자신이 꽤 괜찮은 사람임을 증명하고자 한다. 주변 사람들을 향한 책임감을 과도하게 느끼는 사람, 도움을 줘야 마음이 편한 사람들은 자신의 감정과 상황은 뒷전으로 놓는다. 물론 인간은 인정받고 싶은 욕구를 기본적으로 확보하고자 하는 속성이 강하지만 선(線)을 지키면서도 얼마든지 가능하다.

나는 과거에 엄마를 챙겨야 한다는 부담감을 많이 가졌던 모양이다. 다른 형제들이 있음에도 불구하고, 내가 그 일을 해야만 한다고 고집했고 내가 제일 열심히 엄마를 봉양하는 줄 알았다. '자식이라면 이러는 게 당연해.'라는 사고방식을 옳다 여기며 살았다. 내가 적절한 경계선을 확보하기 시작하자 가족의 역동은 변하기 시작했다. 해왔던 일을 내려놓자 다른 언니가 그 일을 분담하기 시작했고 저마다 자녀로서의 역할을 톡톡히 하고 있었다. 오히려 나보다 더 엄마를 향한 마음이 진심이었다는 사실을 그제서야 깨닫게 되었던 것이다. 내가 모든 걸 다 도맡아야 한다는 과도한 충성심은 조심해야 한다. 앞장서서 일을 도맡지 않아도 충분히 나는 괜찮은 자녀였는 데 말이다. 적절한 선의 회복은 나와 가족들의 회복을 가져왔고, 그 누구도 원망하지 않는 편안함을 가져왔다. 내가 엄마와 가족들에게 헌신하지 않으면 금방이라도 무너져 나쁜 일이 생길 것만 같은 두려움은 허상이었다.

자신이 과거의 경험한 것으로 인해 현재와 미래를 망칠 수는 없다. 자기가 원하는 것을 분명하게 인식하고 표현하는 것은 자신을 존중하는 일이다. '무엇을 거절하고 무엇을 이야기해야 할지 잘 모르겠어요.'라고 말하는 사람이 있다. 그러나 타인과의 관계에서 자신이 어떻게 하고 싶은지 아는 사람은 자신밖에 없다. 천천히 자신의 욕구를 알아차리는 과정을 견디면 자연스레 알아질 때가 온다. 해보지 않았던 무언가를 시도하는 일은 서툴 수밖에 없다. 나 또한 그랬다. 늘 엄마를 전적으로 맡아왔던 일을 놓는 것이 불편했고 죄짓는 것 같았다. 부모를 향한 과한 돌봄욕구는 부모자녀 간 경계를 위협했다. 내가 아니었더라도 언니와 오빠는 엄마를 잘 챙겼고 돌봤는데도 그때는 그 모습이 보이지 않았다. 이는 아마도 내가 자녀로서의 선을 넘어섰기 때문이리라.

　다른 사람의 생각과 자신의 생각이 다르면 '아니요.'라고 표현해도 좋다. 그 표현으로 인해 상대방이 어떠한 반응을 보일까에 대한 염려보다는 자신의 감정을 소중히 여겨야 한다. 더 이상 주도권을 타인에게 주지 말고 당신이 소유해야 한다. 왜냐면 바로 당신 것이기 때문이다. 당신이 아무리 타인의 기대에 부응하려고 노력하려 해도 완벽한 성공은 없다. 당신은 절대로 타인을 완벽하게 만족시킬 수 없기 때문이다. 당신 삶의 주인은 당신이다.

　선을 지킨다는 것은 변화를 위한 선택권을 당신 자신이 가진다는 것이다. 타인의 삶을 사느라 내 삶을 내버려 두면 안된다.

생명은
서로 기대면서 존재해요

생명은 그래요.

어디 기대지 않으면 살아갈 수 있나요?

공기에 기대고 서 있는 나무들 좀 보세요.

우리는 기대는 데가 많은데

기대는 게 맑기도 하고 흐리기도 하니

우리 또한 맑기도 흐리기도 하지요.

비스듬히 다른 비스듬히를 받치고 있는 이여

정현종의 시 '비스듬히'

의존 욕구는 태어나면서부터 시작된다. 전적으로 주양육자
에게 자신을 의탁해야만 살아갈 수 있기 때문이다. 어른이 되어
서도 마찬가지다. 의존하지 않으면 죽을 것 같고 불안하기 때문

에 믿을만한 누군가를 찾기 위해 끊임없이 애쓴다.

　의존하고자 하는 간절한 마음은 상대방이 자신을 절대 버리지 않을 거라는 확신이 들 때까지 지속되는데, 의존 욕구가 충분히 충족되었다는 증거는 무엇일까? 의존 욕구를 채워주는 부모 밑에서 자란 아이는 자신을 신뢰하고 세상을 신뢰한다. 충족된 의존 욕구를 발판 삼아 자신에 대한 자율성과 독립성을 획득하는 것이다. 프로이드를 추종하는 심리학자들이 중요시했던 어린 시절 양육자와의 경험에 비추어보면 의존 욕구는 생후 2년 이내에 채워져야 한다. 이 시기에 의존 욕구가 결핍되면 아이가 성장한 이후에도 여전히 엄마에게 매달리는 '껌딱지'가 된다. 부모에게 충분한 의존 욕구가 충족되지 않는 경우, 타인으로부터 애정 욕구를 갈망한다. 인간관계를 통해 자신의 의존심리를 채우기 위해 끊임없이 사랑을 갈구하는 경우가 이에 해당한다. 결국, 의존 성향이 지나치게 강해질 수 있다.

　사람은 태어나서 심리적 발달단계를 거친다. 그 첫 단계는 '기본적 신뢰basic trust'이다. 이 과업이 완수되지 않을 때, 사람이나 세상에 대한 불신감이 형성된다. 아이는 어릴 때 엄마가 잠시라도 눈에 보이지 않으면 불안하다. 아이는 아직 불완전한 존재이기 때문에 자신의 생존을 유지하기 위해서는 엄마를 향한 의존이 절실하기 때문이다. 이렇듯 양육자(대부분의 경우 엄마)가 어린 아이의 의존 욕구를 충분히 채워주느냐의 여부는 한 개인의 성장에 있어서 무시할 수 없는 요인이 된다.

사람에 따라 채워지지 않은 의존 욕구는 다양한 대상으로 나타난다. 어떤 사람에게는 나를 전적으로 받아줄 대상으로, 어떤 사람에게는 돈이나 권력으로 나타난다. 의존 욕구는 인간으로서 가장 최초로 가지는 욕구이기에 의미가 있으며, 발달 시기에 충분히 충족되지 못하면 불신으로 이어진다. 누군가를 신뢰하지 못한다는 것은 늘 타인에 대한 적대감을 초래한다. 인간관계에 있어서 개방적인 태도를 가지려 해도 자꾸 어긋나는 관계를 경험하게 되며, 타인에 대한 의심으로 끝없는 평행선을 걷는 듯 힘들기만 하다.

이 세상에 완벽한 부모는 없다. 때문에 완벽히 의존 욕구를 채워주는 부모도 거의 없다. 개개인의 피치 못할 사정이 있겠지만. 그렇다 해도 좌절된 의존 욕구를 피해 갈 수는 없다. 하지만 반가운 소식이 있다. 이러한 의존 욕구도 적절한 좌절optimal frustration을 통해 성장한다는 것이다. 건강한 자아상을 갖기 위해서는 내가 간절히 원하는 욕구라도 때로는 충족될 수 없다는 것을 받아들이면 좋다.

의존 욕구가 채워질 때 만족감을 얻으며, 결핍될 때 좌절을 느끼는 과정을 반복적으로 가짐으로써 아이는 성장한다. 이 때 지나친 좌절감은 아이의 성장을 방해하고 자신만의 상상의 세계를 만들게 된다. 그러나 지나친 충족이 제공된 경우, 현실을 제대로 인지하지 못하게 되어 오히려 성숙을 방해한다.

엄마는 자식에게 못줄 것이 없다. 자식이 원하는 모든 좋은 것을 주고 싶은 것이 엄마다. 그러나 엄마 자체는 불완전한 존재, 미숙한 존재이기에 아이의 욕구를 충족시키기에는 부족하다. 적절한 좌절을 통해 '내가 이 세상에서 사는 동안 어쩔 수 없는 결핍이 있을 수 있다.'라는 사실을 받아들이는 자세가 중요하다.

누군가에게 사랑받고 싶고, 기대고 싶은 의존 욕구는 인지상정이다. 당연한 욕구를 겸허히 받아들이고 서로의 의존 욕구를 나무라지 말자. 사람은 서로 기대어 사는 존재다. 기대어 사는 삶은 사람답고 우리답고 나답다.

패배자 코스프레

‘코스프레’라는 조어(造語)가 있다. ‘피해자 코스프레하고 있네.’ ‘~가 ~코스프레하네.’라는 말을 심심찮게 들을 수 있는데, ‘어떤 대상에게 ~인 척 보이려는 행동’을 묘사하는 표현이다. ‘코스프레’는 1970년대에 일본에서 애니메이션이나 게임에 등장하는 복장을 하고 그 캐릭터를 흉내 내는 행위를 지칭하는 말이었다. 의상을 뜻하는 costume과 놀이의 play를 합성한 단어로서, 쉽게 말하자면 ‘따라서 한다.’ ‘모방한다’ 정도의 의미이다. 긍정적인 의미로도 사용이 될 법하지만, 부정적인 말로 더 자주 사용되는 듯하다.

어떤 일을 함에 있어서 ‘나는 어차피 안 될 거 같은데…’라며 비관적으로 말하는 사람이 있다. 하고 싶은 마음이 들다가 ‘하기 싫어.’라는 주문을 거는 격이다. 이러한 부정적 내적 언어가 시작되면, 하지 말아야 할 이유를 찾게 될뿐더러, 해서는 안 될 것 같은 침습된 생각에 결국엔 시도도 못한 채 포기하게 된다. 요즘 세대들의 대화를 관찰하다 보면 극단적인 표현들이 자주 등장하는데, 그중 하나가 '망했다. 망했어.'라는 말이다. 무슨 말을 할 때마다 망했다는 말을 대화에 섞어 넣는 습관을 보노라면, '듣기만 해도 망한 기분이다. 이미 망했다고 인정했기 때문에 그 일은 망하는 쪽으로 방향을 틀 것이다.

'망했다'라는 말이 젊은 세대들의 습관적 용어로 자리 잡은데에는 나름의 이유가 있어 보인다. 시대의 흐름 자체가 빨라서 적응하기 버거울뿐더러, 성공할 확률보다 실패할 확률에 초점이 맞춰지다 보니 화풀이하듯 뱉어내는 것 같다. 수많은 자격증 준비, 시험, 평가 등 쉴 새 없이 증명해야 하는 인증과정도 한몫한다. 심지어 디지털 시대의 인증도 필수적이다. '어플' 하나 깔아도 클릭 몇 십 번을 통해야 하는 과정을 거치는데, 이러한 인증과정에서 생성되는 피로감이 만만찮다. '내가 정말 나 맞습니다.'라는 사실을 증명하는 과정은 번거롭기 그지없다.

사람은 누구에게나 애정 욕구가 있게 마련이다. 당연한 욕구이지만, 이 당연함이 올무가 되어 사랑받지 않은 나를 인증하게 될까 봐 전전긍긍 불안할 때도 있다. 어릴 때 부모님이 나를 정성껏 돌봐주지 않았거나 상처받은 경험이 쌓인 경우, '부모의 사랑을 받은 나'의 인증에서 탈락하게 된다. 이렇게 되면 '부모도 나를 함부로 여겼는데 뭘….' '내 어릴 적 환경이 좋지 않아서….'라는 생각에 사로잡혀 어떤 일이나 관계를 시작할 때 발목 잡히게 된다.

어쩌면 발목 잡히는 것이 아니라, 스스로 발목을 내어준다는 말이 적절한 표현일 수도 있겠다. 일을 해낼 수 있을지, 좋은 관계를 유지할 수 있을지 겁부터 먹게 되는 것이다. 가부장적인 가풍에서 자란 사람은 패배자 코스프레가 자신도 모르게 자리 잡게 된다. 지금 자신이 처한 좋지 못한 상황에 대한 원인을 부모에게 두기 때문이다. 이쯤 되면 코스프레의 역공이 일어나게 된다. 자녀를 양육할 때 '나는 절대 엄마처럼 내 아이를 안 키울 거야.' '나는 절대 그렇게 안 살 거야.'라는 다짐을 하게 되어, 오히려 균형을 잃고 만다는 사실을 놓치면 안 된다.

이러한 불균형은 막연한 불안감과 죄책감으로 자리잡음으로써 건강한 부모가 되는 데 방해가 된다. '절대 그러지 말아야지.'라는 생각에 사로잡히다 보면, 지나치게 허용적이 되거나 지나치게 애만 쓰게 된다. 이러한 상황이 오래가다 보면 결국 지치게 되면서 자녀에게 부담스러운 부모가 되고 만다. 자신을 '나는 이 정도밖에 안 되는 사람이야.'라고 단정을 짓고 시작하면 당연히 그 정도에서 멈출 수밖에 없다. '나는 해 낼 수 있어.'라는 확신을 갖고 시작해도 그 목표를 이룰 수 있을지 말지 확신이 서지 않는 마당에, 부정적인 망언을 앞세워 일을 시작한다면 과연 자신이 원하는 결과를 얻을 수 있을까? 목표로 가는 과정에는 예측할 수 없는 방해꾼들이 숨어 있다.

    패배자 코스프레는 스트레스에 취약하다. 별것 아닌 스트레스임에도 불구하고 '힘들어.'라는 생각이 들게 되고, '내가 이렇게까지 하면서 이 일을 해내야 해?'라는 부정적 언어의 노예가 되고 만다. 인생을 살아가다 보면 수많은 좌절의 순간이 오고, '내 뜻대로 되지 않는 세상'임을 절감하는 순간들이 너무도 많다. 이런 절망적 순간을 버텨내기 위해서는 패배자 코스프레는 사양해야 한다. 그렇지 않으면 수많은 인증을 요하는 삶에서 자신감을 잃은 채 패배자가 되고 만다. 이 정도가 되면 코스프레가 아니라 정말로 그런 사람이 되어버린다는 말이다.

    파국화Catastrophizing는 흔히 재앙화 또는 부정적 과장의 사용되는데, 재앙화는 인지치료학자 아론 벡Aron beck의 주요 치료개념 중 하나이다(본 글에서는 파국화와 재앙화를 혼용해서 사용하겠다). 그가 말한 인지적 왜곡 중 하나인 재앙화를 통해서 개인 스스로 비극적인 삶의 주인공으로 만든다는 것이다. 재앙화는 자신이 두려워하는 사건에 대해 지나치게 과해석함으로써 최악의 결과를 예단하는 것인데, 오랫동안 누적된 무기력에 의해 오기도 한다.

    재앙화에 대해 어느 투자전문가의 강연에 빗대어 설명해 보겠다. 주식투자자들은 주식시장이 안 좋을 때마다 지나친 공포에 사로잡혀 합리적인 판단을 할 수 없게 된다는 것이다. 주식투자를 통해 자산을 증식해야겠다는 원대한 포부를 품고 시작한 사람은 시장의 원리에서 드러나는 부정적인 결과를 간과하게 된다. 그 결과, 시장의 변동성 속에 자신의 계좌가 점점 줄어들기 시작하면 심리적 압박을 이기지 못하고 자포자기하게 된다. 이러한 재앙화 사고는 더 좋은 투자기회를 놓치게 되고 자신을 '실패자'로 낙인찍기 때문에 특히 주의해야 한다.

다른 예로, 통증 파국화가 있다. '통증 파국화'는 자신에게 일어나는 고통과 아픔을 과다 해석하여 자신의 통증에 대한 태도를 무력하게 하고 통증에 집착하게 하는 것이다. 통증에 대해 지나치게 두렵게 생각한다든가 '결국 나는 이 통증에서 벗어나지 못할 거야, 더 심한 질병이 발생할 거야.'라는 생각에 정상적으로 기능했던 생활의 균형이 차차 깨져간다.

재앙화는 실제적, 합리적, 논리적인 사고가 아니기에 망상에 가깝다. 이러한 재앙화의 올무에서 벗어나기 위해서는 '지금-여기'에서 일어난 것들에 집중해야 한다. '지금-여기'로부터 벗어난 생각, 아직 일어나지도 않는 일에 대한 지나친 부정적인 생각이 든다면 당장 '멈춰!'라고 외쳐야 한다.

모든 해결책은 나 자신이 가지고 있다. 패배자적 사고는 모든 해결책이 내가 아닌 타인, 환경에 의해서라는 무책임에서 비롯된다. 책임감을 가진 사람이 되려면 어깨가 무겁고 머리가 지끈거리기 때문에 차라리 파국적인 생각을 함으로써 아무것도 하지 않으려는 태도를 취하게 되는 것이다. 책임지는 일은 두려운 일이라는 생각, 어떤 일을 완벽하게 해내야 한다는 지나친 사고가 '내가 감당하기에는 힘든 일이야.'라는 잘못된 해석을 하게 된다.

모든 것을 완벽하게 책임져야 한다는 생각을 버려야 한다. 그리고 모든 것을 책임질 수 있다는 생각도 버려야 한다. 모든 것을 책임질 수 있고, 모든 것을 완벽하게 해내는 사람은 존재하지 않으니 안심해도 좋다. '모든'이라는 단어 대신 '가끔' '할 수만 있다면'으로 바꿔서 생각하면 도움이 된다. '나는 책임지고 싶다. 그러나 경우에 따라서 책임을 질 수도 있고 못질 수도 있다. 그러나 나는 책임지기 위해 노력할 것이다.' 이런 식으로 책임감에 대한 무게에서 불필요한 부분을 제거함으로써 자신이 책임을 짊어질 수 있는 무게로 만들어야 한다.

뭔가를 새롭게 계획하는 순간 성취에 대한 기대감도 오지만 실패에 대한 두려움도 단짝이 되어 함께 움직인다. 이는 지극히 정상이다. 실패에 대한 두려움을 못 본 척, 내 감정이 아닌 척, 구석에 밀어 놓아서는 안 된다. '내가 지금 실패할까 봐 걱정하고 있구나, 그럴 수 있지. 나도 두려울 수 있어. 당연한 거야.'라며 자신의 감정을 그대로 인정해주자.

'패배자 코스프레'를 하겠다고 마음먹은 사람은 나 자신이다.

그러니 '패배자 코스프레'에서 벗어날 수 있는 사람도 자신뿐이다. 발생할 가능성이 희박한 것에 집중하기보다는 '지금-여기'의 장면에서 자신이 할 수 있는 것에 집중하는 태도가 필요하다. 자신의 삶은 그 누구 때문이 아니라 바로 나로 인해 재창조된다. 다른 사람이 나를 소중히 여기지 않더라도 적어도 나만은 나를 소중히 여겨야 한다.

'부모화' 된 아이는 슬퍼요

부모화Parental child는 지인이 박사학위 논문으로 쓴 주제이면서, 내가 개인적으로 부모화의 주인공이기도 해서 관심 있는 주제이다. 부모화라는 글자를 적어놓고 한참을 뚫어져라 바라보았다. 단어의 의미가 주는 느낌이 결코 가볍지 않기 때문이다. 지인이 건넨 논문은 질적 논문이었는데, 사례로 제시된 인물들의 모습이 바로 내 모습이기도 해서 단숨에 읽어 내려갔다. 공장에서 찍어내는 벽돌처럼 주인공들의 삶은 너무나도 닮아 있었다. 그래서 더 가슴이 아팠던 기억이 있다.

부모화라는 단어의 출현은 Boszormenyi-Nagy의 가족치료 이론에 등장하면서부터다. 부모화의 뜻은 자녀가 성장기의 과정임에도 불구하고 부모와 자녀의 역할이 바뀌어 자녀가 부모의 역할을 떠맡아하는 현상을 말한다. 부모화의 유형에는 가족 내에서 물리적 책임자 역할을 하는 물리적 부모화와 가족들의 정서적인 안정을 제공하는 역할의 정서적 부모화가 있다.

부모와 자녀가 관계를 맺는 과정에서 서로의 역할을 주고받는 것은 어쩌면 자연스러운 과정일지도 모른다. 그러나 이러한 역할 순환이 일시적인 것이 아니라 장기적으로 지속되는 경우, 아이는 지나친 책임감에 시달릴 수 있다. 지나친 책임감은 '아이로서의 아이다움'을 앗아가고 대인관계의 폭을 협소하게 하여, 다양한 사람들과 다양한 경험을 하는 데에 소극적이 될 수 있다. 왜냐하면 부모화 된 아이는 다른 사람에게 버림받거나 거절당할까 봐 두려워하며, 자신이 원하는 욕구보다 다른 사람의 욕구를 채우느라 지나치게 타인 중심의 관계를 맺게 되기 때문이다. 다른 사람을 신경 쓰고, 다른 사람을 기쁘게 해주고 만족시키는 관계를 지속하는 데에는 상당한 에너지가 소모된다.

다른 사람을 배려하고 돌보는 일에 익숙한 부모화 된 아이에게 문제가 있거나 결핍이 있는 사람에 대한 온정은 건강한 마음이라고 보기 어렵다. 과한 책임감으로 인해 일그러진 타인에 대한 관심은 병리적 의존 현상을 일으킬 수도 있기 때문에 조심해야 한다. 이들의 마음을 좀 더 들여다보자면, 타인을 돌보는 역할을 함으로써 자신의 존재를 확인하는 동시에 타인을 통제하고 싶은 욕구가 있다. 타인을 배려하는 마음이 인정받지 못하거나 배신당할 경우, 심한 분노가 치밀어 오를 수 있으며 세상이 밉고 싫어질 수 있다.

부모화된 아이에게 나타나는 다른 하나는 완벽주의다. 이러한 완벽주의 성향은 타인과의 친밀한 관계를 맺는데 방해물이 된다. 완벽주의는 흠이 없는 상태를 지향하고 과도하게 높은 수준의 기준을 정해놓기 때문에 기준에 미달이 되는 경우 매우 비판적일 수 있다. 자기 자신에게 과도한 완벽성 요구는 자기 지향 완벽주의, 다른 사람에 대한 완벽성 요구는 타인 지향 완벽주의, 다른 사람들이 자신에게 완벽하게 처신하기를 요구한다고 믿는 사회적 완벽주의라고 한다. 이러한 성향을 가진 부모화된 아이는 '내가 완벽하지 않으면, 내가 제대로 해내지 않으면, 내가 착한 사람이 되지 않으면… 나를 거부할 거야.'라는 두려움으로 인해 자신의 생각과 느낌을 다른 사람과 공유하지 않게 된다. 이러한 사람은 타인이 사소한 충고를 해도 지나치게 경계하고 방어적인 자세를 취하기 때문에 진실한 관계를 형성하는 데 어려움이 된다.

어릴 때부터 부모화의 경험에 익숙한 아이는, 집안에서도 열심히 뭔가를 해내기 위한 노력에 집착하고 사회적 인정을 얻기 위해 과도하게 애쓰게 된다. 일반적으로 자녀는 부모의 지지와 돌봄을 받으며 성장한다. 그러나 부모가 부모로서의 기능이 소진되고 고갈되었을 경우 오히려 자녀로부터 돌봄을 요구하게 된다. 이러한 요구가 타당하지 않음에도 불구하고 어린 자녀는 부모의 기대에 부응하기 위해 부모역할을 수행하게 되는데, 이러한 역할은 어른이 된 이후에도 영향을 미친다. 예를 들어 부모화 역할을 하며 성장한 사람이 결혼했을 때 '보이지 않는 충성심 Invisible Loyalty'을 갖게 될 수 있다. '보이지 않는 충성심'은 배우자의 역할이나 각자 자신의 부모님을 대하는 태도, 배우자의 부모님을 대하는 태도에도 상당 부분 영향을 미치게 된다. 다시 말해서 '보이지 않는 충성심'은 역기능적인 대인관계 패턴을 반복하려 하는 바람직하지 못한 유대감으로 해석할 수 있다.

돌봄이 필요한 어린 나이에 부모화를 경험한 아이는 집안 내에서 형제를 돌보거나 시장을 보고 청소를 하고 세탁하는 일도 하지만, 심한 경우 돈을 벌어 와야 한다거나 병든 가족을 돌봐야 하는 등 가족이 해체되지 않고 유지될 수 있도록 하는 물리적 책임감이 요구될 수 있다. 또한 부모화된 아이는 가족들의 위로자 역할, 정서적 지지자 역할, 가족의 갈등을 해결하고 중재하는 역할을 하기도 한다.

한국사회는 특히 다른 나라에 비해 부모와 자녀 간의 융합을 당연하게 여기는 문화를 가지고 있다. 부모-자녀 사이의 밀착력이 뛰어날수록 돈독한 가족관계로 인정받고, 가정 내에서 일어나는 일들을 아낌없이 공유하고 도움을 주고받는다. 그러나 이러한 문화가 자칫 잘못 기능하게 되면, 부모는 자녀를 자신의 소유로 여기게 되고 동일시 대상으로 삼게 되어 권위적인 부모역할을 고집하게 된다.

부모 입장
네가 내 자식이니까 이 정도는 해줘야지.
내가 너를 어떻게 키웠는데 이 정도도 못해?

자녀 입장
내 부모님이니까 이 정도는 내가 하는 게 당연해.
부모님을 속상하게 하거나 아프게 하면 불효하는 거야.

부모화된 아이가 어쩌면 우리들이 흔히 말하는 '착한 아이' '어른스러운 아이' '철이 일찍 든 아이' 일 수 있다. 일찍 철이 들어서 듬직하고 뭐든지 혼자서 척척박사처럼 해내는 모습이 적응적으로 보일 수도 있겠지만, 이것이 진정으로 내가 원하는 내 모습인지 생각해 볼 일이다.

반면에 부모화 경험이 적응적으로 기능하는 경우도 있다. 다른 사람에게 피해를 끼치는 일을 지독히 싫어하기 때문에 자신의 일은 스스로 알아서 하는 사람이 된다. 사회에서 이러한 사람을 선호하기 때문에 타인과의 경험, 조직생활에서는 유용하게 적용된다. 부모화된 사람은 어느 체계에서도 잘 적응해 나갈 수밖에 없다. 그 이유는 타인의 필요를 감지하는 능력이 탁월하고,

그 필요를 자신이 채워야 한다는 의지가 강하기 때문이다. 이러한 조직원을 마다할 사람이 어디 있겠는가.

아이는 아이다울 필요가 있다. 아이가 자신의 필요를 제때에 제공받기도 전에 억압부터 배우고, 가정 내에서 돌봄을 제공하는 역할, 정서적 지지자 역할, 배우자의 역할을 긴 시간 요구받게 되면 '부모화'는 내면화된다. 가족이 균등하게 감당해야 할 역할이 한 아이에게 지나치게 요구되면, 무기력이나 과한 책임감, 완벽주의 등 부정적인 영향으로 드러난다. 자기 안에 일어나는 욕구를 억압하거나 무시하고 회피하는 데 익숙하게 되면, 참된 자기감을 형성하지 못한 채 성인이 된다.

이러한 증상은 겉으로 확연히 드러나지는 않기 때문에 자신도 모른 채 간과하기 쉽다. 부모화된 아이들은 섣불리 자신의 욕구를 드러내지 않는다. 자신의 욕구를 표현하면, 다른 사람을 힘들게 하고 관계를 망칠 수 있다는 생각에 사로잡히기 때문이다. 부모화 경험에 익숙한 사람은 많은 사람들 속에 있어도 늘 외롭다. 부모화의 수준이 높을수록 다른 사람에게 '바람직한 역할'을 해야 한다는 과한 압박감이 있기 때문에 겉으로는 군중 안에 있지만 심리적으로는 외로운 아이로 남게 된다.

자신의 자녀가 부모화가 되지 않게 하려면 '아이다움'을 허락하라고 말하고 싶다. 아이는 지극히 자기중심적이기 때문에 자신의 감정을 그대로 드러내는 게 당연하다. 떼쓰고, 고집부리고,

짜증 부리는 행동을 한다고 해서 '너는 왜 이렇게 엄마를 힘들게 하니?' '왜 이렇게 애처럼 굴어!'라며 나무라지 말아야 한다. '우리 ○○이가 지금 짜증이 많이 났구나.' '속상하구나.'라는 말로 자녀의 아이다움을 인정해주는 게 좋다. 아이가 자신의 욕구를 먼저 알아차리기보다 타인의 욕구를 먼저 알아차리는데 능숙하다면, 부모님의 표정에 신경 쓰고 다른 사람의 필요를 채우는 데 민감하다면 칭찬받는 아이일 가능성이 높다. 이러한 칭찬이 강화가 되어 오히려 부모화의 경험을 부추기는 역할을 하기도 한다. 아이는 아이답게, 아이의 나이에 맞는 감정을 느끼는 게 당연하고 그 느낌을 표현할 수 있도록 넉넉한 공간을 마련해두어야 한다. 이런 욕구를 수용해줄 때 아이는 진정한 자기감을 확립하고 자기를 드러내는 데에 수치심을 갖지 않는다.

어른이 된 내가 부모화를 경험했다면, 지나치게 자신을 판단하고 평가하기보다는 '지금 내 모습은 자연스러워.' '이럴 때 나는 이렇게 느낄 수도 있어.'라고 말해주자. 내가 가끔은 실수해도, 가끔은 부족한 듯해도, 가끔은 이기적인 모습을 보이기는 해도 있는 그대로의 자기를 수용해주도록 하자. 다른 사람에게 '좋은 사람 되기'를 잠시 미뤄두고 자신에게 '좋은 사람 되기'를 우선으로 해보면 어떨까.

합리화가 많을수록
미루기는 정당화돼요

＊

　　미루는 습관을 심리학 용어로 습관성 지연행동이라고 한다. 지금 이 순간도 미뤄둔 일을 떠올리자면, 나에게는 써야 할 보고서가 6개월째 남아있고, 교정해야 할 원고가 세 달째 남아있으며, 연락해야 하지만 급한 건 아니라서 미뤄둔 일도 즐비하다. 2년 전에 한 약속을 아직도 미루고 있으며, 심지어 어제 다짐한 것조차 미룬 채 오늘을 보내고 있다. 어떤 이는 '뭘 그렇게 빡빡하게 살아.'라고 하며 여유 있는 삶을 살라고 하지만, 여유 속에는 미룸의 흔적이 만연하다는 것쯤은 눈치챘을 것이다. 여유 있는 삶이 빡빡한 삶보다 숨 가쁘게 보이지는 않겠지만, 미룸의 실체는 우리의 삶 구석구석에 스며들어 옴짝달싹 못하게 한 채 힘을 약화시키고 있다.

　　학생들은 시험 때만 되면 벼락치기 공부를 할 때가 많다. 프로젝트를 완료해서 보고해야 하지만 아직도 미적거리며 마무리를 못하고 있고, 시험공부를 일찌감치 해놓고 여유 있게 시험 보려는 목표는 온데간데없이 허겁지겁 교재를 들쳐보며 불안감에 시달린다. 누군가 옆에서 다그치지 않으면 더 미루게 되고, 지금 당장 하지 않는다고 해서 큰일이 일어나지 않는다면 마감기한이 다다를 때까지 버티다가 순식간에 해치우기도 한다. 미룸의 사례는 너무 많아서 다 열거할 수 없다. 또한 미룸에 대한 후유증 겪지 않은 사람은 드물 것이다.

해야 할 일을 미루는 것도 마음이 불쾌하지만, 하기 싫은 일을 미루는 것은 더더욱 불쾌하다. 누군가에게 끌려가는 입장이 되어 마지못해 해야 하는 상황이라면 더욱 그렇다. 미루는 사람들이 많아짐에 따라 틈새시장을 노리는 아이템도 늘어난다. 직접 발품을 팔아 살 물건을 골라야 하거나, 직접 구매를 해야 하거나, 직접 전달해주지 않아도 온라인 플랫폼은 친절하게 우리의 미룸을 대행하고 있다. 해야 할 일과 할 수 있는 일의 구분에 상관없이 미룸에 대한 주제는 우리의 삶에 있어서 중요한 미해결 과제이다.

미룬다는 말의 의미는 어떤 행동을 지연시키고 나중으로 늦춘다는 뜻이다. 미룬다는 것은 해야 할 일을 지연시키는 행위인데, 이러한 행위는 종종 우리를 곤경에 빠지게 한다. 작게는 잔소리를 듣고 끝낼 수도 있지만, 크게는 시험에 낙방하거나 인사고

과에 반영되어 승진에서 탈락될 수 있다. 또한 미루는 습관은 팀 내 불화를 일으키거나 가족갈등을 심화시킬 수 있다. 자신에게 도 피해를 주지만 타인에게도 불편함을 주는 것이 바로 미루는 행위이다.

미루는 사람들일수록 자책이 늘어간다. 자신의 게으름을 탓 하고 자신의 느린 행동을 탓한다. 목적이 분명하지 않고 성과를 내지 못하는 자신의 무능함이 혐오스럽고, 해결과제가 많아짐에 따라 머리는 무겁고 짜증만 늘어난다. 업무량이 폭증하여 미처 끝내지 못함으로써 미해결 된 일이 또 미뤄지는 경우가 있을 수 있고, 일을 급하게 끝내는 성향이 아닌 경우에는 오랜 시간을 들 여 임무를 완수하기도 한다. 또는 자신이 오랜 시간 동안 숙고해 야 하기 때문에 일처리를 미루는 경우도 있다. 이런 경우라면 자 신이 일을 미뤘다고 생각하지 않기 때문에 당당할 수 있다. 왜냐 하면 자신이 미룸을 전략적으로 활용했기 때문일 것이다.

해야 할 일을 모두 제시간에 완벽하게 끝내는 것은 어렵다. 자신의 역량과 속도에 맞게 자신이 해내지 못하는 일이 있다는 것을 인정해야 한다. 바로 한계 설정이다. 열심히 하다가 일을 마 무리 못한 것과 미루다가 마무리가 안 된 것과의 차이는 분명하 다. 집안일을 미루다가 해내지 못하면서 회사 업무만큼은 제때 에 제대로 해내는 경우가 있다. 이런 경우라면 미룸의 영역이 크 지 않아서 그 사람의 삶에 그다지 큰 영향을 주지는 않는다. 집안

일과 회사 일을 둘 다 완벽하게 해내는 사람은 드물기 때문이다.

무슨 일이든 계획한 일은 다 처리해야 하는 사람은 자신의 영역에 있는 사소한 미룸의 흔적도 용납하지 못하는 경우가 있다. 10개 중 9개를 해냈음에도 불구하고 하지 못한 1개를 미해결 과제로 남겨두었다는 사실에 괴로워하기도 한다. 이로 인해 자신을 탓하고 자신이 완벽하게 일을 제때에 처리해내지 못한 사람이라 여긴다. 반면 미룸이 잦아지다 보면 주변 사람들도 '저 사람은 원래 그런 사람이지.'라는 인식이 되어 그 사람의 미룸에 대한 태도를 당연하게 여긴다. 부정적 선입견이 생기는 것이다. 미룸의 당사자는 주변 사람들의 반응에 영향을 받아 '나는 원래 이런 사람이지 뭐.'라는 태도로 오히려 더 미룸에 대해 당당해지기도 한다. 어쩌면 당당함이 아니라 자포자기일 수도 있겠다. 미루는 행동이 일상생활, 규칙, 약속, 기한 지키기 등에 영향을 미치고 있다면, 크게 어려움을 느끼고 고통스러울 것이다. 마땅히 해야 할 일을 하지 못하여 좋은 성과를 얻지 못하고 늘 제자리이거나 지금보다 못한 내일을 맞이해야 할 수도 있기 때문이다. 자신의 삶에서 우선순위를 두고 실천해나가야 할 것들이 미룸으로 인해 좌절되고 있다면 미룸이라는 막강한 권력에 자신을 내어주고 있음을 알아야 한다.

'이번에는 잘 해낼 수 있어'

미루는 사람들에게도 희망은 있다. 처음 계획할 때는 구체적이고 그럴듯한 단계를 통해 목적하는 바를 이룰 수 있다는 가능성에 설렌다. 과거의 자신과는 다른 모습으로 해낼 수 있을 거라는 기대의 미소를 짓지만, 하루도 못 가서 근심 가득한 얼굴로 바뀌고 만다. '역시나 나는 안 되는구나.'라는 사실을 재확인하며 씁쓸한 모습을 내보인다. 미루는 게 특기인 사람들은 생각과 상상으로 가득 차 있다. 하지 못한 자신을 탓하느라 시간을 허비하고, 더 나은 방법을 구상하느라 생각이 복잡하다.

미룸에 대한 불안감과 고통이 짙어질수록 해야 할 본연의 일은 멀어져 간다. 미루는 사람은 종종 공부를 하기 전에 책상 정리를 하느라 시간을 허비한다든지, 난데없이 집안 대청소를 시작하는 행동을 하기도 한다. 해야 할 업무에 집중하는 대신 핸드폰에 집중하거나, SNS 댓글에 답하느라 아까운 시간을 허비하게 된다. 정작 해야 하는 일은 하지 않고, 하지 않아도 되는 일에는 열심인 자신의 모습을 보고 어떤 생각이 드는가.

스트레스가 극에 다다르면 '더 이상은 무리야.'라는 생각에 함몰된다. 그리고 그런 생각이 들면 바로 하려던 일을 포기하고, 포기하게 된 합리적인 이유를 찾기 시작한다. '내가 그 일을 굳이 해야 할 이유는 없어.' '그 일은 나와 어울리지 않아.' '지금은 해야 할 때가 아니야.'라는 생각으로 자신의 미루는 행동을 합리화한다. 결국 더 이상 그 어떤 것도 해내지 못한 채 하루가 지나고 마는데, 이런 악순환의 패턴은 반복된다.

미루는 행위가 생기는 원인을 살펴보면, 경쟁사회, 완벽을 추구하는 사회, 비교하는 사회, 최고만이 돋보이는 사회에 대한 반작용이라고 할 수도 있다. 남들이 가진 것을 자신도 갖기를 희망하고, 남들이 누리는 것들을 나 또한 누리기를 원하면서 자기 일에 등한시하는 것이다. 다른 사람들은 모두 갖추고 살고 있는 것처럼 보이는 SNS 문화도 한몫하는 것 같다. 자신에게 가장 돋보이는 무언가를 지속적으로 올리며 즐겁고 만족스러운 삶을 살고 있노라고 자랑하고 홍보하는 미디어의 영향은 우리의 눈높이 수준을 최고로 올려놓았다. 그러나 단지 이 이유 때문이라면 모든 사람들이 미루는 행동 때문에 고통스러워해야 한다. 그러나 그렇지 않은 많은 사람들이 있기 때문에 SNS 때문이라는 이유는 정당화될 수 없다.

미루는 행위로 고통 받는 사람들은 하나같이 미룸을 멈추기를 원한다. 미루지 않고 해야 할 일을 척척 해내면서 자신이 꿈꾸는 삶을 살아가기를 원한다. 그러나 원한다고 해서 해결되는 것은 아니다. 어떠한 행위가 연결이 되어야 한다. 심리적인 변화로서의 행동, 직접 행동 패턴을 바꾸려는 시도가 이루어져야 하는 것이다.

미루려는 사람들의 사고에는 비합리적인 부분이 있다. 심리학에서 말하는 비합리적 신념의 정의는 '인간의 부적응 행동을 유발하는 모든 형태의 사고'를 가리킨다. '~해서는 절대 안 된다.'라는 사고를 가진 비현실적이거나 융통성이 없는 사고방식이다.

'하려면 완벽하게 해야 해.'라는 비합리적 사고는 하려는 시도에 대해 강한 저항감을 형성한다. 하려고 마음먹었던 강한 의지가 오히려 독이 되는 셈이다. 이러한 저항감은 '넌 하지 못할 거야. 차라리 가만히 있는 게 나아.'라는 무의식적 명령에 붙들리고 만다. 이러한 저항감을 극복하기 위해서는 '내가 잘하지 못할 수도 있어.' '계획을 제대로 세워야 잘 해낼 수 있어.'라는 사고를 가져야 한다. 목표를 정할 때 전략을 세우느라 시간을 허비하는 사람이 있다. 여행 계획을 완벽하게 세우느라 스트레스를 받다가 결국 에너지가 소진되어 정작 여행에 대한 흥미는 사라지고 마는 경우도 있다.

계획을 완벽하게 세우려는 사람의 특징은 '일에 대한 효율성'을 강조하는 것이다. 이왕이면 제대로 하고 싶은 욕구가 오히려 본래의 목표를 이루는데 방해가 되는 것이다. 오히려 '계획은 좀 서툴러도 수정하면서 하면 되지.'라는 유연한 사고를 가지는 것이 좋다.

'이 일을 해서 좋은 결과를 낼 수 있을까?'라는 의구심 또한 미루는 행위를 부추긴다. 어떠한 목표를 세우면서 부정적 결과부터 예측한다면, 당연히 시도하는데 드는 에너지가 사그라지고 만다. 실패에 대한 두려움과 상황에 대한 불안 등은 사람이 거부하고 싶은 정서이기 때문에 누구나 피하고 싶게 마련이다. 이러한 경우 '결과보다는 시도 자체에 의미를 두기' '과정에 충실하고 나서 결과에 승복하기' 등 결과 위주의 사고를 수정해야 한다.

'남들이 하니까 나도 해야 할 것 같아서'라는 마음으로 시작하면 행동에 대한 저항이 나타나기 쉽다. 자신이 선택한 목표가 아닌 타인이 세워준 목표 즉, 부모님이 선택한 진학, 직업선택 등이 그 좋은 예이다. 누군가에 의해 수동적으로 해야 하는 일에는 반드시 '하지 말아야 할 이유'가 따라 붙는다.

'나도 하면 할 수 있지만 정말로 못하는 걸까 봐 두려워요.'라는 태도는 자신의 무능력이 드러날까 봐 두려워하는 것이다. 어떤 것도 시도하지 않으면 어떠한 결과도 나오지 않는데도 시도 자체를 하기를 꺼리게 된다. 1등을 놓친 적이 없는 아이가 아예 시험을 보지 않는 경우, 자격증 시험을 보기로 한 날 시험에 응시하지 않는 경우도 이에 해당한다. 좋지 못한 결과를 낼 것에 대한 두려움이 크기 때문에 발생하는 미루기의 사례이다.

미루는 행위가 반복될수록 자기 비난이 심해진다. '나는 너무 의지가 약해.' '해야 하는 걸 알면서도 나는 왜 자꾸 이 모양일까?'라는 자책이 그러하다.

목표가 크면 그만큼 힘이 든다. 이뤄내지 못할 거라는 부정적 사고가 행동에 대한 저항감을 가중시키기 때문이다. 목표가 지나치게 높다 보면 실패할 확률이 높다. 이러한 실패 경험은 무기력감을 키우고 어떤 시도도 하기를 꺼리게 만든다.

　목표는 조각을 내서 작은 단위로 잡아야 한다. 지금 당장 해볼 수 있는 수준으로 작게 잡아야 한다. 책 한 권 읽기를 목표로 잡았다면 하루 1쪽 보기, 하루 만보를 걷기로 목표를 설정했다면 '지금 당장 100보 걷기'를 실천해도 좋다. 100보가 어렵다면 50보, 50보가 어렵다면 10보로 해도 무방하다. 자신이 부담 없이 할 수 있고, 해볼 만한 수준으로 설정해야 행동으로 옮기기 수월하다. 책 한 권 쓰기가 목표라면 '한 줄 쓰기'로 목표를 잡고 실행하면 글쓰기에 대한 부담이 현저히 줄게 된다. 한 줄이 한 단락이 되고, 한 단락이 한 페이지가 되는 경험이 누적되면 조금씩 자신감도 누적된다.

　미루기가 일어날수록 합리화의 목소리도 다양해진다. '오늘 말고 내일 하자.' '지금은 할 분위기가 아니야. 다음에 하자.' '지금은 집중 못하니까 나중에 날 잡아서 하자.' 등 합리화가 많아질수록 미루기의 행동은 정당화되는 듯 보인다. 그러나 이러한 합리화는 미루는 행동을 위한 비합리적인 목소리이다. 비합리적인 생각은 합리적인 생각으로 교정이 가능하다. '오늘 하지 않으면 내일도 못해.' '지금 할 분위기는 아니지만 조금만이라도 하자.' '날 잡아서 하는 것도 좋지만 일단 지금부터 해보자.'

　이렇게 비합리적인 사고를 실행 가능한 합리적인 사고로 바꿔보자. 미루는 행동으로 인해 자존감이 낮아진 나의 모습을 고착화하는 것보다 조금이라도 시도하고, 조금이라도 변화하는 나를 만들어가 보자. '미루는 한 시간'이 '미루는 하루'를 만들고, '미루는 하루'는 '미루는 한달' '미루는 일 년' '미루는 내 인생'이 될 수 있다. 많이 할 필요 없다. 잘할 필요도 없다. 한꺼번에 변화되거나, 완벽하게 해내려는 것이 아니라, 조금씩 천천히 시도하고 수정해가는 과정에 의미를 부여한다면 미루기 행동은 충분히 극복 가능하다.

어쩔 수 없는 것은
어쩔 수 없지요

✳

　습관처럼 내뱉는 말이 있다면 '아! 스트레스 받아.' '아! 열 받아.' '아! 미치겠네.' 등이다. 자신의 힘든 상황을 표현하는 말인데, 가만히 들어보면 힘듦의 크기와는 상관없이 시도 때도 없이 튀어나오는 것 같다. 아무 생각 없이 내뱉는 말이지만, 이런 말은 다시 자신의 삶 속에 침투하여 스트레스에 불을 붙이는 역할을 한다.

　스트레스는 원래 '팽팽하게 죄다.'라는 의미를 가진 라틴어 '스트링 게르Stringer'에서 나온 말이다. 처음에는 물리학 영역에서 적용되었는데, 17세기 즈음에 이르러 '어려움에 처하거나 곤란한 일' '고생'의 의미로 사용되기 시작했다. 이후 20세기에 들어 인체와의 연관성 연구가 활발해지면서 스트레스에 대한 개념이 지금처럼 일상의 언어로 사용된다.

스트레스는 외부 자극과 변화에 대한 신체적, 정신적, 행동적인 반응인 셈이다. 스트레스의 원인을 보면 실직, 취약한 경제력, 실패 경험, 결혼, 이혼, 사별, 생로병사, 조직생활, 규칙, 형식이나 절차 등이 있는데, 결국 스트레스는 어려움에 처하여 긴장 상태가 높아진 것이라고 볼 수 있다. 자신이 그 어려운 일을 감당할 수 있다면 다행이지만 감당할 수 없을 것만 같은 두려움이 엄습하면 상황은 달라진다. 스스로 해결할 수 있는 능력이 자신에게 없을 것이라는 생각에 사로잡히게 되어 원만한 일상생활에 균열이 생기게 된다. 이것이 스트레스다.

스트레스는 모든 사람들에게 같은 수준으로 오지 않는다. 외향적인 사람은 새로운 사람들을 대면하는 데 어려움을 느끼지 않고 오히려 호기심을 가지는 반면, 내향적인 사람에게는 새로운 사람이 피하고 싶은 자극으로 다가온다. 남들 앞에 서는 것을 흥미로 느끼는 사람에게는 강연이 새로운 도전거리지만, 남들 앞에 서기를 원치 않고 조용히 지내고 싶은 사람에게는 강연이 스트레스로 온다. 스트레스는 사람의 유전적인 기질과 환경적으로 형성된 성격적인 부분의 영향에 따라 저마다 다르게 나타난다.

스트레스의 원인이 외부환경에 있는 경우, 예를 들어 대인관계, 나이가 들어감에 따라 나타나는 신체적인 노화현상, 사회적 구조로 인한 것들은 외적 요소이다. 이 같은 외적요소 이외에 자기 스스로 만든 스트레스도 있다. 예를 들면 '다른 사람 눈치보기' '다른 사람의 평가에 연연하기' '실수하면 사람들이 나를 용서하지 않을 거야.'라는 등의 태도는 자기 스스로를 스트레스에 취약하게 만든다. 외부환경으로 인한 것들은 통제하기 어렵지만, 내부적 요인으로 인한 것들은 조율하거나 합리적으로 선택할 수 있다.

스트레스가 주는 단점은 빨리 자각되지만, 장점에 대한 자각은 느린 편이다. 적당한 스트레스는 우리가 해야 할 일을 성취하게 하고, 타인과의 관계에서 실수하지 않게 돕는 역할을 하며, 삶을 낭비하지 않도록 만드는 기폭제 역할을 하기도 한다. 학생에게 공부에 대한 스트레스가 없다면 그는 마땅히 해야 할 과업을 마치지 못할 것이며, 한 가정의 가장에게 경제력에 대한 스트레스가 없다면 그 가정은 위험에 처할 수도 있다. 자녀를 양육하는 기혼여성이 육아 스트레스를 받음으로 인해 자녀의 안위가 확보가 되는 것이며, 한 기업의 총수가 경영에 대한 스트레스를 받음으로 인해 기업이 건실하게 유지된다.

스트레스를 적절히 활용하는 사람은 오히려 삶을 효율적으로 이끌어갈 수 있는 반면, 부적절한 사용으로 인해 고통 받는 사람들은 삶이 고단하다. 만성 스트레스로 이어지면 호르몬 변화, 신체적 질병이 동반될 수 있는데, 스트레스가 심할수록 몸도 상대적으로 긴장상태가 지속되어 균형을 잃게 된다. 마땅히 써야 할 곳에 쓰지 못한 에너지로 인해 별 일도 아닌데 과민하게 되고,

작은 문턱도 넘기 버거운 상태가 될 수 있다. 스트레스가 지속되면 일상생활에서 잦은 실수를 반복하게 되고, 자신감이 결여되며 기억력이 감퇴된다. 알 수 없는 두통, 위염, 장염, 만성피로, 우울감, 무기력증이 자주 발생하여 마음의 스트레스가 몸까지 위협하게 된다.

대부분의 사람들은 하루하루 별 탈 없이 무난하게 흘러가기를 기대한다. 그러나 어찌 된 일이지 크고 작은 사건, 사고가 일어나게 마련이고, 예기치 못한 문제들이 눈앞에 펼쳐지곤 한다. 내가 바라던 현실대로 되어가지 않고 뜻밖의 현실에 맞닥뜨리게 되면 누구나 당황하고 두려움에 움찔하게 되는데, 스트레스에 특히 취약한 사람에게는 힘든 여정이 아닐 수 없다.

요즘 부쩍 해야 할 일을 미루는 사람들이 많아지고 있다. 큰일이든 작은 일이든 상관없이, 할 수 있는 일인데도 불구하고 미루게 된다고 호소한다. 그 이유 중에 하나는 스트레스에 적절히 대응하지 못하기 때문이다. 계획은 구체적이고 그럴듯하게 세웠지만, 한 발자국도 떼어내지 못한 채 제자리걸음이 반복되고 있다면 마음과 몸의 건강은 위협받을 수밖에 없다. 자신이 잘 알지 못하는 미지의 세계에 대한 두려움은 누구나 갖고 있다. 그러나 그러한 두려움을 피하고 경험하지 않기 위해 도망가는데 급급하다면 삶의 질은 보장될 수 없다.

새롭게 시작되는 일, 새롭게 만나는 사람, 새로운 환경은 우리에게 두려움을 주지만, 오로지 그것만 주지는 않는다는 것을 경험을 통해 알 수 있을 것이다. 어차피 그러한 도전은 스트레스를 동반한다. '피할 수 없다면 즐겨라.'라는 말까지는 아니더라도 '피할 수 없다면 맞닥뜨려라.'라는 말은 가능하다. 맞닥뜨림을 통해 실체를 알게 되고, 자신이 생각했던 것만큼 겁나는 일은 아니었다는 새로운 경험이 쌓게 된다. 아무것도 하지 않으면 아무 일도 일어나지 않을뿐더러 아무것도 얻을 수 없다.

스트레스는 피하고 두려워할 대상이 아니다. 매 순간, 날마다 찾아오는 조금은 불편한 친구이지만, 잘 사귀어 놓으면 자신에게 도움이 된다. 이 세상은 스트레스 없이 완전무결하게 평화롭고 안전한 곳이 절대 아니다. '스트레스를 받지 말아야지.'가 아니라, '스트레스를 잘 맞이해야지.'라는 사고의 전환이 필요하다. 더불어 잘 이겨낸 스트레스로 인해 '스트레스를 잘 맞이해서 버티고 나면 어떤 좋은 일이 생길까?'에 대한 기대감을 갖는 것도 좋다. 어쩔 수 없이 스트레스를 받아야 한다면, 좀 더 능률적으로 대처하는 편이 낫다. 매사에 남의 탓을 하고, 조건을 탓하고, 환경을 탓하는 사람들은 스트레스가 주는 이로움을 경험하지 못하고 불평불만이 가득한 삶을 살다가 갈 뿐이다.

이왕이면 사람들은 스트레스 없는 곳에서 아무 걱정 없이 살고 싶어 한다. 그러나 스트레스는 우리의 삶이 지속되는 동안에는 어쩔 수 없이 공존하기 마련이다. 차라리 스트레스란 우리 곁에 두면서 살아갈 수밖에 없음을 기꺼이 인정해버리자. 사람이 아무리 노력을 해도 어찌할 수 없는 것들이 있다면, 수용하는 태도야말로 현명하게 대처하는 방법이 될 것이다.

늘 홀로서야 한다면
외로울 수밖에 없어요

✳

한동안 연락이 뜸했던 친구가 안부를 물었다.

"그동안 잘 지냈어?"

갑자기 들어온 질문에 겸연쩍어하며 "당연하지. 뭐 별일이 있었겠어? 잘 지내고말고."라는 대답이 반사적으로 나가버렸다. '어? 내가 하고 싶었던 대답이 아닌데…'

순간적으로 뱉어버린 답변에 당황스러웠지만 다시 수습하기도 애매했다. 잘 지낸 것도 같고 아닌 것도 같고… 도통 알 수가 없었다. 알 수 없었음에도 불구하고 의례히 '잘 지내고 있어.'라는 말을 하는 나 자신이 뭔가 불편했다.

회사원 수영 씨는 누군가가 나에게 '별일 없지?'라며 소소한 안부를 묻는 것조차 하지 말아 주었으면 좋겠다고 말한다. 이런 마음을 갖고 있는 자신이 이상하냐고 물었다. 상대방이 자신에게 하는 가벼운 인사말에 대답하는 것조차 힘이 드는 모양이다. 자신이 어떻게 지내는지 자신조차도 알기 두려워하는 찰나에 혹여나 자신도 모르게 그 두려움이 새어나갈지 모른다는 불안감 때문일지도 모르겠다. 이런 증상이 지속된다면 사람과의 만남을 피하게 되고, 말을 건네고 주고받는 것 자체가 부담이 된다. 사람은 관계를 통해 힘을 얻고 성장하며 서로를 의지하게 마련이지만, 수영 씨가 경험하는 관계는 오히려 상처가 된다니 안타까운 일이다.

공감은 다른 사람과 서로 소통을 잘하기 위한 중요한 부분이다. 공감을 통해 기쁨과 슬픔을 나누기도 한다. 사람은 관계를 통해 성장하는 동물이다. 따라서 누군가에게 의지하고자 하는 욕구는 당연한 것이다. 누군가에게 의지가 되어주기를 자처하는 사람은 상대에게 도움이 되었다는 사실만으로도 기분이 좋아진다. 타인을 향해 기꺼이 한쪽 어깨를 내어주고, 한쪽 귀를 내어주고, 한쪽 손을 내어줄 수 있는 존재가 인간이기에 어쩌면 지금까지 멸종하지 않고 살아남아 있을지 모를 일이다.

다른 사람에게는 열린 마음으로 기꺼이 도움을 주는 것은 자연스러운데 비해, 자신이 필요한 것에 대해 누군가에게 요청하기를 머뭇거리는 경우가 많다. 사실 이 예는 내 이야기이기도 하다. 남들에게 도움을 청하기 위해서는 여러 번 고민을 해야 한다. 또 웬만하면 스스로 어떻게든 해내야 한다는 생각 때문에 주저하게 된다. 아마 내 마음속 깊숙한 곳에 두려움이 있었기 때문이 아닐까. 남에게 도움을 청하는 것은 인간사회에서 당연히 있을 수 있는 일임에도 불구하고 망설이는 이유가 무엇일까. 혹시나 내 부탁을 거절하지는 않을까, 혹시나 나를 약하게 보지는 않을까. 혹시나 나의 부탁으로 인해 곤란해 하지는 않을까 하는 등의 근거 없는 위험 때문이다.

처음 보는 사람 앞에서도 말을 술술 잘하는 사람이 있는가 하면, 한참 시간이 지난 이후에야 속 이야기를 꺼내는 사람도 있다. 아들이 초등학교 다닐 때였다. 담임선생님은 늘 같은 말을 했다.

"어머님…, ○○이가 친구들과 어울리지 못해서인지 자꾸 친구들이 ○○이에게 짓궂은 장난을 해요. 알고 계셔야 할 것 같아서요."

2학기가 무르익어 10월 즈음, 담임선생님이 다시 말했다.

"어머님, 이제는 ○○이가 친구들과 친해져서 잘 지내고 있어요."

아들은 학기 초에 새 친구들과 관계를 맺는데 서툴렀던 모양이다. 그러다 2학기에 접어들기 시작하면서 자신만의 속도로 친구들과 어울려 지냈다. 기다려주면 될 일을 어른들의 지나친 불안이 오히려 아이의 적응을 방해할 때가 있다. 사람은 각자 자기만의 관계맺기 속도가 있다.

상담을 하다 보면 처음부터 마음을 활짝 여는 사람이 있는가 하면, 1년이 지나도록 마음의 문을 열지 않고 경계심을 보이는 사람도 있다. 한참 시간이 지난 후에야 하나씩 둘씩 마음속에 묻어둔 이야기를 꺼내면서 상대방이 이상하게 생각하지는 않는지 여러 번 확인하곤 한다. 혹시나 상대방이 자신을 이해해 줄지, 비난을 하지는 않을지, 이상한 사람으로 생각하지는 않을지에 대해 조심스레 살핀다.

의지한다는 단어는 왠지 '당신은 약해 빠졌어.'라는 말처럼 들린다. 왜 이다지도 '의지'라는 단어는 모양새가 뒤틀린 채 사용되고 있을까? 참으로 안타깝다. 의지가 필요 없는 사람이 세상에 있을까. 의지가 싫다는 사람은 진심으로 하는 말일까. 어쩌면 역으로 '의지하고 싶다.'라는 말을 하고 싶은 것은 아닐까. 다른 사람에게 의지해야만 한다는 말은 절대 아니다. 의지하지 않고 홀로 잘 살 수 있다고 장담하는 사람에게 '의지해야 해요. 그래야 건강해요. 사람은 다 그래요.'라며 강요할 수는 없다. 그러나 단단히 눌러놓았던 마음이 혹여나 당신을 고통스럽게 하지는 않을까 하는 염려는 된다. 일부러 타인에게 자신의 힘든 마음을 표현하지 못하더라도 자신만은 그 마음을 모른 채 하지 말자.

'이 정도 가지고 비실대면 안 돼.' '내가 너무 예민해서 그런 거야.' '이 정도쯤은 별거 아니야.'라는 생각 때문에 하려던 말을 꿀꺽 삼킬 경우, 억압했던 마음이 한순간에 폭발해서 오히려 관계에 악영향을 미친다.

자신의 이야기를 드러내는데 어색한 사람들에게 '편하게 이야기해보세요.'라고 한들 한순간에 그렇게 되기란 쉽지 않다. 잔뜩 웅크려져 있던 근육을 한꺼번에 펴게 한다면 통증으로 인해 고통스러운 것처럼, 천천히 근육을 이완하듯이 표현하려는 마음도 아주 조금씩 표현하도록 시작하는 것이 좋다. 많이 표현하기보다는 아주 조금만, 큰 주제보다는 소소한 주제를, 먼 과거보다는 지금 현재를, 애매모호한 마음이나 감정보다는 구체적 표현이 가능한 표면적인 상황이나 상태에 대한 주제도 좋다.

자신의 이야기를 남에게 하는 것, 나의 마음이 이렇다는 것을 누군가에게 표현하는 것이 못나 보이거나 미숙하게 느껴질 수도 있다. 다른 사람의 이야기에만 귀를 기울이고 다른 사람에게 도움을 주는 것에만 익숙해져 있는 당신이라면 더욱 그러할 것이다. '내 생각은 이러하며, 당신의 말을 듣고 보니 이런 마음이 든다'고 말하는 것은 언제나 옳다. 상대방에게 피해를 주는 행동도 아니며 이기적인 모습도 아니다. 한 사람이 다른 한 사람에게 보내는 자연스러움 자체이다. 그동안 해보지 않았던 무언가를 새롭게 시도한다는 것이 어색할 수 있다. 두려울 수 있다. 불안할 수 있다. 그럴 수 있다.

자신 안에 수치심이 있거나 자존감이 부족한 경우 그럴 수 있다. 그럴 때는 과감하게 인정하는 것도 하나의 방법이다. 자기 자신에 대한 신뢰가 없으면 다른 사람들의 반응에 예민하게 된다. 상대방의 작은 행동에도 불안해하고, 과장되게 해석하기도 한다. 상대방이 나의 말을 잘 들어줄 수도 있지만 아닐 수도 있다. 내 말을 이해해줄 수도 있지만 그렇지 않을 수도 있다. 그런 즉, 상대방의 반응까지 신경 쓰면서 시나리오를 완성해버릴 필요는 없다. 내가 표현할 수 있는 만큼만 해도 괜찮다. 상대방은 자신의 마음 그릇만큼 반응할 것이니, 그 부분은 그 사람의 몫으로 남겨두는 건 어떨까.

가끔은 자신의 심정과 상황에 대해 표현해도 좋고, 가끔은 좀 기대고 싶다며 응석을 부려도 좋다. 적당한 퇴행은 당신이 가진 인간미를 발휘하게 되는 기회가 되기도 한다. '아 저 사람에게도 저런 면이 있구나.'라는 동질감이 느껴지면 날이 서있던 긴장감도 줄어들고, 두껍게 느껴졌던 벽이 얇아진다. 자신의 마음을 다른 사람에게 표현하기 어려워하는 당신에게 조금은 다른 사람에게 기대도 된다고 말하고 싶다. 언제나 홀로 서려한다면 외로울 수밖에 없다. 성숙한 사람은 적당히 의존할 줄 아는 사람이다.

익숙한 것에서
멀어져도 괜찮아요

'실망'이라는 단어는 읊조리는 것만으로도 기분이 좋지 않다. 뭔가 찜찜하고 마주하고 싶지 않다는 느낌이 든다. 그럼에도 불구하고 과감히 마주하라고 한다면 내키지 않아 뒤로 물러나고 싶을 것이다.

잘했다.
수고했다.
대단하다.
역시 너는 해낼 줄 알았어.
너는 늘 정확한 사람이지.

이러한 칭찬과 애정이 가득 찬 말은 언제 들어도 행복하다.

이런 말을 들으면 나 자신이 왠지 괜찮은 사람 같고 쓸모 있는 사람처럼 느껴진다. 뭐든지 잘 해내고 다른 사람을 배려할 줄도 아는 그런 넉넉한 사람인 것 같다. 듣기 좋은 말은, 해주는 사람도 좋고 듣는 사람에게도 좋다. 누구 하나 상처 입힐 일도 없으니 더욱 좋다. 기분도 좋아지고 기쁘기까지 하니 포기할 수 없다

칭찬을 들음과 동시에 한 가지 함정이 생긴다. 내 가치를 누군가 알아주고 인정해주어서 좋지만, 앞으로도 그런 식으로 만족시켜줘야 한다는 생각 때문에 조건화가 생긴다.

'내가 칭찬을 들으려면 잘해야 하는구나.'
'잘하니까 칭찬을 받는구나.'

그래서 칭찬과 성과가 엉겨 붙기 시작한다. 부담감이 점점 가중되는 이유다. 이렇게 되면 자신이 싫어하는 사람들에게는 잘해주려는 마음을 거둬들일 수 있다. 신경 쓰지 않을 수 있다. 그러나 내가 소중히 여기는 사람, 내가 의미 있는 존재라고 느끼는 영향력 있는 사람에게까지 신경 쓰지 않기란 힘들다. 나로 인해 내가 아끼는 누군가가 실망한다면, 그 모습을 지켜보는 것만으로 고통으로 다가온다. 참 아이러니하게도 나의 욕구를 존중하며 살다 보면 다른 사람의 기대를 저버리는 일이 생긴다. 반대로 다른 사람의 기대대로 살다 보면 내가 자유롭게 삶을 살아갈 수

가 없다. 때문에 더러는 과감하게 다른 사람을 실망시킬 필요가 있다.

자신에게 너그러운 사람은 자신이 원하는 바에 대하여 좀 더 분명히 알 필요가 있다. 조용히 자신에게 집중할 수 있는 시간을 가지고 '나는 무엇을 원하지? 무엇을 원하지 않지?'라는 질문을 해봄으로써 가닥을 잡을 수 있다. 분명한 메시지를 자기 스스로에게 전해주고, 제대로 선택하고 방향을 잡을 수 있도록 도와주면 좋다. 자신이 원하는 것들에 대해 기준을 세울 때 자칫 잘못하면 타인이 세워둔 기준을 데리고 와서 자신에게 적용하는 경우가 있다. 그러니 그 점을 유의해서 자기 스스로에게 어울리는 기준과 수준을 세워 최선을 다해야 한다. 이러한 태도는 타인이 아닌 나를 소중히 여기는 것이며, 내 가치를 인정하고 그 가치대로 뻗어 나간다는 의미이다.

상담심리를 공부하는 오랜 세월 동안, 늘 마음 한편에 부담처럼 자리 잡은 부분이 바로 자녀 양육이었다. 아이들이 어릴 때 대학원을 다니고 공부에 매진해야 했기 때문에 나의 가치를 위해서는 계속 공부를 해야 하지만, 어린아이들은 발달단계에 맞는 돌봄이 필요하기 때문에 여간 고민거리가 아니었다. 친구들은 자녀들의 학습과 진로를 위해 애쓰는 동안, 나는 내 진로를 잡고 나아가야 하는 상황이어서 '내가 이렇게 사는 게 맞나?'라는 의문이 끝없이 몰려오곤 했다.

내 목표는 내가 시작한 공부를 성실하게 해 나가는 것이었으나, 현실적으로는 어려운 일이었다. 가끔 상담심리 관련 온라인 커뮤니티에 접속해보면, 어린아이를 둔 엄마들이 상담심리를 공부하기 시작하면서 고민거리를 올리곤 한다. '아이가 어린데 지금 공부하는 게 맞나요?'라는 질문이다. 댓글을 보니 의견이 분분하다. 지금 공부하지 않으면 영영 못한다고 말하는 의견, 어린아이들 양육이 더 중요하다고 말하는 의견, 자기가 알아서 책임질 수 있는 선택을 하라는 의견 등 다양했다. 결국 모든 의견이 맞는 말이다. 지금 해도 좋고 나중에 해도 좋다. 두 가지 의견을 두고 선택하기 힘들다는 것은 둘 다 선택해도 맞는다는 말이니, 걱정하지 말고 한 가지를 선택한 후에 최선을 다해 나아가면 된다. 어느 한쪽을 선택했을 때 '혹시나 잘못 들어선 길이면 어떡하지?'라는 두려움이 둘 다 선택하지 못하게 만들 때가 허다하다. 그러니 어떤 선택을 하든 완벽하지 않기 때문에, 고민이 생기더라도 그중 하나를 선택해도 무리는 없다.

상담심리 분야의 공부를 오랫동안 해오는 동안 아이들이 성장했다. '내가 만약 공부를 안 했다면 아이들을 얼마나 괴롭혔을까?' 하는 섬뜩한 생각이 든다. 물론 심리를 공부한 나도 아이 마음에 대못을 박을 때가 많아서 땅으로 숨고 싶을 때가 한두 번이 아니다. 다행히도 가족들은 내가 공부하는 동안 잘 버텨주었다.

아이들과 남편 또한 공부하는 내내 자신들의 일을 묵묵히 해냈고, 어려움이 있을 때는 함께 고민하며 주변 동기들에게 자문을 구하며 이겨냈다. 아쉬운 부분이 왜 없겠는가. 그러나 완벽한 선택은 없다는 것을 알기에 그 당시의 선택을 존중하며 현재의 삶을 책임감 있게 사는 것이 최선이라 여긴다. 돌이켜 생각해보면 실패한 선택은 없는 것 같다. 다만 실패했다고 생각하는 순간 실패라는 이름이 붙여질 뿐이다. 그저 가야 할 여러 길 중에 하나였을 뿐인데, 우리는 많은 선택지를 두고 필요 이상의 저울질을 한다.

모든 사람들의 기대에 부응할 수는 없다. 내가 완벽한 엄마를 포기했듯이 자신이 해낼 수 없는 부분이 있다면 기꺼이 인정해 보자. 그렇다 해서 큰일이 일어나지는 않는다. 포기라는 단어는 실패라는 의미가 아니다. 포기라는 단어를 써야만 그 의미가 전달될 듯하여 사용한 단어이니 이해해 주기 바란다. 아무것도 감수하지 않고 무언가를 만족시킬 수는 없다. 다른 사람의 기대를 내려놓지 않으면 나의 기대에 부응하기 힘들다. 다른 사람의 실망에 지나치게 두려워하지는 말자.

이제 다른 시점으로 가볼까 한다. 바로 나 자신이 스스로를 실망시킬 용기이다. 나를 내가 실망시키는 방법을 생각하다 보면 아주 재밌는 생각이 떠오른다. 나의 경우 지나치게 경직된 부분들이 있는데, 그 부분을 공략해보면 이렇다.

약속시간 맞춰 나가기(무슨 일이 있어도 시간을 지켜야 한다는 조급함)

보고서 기한 안에 제출하기(기한이 많이 남았음에도 일찍 제출해야한다는 초조함)

강의 내용을 엮을 때 완벽하지 않아도 멈추기(강의를 제대로 하지 못 할까 봐 불안함)

이 밖에도 무수히 많지만 우선 세 가지를 살펴보면 다른 사람들에게 실망시키지 않으려는 마음이 엿보인다. 다른 사람들에게 칭찬받으려는 마음 또한 가득 차 있다. 약속을 잘 지키는 사람, 보고서 기한을 넘기지 않는 믿을만한 사람, 강의를 멋지게 해내는 유능한 사람으로 비치고 싶은 욕망이 가득 차 있음을 기꺼이 인정한다.

사람들은 더 나은 변화를 위해 나아가기를 원하면서 절망의 상태에 머물기를 선택하는 듯 하다. 물론 의식적인 것은 아닐 것이다. 나 자신과 다른 사람을 실망시키지 않으려고 애쓰다가는 절망만 맛보게 될 것이다. 이제부터는 반대로 생각하고 행동해볼 일이다. '이렇게 하지 않아도 큰 일어나지 않아' '좀 부족해서 다른 사람이 실망할 수도 있겠지만 그렇다고 해서 나를 통째로 부정하지는 않을 거야.'라고 자신에게 건네보자. 어차피 사람은 완벽하지 않으니까….

제 2 장

마음이 스미듯이

살아있는 존재의 흔들림은
자연스럽고 예뻐요

＊

가끔 문자로 소식을 전해오는 지인이 있다. 특별한 내용은 없고, '너무 힘들다.'라는 일관된 메시지다. 가끔은 힘들다는 단어가 외롭다는 단어로 옮겨가기도 하지만, 사는 게 고단한지 짧은 문장에 힘든 마음을 가득 담았다. 같은 마음을 매번 반복해서 받다 보니, 딱히 해줄 것도 없다. 그저 하염없이 문자를 뚫어지게 바라보는 것이 전부다. 지인의 힘든 상황이 나에게도 전염되는 날이 있다. 삶의 무게가 왠지 무겁게 느껴져서 한없이 처질 때가 그런 날이다.

'살아가는 게 너무 쉬워.' '너무 살만해서 신나.'라는 말을 하는 사람은 거의 없는 것 같다. 하고 있는 일 진척이 시원찮고, 앞으로 가려는 길은 끝이 없으며, 무슨 선택을 해도 후회할 것만 같은 흔들림의 연속이다. 삶이 흔들림의 연속이라면 흔들림 안에

는 이토록 지독한 무거움만 가득 차 있는 것일까

흔들림에 대한 의미를 아름답게 빚어낸 시가 있다. 바로 도종환 시인의 〈흔들리며 피는 꽃〉이다.

이 세상 그 어떤 아름다운 꽃들도
다 흔들리면서 피었나니
흔들리면서 줄기를 곧게 세웠나니
흔들리지 않고 가는 사랑이 어디 있으랴
젖지 않고 피는 꽃이 어디 있으랴
이 세상 그 어떤 빛나는 꽃들도
다 젖으며 젖으며 피었나니
바람과 비에 젖으며 꽃잎 따뜻하게 피웠나니
젖지 않고 가는 삶이 어디 있으랴

이 시를 읽고 나면 흔들린다는 것이 축복처럼 느껴진다. 이 시를 끌어내기 위해서 시인은 꽃 하나도 온 마음을 다해 바라보았을 것이다. 흔들리면서 줄기를 세우고 흔들리면서 사랑을 한다는 시인의 고백처럼 우리의 인생도 별반 다르지 않을 것 같다. 살아 있기에 흔들리고 사랑하기에 흔들린다. 흔들림 없이 살아간다면 삶의 굴곡이 주는 춤사위의 흥겨움을 어찌 알 수 있겠는가. 서로의 흔들림에 기꺼이 내어 맡길 때 비로소 서로에게 스며든다.

따스한 햇볕이 계속 비출 것 같다가도 흐리고, 부드러운 바람이 부나 싶더니 이내 무서운 태풍이 되기도 한다. 고요한 날인가 싶으면 번개가 치고, 이제 좀 쉬어보나 하면 세찬 장대비가 휘몰아쳐 다시 뛰어야 한다. 이는 살아있는 모든 존재들에게 주어지는 자연의 이치이다. 살아있기 때문에 주어지는 숙명 같은 것이다.

'흔들림'이라는 단어는 왠지 부정적인 느낌이다. 내 뜻대로 되지 않는 삶이 흔들림 같다. 어쩌면 내 뜻대로 되지 않는 게 인생인데도 말이다. 우리의 삶은 원래 그런 것인데도 그 사실을 잊을 때가 많다. 그러나 잊어버림의 대가는 혹독하다. 나 자신이 싫고 다른 사람이 불편하고 세상이 원망스럽게 느껴진다.

흔들림이 많은 환경일수록 나무는 깊게 뿌리를 내리고, 식물은 뿌리를 넓혀 벋어 나간다. 바람 한 점 없고 충분한 물과 영양분이 주어진 흙에서 자라는 식물은 뿌리가 깊을 이유가 없다. 굳이 깊지 않아도 살만하기 때문이다. 지금 당신에게 흔들림이 느껴진다면 '아 지금 내가 뿌리를 깊게 내려야 할 때이구나.'라는 신호가 온 것이다. 그 메시지를 거부하거나 모르는 채 외면한다면 나약한 나무로 설 수밖에 없다. 흔들림을 충분히 겪은 당신이라면 삶은 깊어지고 단단해진다.

30대를 앞둔 그는 고민이 많은 눈치다. 도대체 앞으로 어떤 결정을 내려야 할지 모르겠다며 불안해한다. 자신이 원하는 직업이라고 생각해서 선택했는데 왠지 미래가 보이지 않고, 다른 선택을 하자니 또 후회하게 될 것 같다고 한다. 그의 눈빛은 한없이 흔들리고 있고, 그의 몸짓도 한없이 불안정하다. 그는 뭔가 그의 삶에 있어서 번듯한 꽃을 피우고 싶어 했고, 그 꽃은 다른 사람이 봤을 때 화려하고 예뻐야 했다. 그는 자신이 그러한 꽃을 피워내지 못할까 봐 우울하고 낙심하고 있었다.

다른 사람이 보기에 예쁜 꽃을 피우려다가는 본연의 꽃대를 제대로 세우지 못한다. 꽃대와 꽃이 연결되어야 하는데 꽃 따로 꽃대 따로 만드느라 몸부림치다 지칠 것이다. 그렇게 하면 자신의 꽃을 피우지 못한다. 다른 사람들 눈에 쏙 드는 꽃은 어디에도 없다. 왜냐면 다른 사람들이 환호하는 꽃은 다른 사람의 숫자만큼이나 많기 때문이다. 적당한 흔들림이 있을 때 우리의 삶은 꺾이지 않는다. 꺾이지 않으려고 안간힘을 쓸 때, 오히려 위태롭다. 대자연의 흔들림을 보라. 휘어짐을 허락한다는 것은 비굴하거나 나약한 것이 아니다. 살아있음에 흔들리고, 살아있음에 젖으면서, 온몸으로 생명이라 증명한다. 사람도 그렇다. 흔들림에 잠시 머물기도 하고, 흠뻑 젖어 축 처지다가, 이내 마르면 가벼워지기도 한다.

한동안 "꽃길만 걸으세요."라는 말이 유행이었다. 지금도 가끔 덕담을 해주는 인사말 정도로 사용되는 것 같다. 꽃길이라는 것만 생각해도 기분이 좋아지고 꽃향기를 맡는 것 같다. 늘 그랬으면 좋겠다. 꽃길이 펼쳐지고 그 길만 걷다가 생을 마감하면 좋겠다. 누구나 바라는 바가 아닐까. 그러나 우리는 안다. 우리에게 꽃길만 있는 것은 아니라는 것을.

흔들림에 대해 억지스럽게 미화하려는 것은 아니다. 그러나 시도 때도 없이 흔들리고 있다면, 그 또한 뿌리를 온전히 보존하기 어렵다. 적절한 흔들림은 삶을 위태롭게까지 하지는 않는다. 그러니 겁먹을 필요도 없고, 흔들리지 않으려고 죽을 힘을 다해 버티느라 소중한 시간을 허비하지는 않는가. 흔들리는 사이 뿌리는 깊어지고 뿌리는 더 넓게 뻗어나가고 있으니 말이다.

살아있는 것은 다 흔들린다. 생명이 있기에 흔들리고, 휘고, 꺾이는 듯하다가 다시 세워지는 것이다. 끊임없는 흔들림은 살아있음을 증명하는 존재자체이다. 우리는 그저 흔들릴 때 기꺼이 흔들리고, 머무름이 허락될 때 숨을 고르고 기다리면 된다. 흔들림은 자연스러운 것이고 생명의 아름다운 몸짓이다.

상대방을 이해한다는 건
다름을 받아들이는 거예요

✳

사람들은 누구나 자신과 타인에 대해 이해하고 싶어 한다. 내가 상담 공부를 시작한 이유가 사람을 제대로 이해하고 싶었기 때문이었다. 이해하고 싶은 욕구가 결국 긴 공부가 되었고 지금에 이르렀다.

어떤 이는 너무 소극적인 성격 때문에 늘 불안하고, 어떤 이는 거침없는 표현으로 인해 실수를 하여 후회하기도 한다. 사람 사귀는 데에 힘들다고 말하는 사람들도 있지만, 한번 만난 사람이 오랜 친구였던 것 마냥 스스럼없이 친근하게 대하는 사람도 있다.

어릴 때 나는 지나친 부끄러움 때문에 사람들 만나는 것이 힘들었다. 심지어 같은 동네에 있는 큰아버지댁에서 아침식사가 있는 날이면, 그 집 앞까지 갔다가 차마 들어가지 못하고 되돌아왔다. 친척들을 만나는 것보다 차라리 밥을 굶는 편이 나았다. 소심하고 내성적인 성격이 맘에 들지 않았던 시절이었다.

어떤 결정을 내릴 때 단번에 화끈하게 결정하는 사람이 있는가 하면, 생각에 생각을 거듭하다가도 결국 아무런 결정을 내리지 못하고 포기하는 사람도 있다. 이렇듯 사람들은 각자 자기 나름의 고유한 특성을 지닌 개인인 것이다. 상담 공부를 하면서 알게 된 것 중 하나는 '사람은 모두 다르다.'는 것이다. 이 사실을 받아들이는 순간 많은 부분이 편안해졌다. 이해가 안 되는 것도 당연했고, 차이가 나는 것도 당연했다. 내 마음과 저 사람 마음이 다르다는 것이 당연했기에 굳이 실망하거나 오해할 만한 상황이 줄었다.

가끔 사람들은 말을 한다. '도대체 정말 왜 이러는 건지 이해가 안 가요.'라고 말이다. 끊임없이 이해해보려고 노력하고 또 노력하다가 지쳐서 상담실에 오는 사람들의 하소연이다. 얼마나 답답하면 이러겠는가. 그러다가 어느 순간 상대방을 이해하기 위해 자기만의 방법을 터득한 사람들은 다음과 같은 태도를 갖추게 된다.

아 저 사람에게도 뭔가 이유가 있겠네.
내가 모르는 그럴만한 사정이 분명히 있을 거야.

나와는 다른 경험을 했었나보네.

그 누구도 어느 한 개인을 완벽하게 이해할 수는 없다. 그러니 애초에 그럴 수 있다는 생각을 내려놓는 게 현명하다. 도저히 납득이 안 가는 상황이 닥치면 '아 저 사람은 저렇구나.' '아 저 사람은 저렇게 반응하는구나.'라면서 가볍게 '툭' 하고 내려놓고 보자. 그러나 이게 말처럼 어디 쉬운가? 상대방을 이해하려는 자신의 노력이 수포로 돌아가는 횟수가 임계점에 이르면 요샛말로 '손절'하는 행동이 나타난다. 손절하는 당사자는 다음과 같이 생각하면서 마음의 짐을 내려놓는다.

이만큼 내가 노력했으면 된 거지.
더 이상은 안 돼.
이건 내 잘못이 아니라 저 사람 잘못인 거야.
나는 할 만큼 다했어.

다른 글에서 이미 다뤘지만, 사람들은 의외로 자기 생각에 빠져있는 경우가 많다. 이해가 안 되는 부분을 두고 당사자에게 물어보거나 당사자의 의견을 존중해주려는 마음이 그다지 많지 않다는 말이다. 오로지 내 편에서 상대방을 이해하려고 죽도록 노력하다가 결국 더 골만 깊어져 인연이 다하는 경우가 많은 이유가 여기에 있다.

친정엄마가 돌아가신 후, 친한 친구들 몇 명이 나를 식사자리에 초대했다. 위로의 자리인 듯 싶다. 한 친구가 자기도 일 년 전에 친정아버지를 보내드렸다면서 내 마음을 잘 이해한다면서 이야기를 시작하였다.

> 한꽂아, 기운차려. 시간이 지나면 괜찮아지더라.
> 한꽂아, 많이 힘들겠지만 어머님도 좋은 곳에 가셨을 거야. 그러니 마음 편하게 가져.

이런 위로의 멘트는 일상적인 위로의 말이라 흠잡을 데 없다. 그런데 이상도 하지. 나는 위로를 받는 느낌이 들지 않았다. 위로의 멘트가 오히려 소음으로 들려서 그 말을 듣기조차 싫었다. 생각해보니 내가 원하는 위로는 그저 가만히 내 곁에서 앉아만 있어주기를 원했던 것 같다. 나는 그 자리에서 말했다.

> 친구야. 나는 지금은 그러한 위로보다는 그냥 내 곁에서 같이 있어 주는 것만으로도 좋아. 그렇게 해줄 수 있을까?

다행히 친구는 내 마음을 잘 읽어내며 내 곁에서 있어 주었다.

알았어. 내가 내 입장에서 위로를 했네. 미안해.

이처럼 사람의 감정은 미묘하다. 완벽한 위로의 멘트지만 전혀 위로로 다가오지 않으니 말이다. 이 글을 읽는 당신은 '그러면 상대방이 뭘 원하는지 일일이 어떻게 알아요?'라고 반문할 것이다.

그럴 때는 오히려 '○○아. 많이 힘들지. 내가 도와줄 부분 있을까? 어떻게 해주면 되겠니?'라고 먼저 물어보는 것이 안전하다.

위로든 공감이든 상대방을 위하는 것이라면, 상대방의 언어로 해주어야 하지 않을까? 그래야 그 언어가 전달이 되어 상대방의 마음에 자리를 잡을 수 있지 않을까? 그러나 안타깝게도 우리는 이러한 맞춤형 공감과 위로를 받아본 적이 거의 없다. 내가 경험하지 못한 것을 타인에게 주기란 참으로 어렵다. 그러나 '내가 받아본 적이 없으니 모른다.'라는 태도로 면죄부를 요구할 수는 없다. 지금이라도 알게 된 부분이 있다면 삶에 적용해 보자. 당신의 가장 소중한 사람에게 먼저 해보자.

나도 매 번 잘되는 것은 아니다. 순간 순간 의식적으로 해보려고 시도하는 것이다. 가장 안전한 가족들 앞에서 연습 삼아 해볼 때면 아이들은 농담 반 진담 반 이런 반응을 한다.

엄마, 그런 말은 사람들이 사용하는 언어가 아니야.

엄마는 너무 이상적으로 생각하는 거 같아. 현실은 안 그래. 그건 교과서에나 나오는 거지.

그러나 나는 다시 의식적으로 말한다. '엄마도 좀 어색하고 부끄러운데 한번 해보는 거야.'라고 말이다. 자꾸 이렇게 하다 보면 아주 가끔은 아이들 입에서 '엄마 마음은 어때?'라는 말이 툭 튀어나올 때가 있다. 이 말을 들은 나와 아이는 서로 겸연쩍어하며 호탕하게 한 번 웃는다. 하기 힘들다고, 어색하다고, 경험한 적 없다고. 하지 않으면 계속 그 자리에 머물 수밖에 없다.

괜찮다. 너무 잘하지 않아도 된다. 할 수 있는 만큼만 해도 된다. 딱 한 번 해보는 거다. 그리고 나서 다시 딱 한 번 해보는 거다. 한 번씩 하다 보면 아주 조금은 편해질 날이 오지 않겠는가.

하고 싶은 게
뭐지 모르겠다는 당신에게

✳

대학 졸업을 앞둔 그녀는 힘없는 표정으로 눈 맞추기를 피한다. 졸업하면 전공을 살려 취업을 해야 하지만, 좀처럼 마음이 가지 않는다고 한다. 거슬러 되짚어 보니, 대학입시 준비를 하던 고등학생 때에도 지금과 같은 고민을 했다는 사실을 알았다.

아! 그때도 지금과 같은 고민을 했어요.

성적에 맞춰 대학과 학과를 선택했고 그럭저럭 전공 공부를 이어갔지만, '이 전공이 나에게 맞는다.'라는 생각은 단 한 번도 해본 적이 없다고 한다. 대학 진학이 목표였을 때는 대학에만 가면 모든 게 해결될 줄 알았지만, 대학에 와서 방황하는 학생들이 의외로 많다. 대학 1년 동안 끊임없이 고민의 고민을 거듭하다가

83

2학년이 되면 휴학을 선택하거나 학교를 그만두는 경우도 빈번하다.

내가 하고 싶었던 일이 아니었어요.
아무리 노력해도 흥미가 생기지 않아요.
이러다가 이도 저도 안 될 것 같아서 미칠 거 같아요.

대학에 입학하기 전에 충분한 고민을 했다면 올바른 선택을 할 수 있는 걸까. 졸업 전 일찌감치 취업에 대한 구상을 해 놓으면 되는 걸까. 주위 친구들은 스펙을 쌓고 자격증 준비에 여념 없지만, 진로에 대한 확신이 없는 자격증 공부가 무슨 소용이냐는 생각에 선뜻 내키지 않아 한다. 직장을 잡고 출퇴근을 하는 어엿한 회사원들의 고민도 이와 다르지 않다.

내가 이렇게 살려고 공부를 그렇게 힘들게 했었나?
이직하면 좀 나아질까?

끝도 없는 고민의 연속은 삶을 지치게 한다.
대학교 4학년 학생들에게 물었다.

질문 : 대학생 1학년 학생들에게 해주고 싶은 말이 무엇인가요?

대학교 4학년의 답변 : 하고 싶은 거 하고 살아도 된다고 말해주
   세요.
1학년들의 반응 : ……. 〈납득 불가〉

눈이 휘둥그레진다. 할 거 다 하면서 어떻게 해. 대학생이 되
면 시간도 많고 자유인이 될 줄 알았는데 웬걸, 동기들 보니까 너
무 열심이라 도저히 놀 수가 없다고 한다. 하는 척이라도 해야 마
음이 놓인다는 것이다. 그렇다고 자신이 하고자 하는 뚜렷한 목
표나 직업군이 있는가 하면 그것도 아니다. 막연한 불안감, 초조
함이 오히려 판단력을 흐리게 한다.
   자신이 하고 싶은 일이 없다면 '자신에게 관심 가진 시간이
턱없이 부족한 탓'이다. 자신이 무엇을 좋아하고 무엇을 싫어하
며, 어떨 때 마음이 설레고 어떨 때 마음이 뜨거워지는지 주의 깊
게 살펴본 적이 없는데, 어떻게 앞으로의 나를 상상할 수 있겠는
가? 나를 충분히 살피는 시간을 가진 사람은 지금의 자신의 모습
도 남다르다. 잘나지 않았으나 눈에 힘이 있고, 많이 가지지 않았
으나 조급하지 않다. 자신이 걸었던 걸음이 어디를 향하고 있는
지 뚜렷이 보고 걸었기 때문에 그러하고, 지금 머물고 있는 이 자
리가 어디인지 알기 때문에 그러하다.
   많은 사람들을 만나다 보면 '이 자리에서 이렇게 살게 되면
앞으로는 저렇게 될 수 있는데 어떡하지'라는 안타까운 마음이

들 때가 있다. 자신이 선 자리가 어디인지 살피지 않으면, 자신의 앞날도 지금과 별반 다르지 않게 된다. 하고 싶은 것이 없다고 말하는 졸업을 앞둔 그녀는 과거에는 물론 지금도 자신이 선 자리를 제대로 본 적이 없다고 한다. 오랫동안 이렇게 살아온 탓에 무엇이 얼마만큼 방향이 틀어졌는지도 가늠이 되지 않을 수밖에 없는 것이다.

자신을 자세히 살피면 내 안의 내가 보인다. 그리고 내 안의 나에게 끊임없이 질문을 하다 보면 내 목소리를 들을 수 있다. 당신의 길을 안내해 줄 사람은 주변 사람이 아니다. 주변의 목소리도 아니다. 나를 가장 잘 아는 내가 아니겠는가? 그러니 내 안의 나에게 질문하고 어떤 말을 나에게 건네고 있는지 귀 기울여 들어보자.

불안한 당신의
방어적 공간은 어디인가요?

마음공부에서 가장 많이 다뤄지는 이슈 중의 하나가 정서적 안정감에 대한 이슈일 것이다. 안전에 대한 욕구가 인간의 기본 욕구이기도 하겠지만, 전체적인 삶을 안정감 있게 살아가는 것이 그만큼 중요하기 때문이다. 안정감은 어디서부터 시작되는 것일까? 타인이 주는 걸까? 환경이 주는 걸까? 아마도 안정감의 근본은 자기 자신만의 세계를 구축하는 데서 오는 것이 아닐까?

조현병(정신분열병, schizophrenia) 환자를 몇 년여 동안 집단상담을 진행한 적이 있다. '데이케어 센터'에 머무를 수준의 환자들이었는데, 그들의 특징 중 하나가 불안이다. 집단상담시간을 진행하다 보면 어떤 날은 별 탈 없이 진행되기도 하지만, 어떤 날은 참여자 중 한 두 명이 환각 증상을 보일 때가 있다. 이들은 약물치료를 지속적으로 받고 있는 경우이므로 심한 증상은 조율되는 편이었다. 조현병이 발병하여 진단에 이르기까지 몇가지 진단조건을 충족해야 한다. '누군가가 자신을 지켜보고 있으며, CCTV나 그 외 다른 장비를 통해 자신의 모든 것이 감시당하고 있다'는 착각은 조현병 환자들의 불안을 부추기는 증상 중 하나다. 자신만의 독자적 세계를 확보하지 못한 불안의 단적인 예를 상징적으로 보여준다고 해도 과언이 아니다.

사람들은 외부환경과의 연결을 원하기도 하지만, 지독히 차단되기를 원하는 것 같다. 왜냐면 인간은 아무도 방해받지 않는 자신만의 세계를 확보할 때 안정감을 느끼고, 그 안정감을 베이스로 하여 자신의 기능을 충분히 발휘하게 되기 때문이다.

출산을 하고 8개월 동안 아기를 돌보는 연아 씨가 우울감을 호소했다.

"도대체 내 시간이 없어요. 너무 우울해요. 내가 이렇게 사는 게 사는 게 아니에요."

"하루만이라도 내 시간을 갖고 싶어요."

"한 시간만이라도 방해받지 않고 자고 싶어요."

그녀는 온통 하루의 시간을 거의 아기를 돌보는데 할애하고 있다. 자신을 위해 먹지도, 입지도, 자지도 못하기 때문에 신체적·정신적으로 피폐해져 가는 것은 당연하다. 요즘 시대에는 육아를 도와줄만한 가족들이 주변에 없는 경우가 많아서, 독박 육아 또는 부부만이 감당하게 되는 육아로 인한 스트레스를 피할 수 없는 듯 하다.

사람은 안정감이 있어야 일이든 공부든 목표하는 바를 향해 나아갈 수 있다. 불안감에 휩싸이다 보면, 몰입감도 떨어지고 스스로 자신을 외딴곳으로 밀어 넣기 바쁘다. 이는 스스로 자신을 보호해야 하기 때문에 나타나는 증상이다.

요즘 들어 가상세계가 대세다. 이러한 시대적 흐름도 안정감 결핍의 결과로 보는 기사를 본 적 있다. 가상세계에의 몰입은 자신이 느끼기에 자신이 통제할 수 있는 공간 확보의 욕구가 절실하기 때문이 아닐까? 사람들은 방어적 공간defensive space에 머물 때 정서적 안정감을 가진다. 외부자극으로부터의 보호를 통해 자신의 심리도 보호될 수 있다는 심리가 가상공간 세계의 인기를 부추기고 있다.

말이 유난히 많은 사람들 중에 불안이 높아서인 경우가 있다. 뭔가 더 설명해야 할 것 같고, 더 말을 해야 자신을 잘 전달할 수 있을 거라는 생각에 불필요한 언어들로 본질을 흐리는 경우이다. 하지만 상대방은 주제의 흐름을 잡을 수 없고 초점을 잃게 되어 오히려 귀를 닫게 된다. 이러한 행동은 공격성의 억압이 원인이기도 하다. 상대방이 자신을 부정적으로 보거나 공격할지도 모른다는 생각을 하면, 자신도 모르게 자신을 보호하려 하는 방어기제가 나타나게 되어 자신의 약점을 감추기 위해 말을 많이 하게 되는 것이다.

요즘은 SNS 대화를 많이 활용하기 때문에 문자에 나타나는 단어 하나, 점 하나, 이모티콘 하나에도 신경이 곤두서는 경우가 많다.

내가 뭘 잘못한 건가?

저 사람이 나한테 이렇게 말한 거 맞나?

내 말을 오해한 걸까?

예리한 건지 예민한 건지 모르겠지만, 불안은 지나친 걱정을 불러일으킨다. 이러한 특징은 자신에게 장점이 되기도 하지만, 지나친 자극에 반응하다 보면 심리적 고통을 초래할 수 있다.

불안한 마음이 많은 사람들은 대인관계, 연애관계에서도 영향을 미친다. 사람들은 안정감을 주는 대상과 있을 때 자신을 편히 드러내고 함께 있고 싶게 마련인데 불안한 대상으로부터 오는 묘한 불편감은 관계를 멀어지게 한다.

사람들마다 느끼는 불안은 차이가 있다.

친구 수빈이랑 있으면 마음이 편해요. 근데 영은이랑 있으면 이상하게 마음이 불안해요.

수빈이랑 함께 있을 때는 공격성이 불필요하겠지만, 영은이와 함께 있을 때 유난히 공격성에 대한 투사가 일어나기 때문이다. 수빈이와 함께 있으면 자신을 공격하는 역동을 일으키지 않아서 자신의 존재감을 과하게 드러낼 필요가 없다. 하지만 영은이와 함께 있을 때 자신의 약점을 드러내게 하는 역동이 일어나기 때문에 무의식적으로 긴장하게 되고, 자신을 보호하기 위해 뭔가를 해야 한다는 방어기제가 작동하게 된다.

내면에 건강한 자기감이 균형을 잡고 있다면, 그 누구와 함께 있어도 방어할 이유는 없다. 상대로부터 자신의 존재가 공격당하고, 위협당하며, 손상당할까 봐 과잉방어태세를 갖추고 불안하게 되는 것이다. 상대방이 자신의 나약함을 알고 있지는 않을까 전전긍긍하게 되면, 끊임없이 투사는 되풀이된다. 인간관계에서 되풀이되는 긴장감은 관계의 질을 떨어뜨리고, 지속적인 관계를 맺는데 방해물이 된다.

불안한 사람들은 에너지 소진이 많다. 주변 환경, 지인, 친구 등 자신에게 안전 기지를 제공해주는 대상이 있으면 좋다. 어린 아이에게는 주양육자가 안전 기지가 되고, 어른들에게는 친밀한 관계를 유지하는 사람들이나 취미생활도 이에 해당한다. 때로는 애완동물을 키우거나, 식물을 키우거나, 운동을 하는 것도 자신의 불안을 낮출 수 있는 안전기지에 해당된다.

사람은 누구나 약한 존재이다. 그러나 그 약함으로 인해 자신이 위태로울 거라는 지나친 염려는 놓아도 좋다. 다시 말하지만, 사람은 그다지 다른 사람의 내면에 대해 지나친 관심이 없다. 오직 자신만이 아는 약점에 휘둘릴 뿐이다. 그러니 지나친 경계를 내려놓고 자신에게 안전기지가 되는 그 무엇을 찾아 떠나보는 건 어떨까?

당신은 예민한가요.
그렇다면 그럴만한 이유가 있어요

✳

'예민하다'라는 말을 들으면 왠지 긴장이 된다. '무슨 의도로 그런 말을 하는 거지? 예민하니까 어떻다는 거야? 좋다는 말이야. 싫다는 말이야?'라며 개운하지 않은 생각이 꼬리에 꼬리를 문다. 보통은 '저 사람은 왜 이리 예민하게 굴어?' '별것도 아닌데 예민하게 굴지 마.'라는 말을 하며 예민하지 말기를 권한다. 진정한 예민함이 뭔가 하는 궁금함에 사전을 찾아보니, '무엇인가를 느끼는 능력이나 분석하고 판단하는 능력이 빠르고 뛰어나다.'는 뜻으로 해석되는 듯하다. 이 정도의 풀이라면 절대 부정적이지 않은데, 우리가 사용하는 일상용어에서는 부정적으로 사용되는 경향이 있다.

아니, 내가 뭘 예민하다고 그래?

그럴만하니까 그러지.

상황도 모르면서 함부로 말하네.

상대방이 내 마음을 제대로 알아봐 주지 못하면 서운하고 무시당한 느낌이 든다. 이해를 받고 안 받고 여부를 떠나 예민하게 굴었다면 그만한 이유가 있기 마련이다. 피부질환으로 인해 피부가 벗겨지는 증상이 있는 사람은 피부의 속살이 드러나기 때문에 피부가 예민해진다. 예민한 부위에 종이를 스치기만 해도 통증을 느끼게 되는데, 이런 경우 '피부가 예민해졌구나.'라는 말이 사용된다. 다른 사람은 아무렇지도 않은데 피부질환이 있는 사람에게는 자연스러운 예민함이다. 즉, 예민할만한 부위니까 예민한 것이다.

예민한 사람들은 다양한 부분에서 예민함을 드러낸다. 후각이 예민한 사람, 청각이 예민한 사람, 분위기에 예민한 사람이 있다. 마음의 예민함은 무엇일까? 마음의 고통을 더 잘 느끼고, 다른 사람의 말에 지나치게 신경 쓰고, 주위 상황에 눈치를 보는 등 나에게 집중하는 시간보다 다른 사람이나 주변 상황에 더 에너지를 쓴다. 이렇듯 사람마다 마음의 예민한 부위가 다르다. 어릴 적에 술 취한 아버지에 의한 가정폭력에 노출된 경험이 있는 사람은 술에 대한 예민함이 있다. 술병을 보면 화가 난다든지, 술 마시는 사람은 절대 만나지 않는다든지, 술자리는 절대 사절하며, 술 취한 사람을 보면 피하고 싶을 것이다. 술에 대한 예민함으로 인해 대인관계가 원활하지 않게 되고 관계를 맺는 사람의 폭이 줄어든다. 이 세상의 사람들을 술 마시는 자와 안 마시는 자로 나누기 때문이다. 예민한 부위가 있다는 것은 상처받는 부위가 다른 사람과는 달라서 공감을 얻어내기가 어렵기 때문에 자신의 속마음을 드러내기가 쉽지 않다.

"아무도 내가 이런 생각하고 있는 걸 모를 거예요."

상담 중에 이런 말을 하는 사람이 있다면 '이 사람은 그 누구에게도 말하지 못한 비밀스러운 이야기들이 쌓여 있구나'라며 그 사람의 이야기에 귀를 기울이게 된다. 이런 말을 하는 사람은 '너만 별나.'라는 반응을 얻게 될까 봐, 아니면 이미 그러한 반응을 경험한 적이 있는 경우라서 매우 조심스럽게 다가오고 있다. 사람마다 쉽게 아픔이 느껴지고 고통스러운 부위는 제각기 다를 수 있다.

사람이 살다 보면 이런 일 저런 일을 겪게 된다. 무례한 사람들로부터 자존심을 습격당하고, 믿었던 사람으로부터 청천벽력 같은 배신감을 경험한다. 기대만큼 일이 제대로 되지 않는 경우도 다반사여서 실망감으로 가득한 마음을 붙들고 살아야 하기 마련이다. 이러한 경험은 비단 누구 한 사람에게만 집중적으로 발생하지는 않는다. 자신의 정체성이 제대로 확립이 되지 않거나 가치관이 제대로 서지 않은 상태일 때 더 강한 진동으로 느껴질 수 있다.

삶이 꺾여버린 느낌이 들고, 자포자기하고 싶은 순간들이 늘어나 세상을 원망한다. 그러나 모든 사람이 같은 반응을 보이지는 않는다. 어떤 사람은 처음에는 휘청이지만 이내 제자리를 회복한다. 처음에는 똑같이 예민하게 반응하지만, 그 시간은 길지 않다. '살다 보면 이런 일도 생기지.'라는 생각으로 다시 툭툭 털고 제 갈 길을 간다. 이런 사람은 자신을 향한 신뢰가 있고, 자신의 일을 스스로 책임질 수 있는 힘이 있다. 이 모습을 보면서 '저 사람은 자존감이 높구나.'라는 표현을 하는 것 같다.

예민한 사람들은 다른 사람의 일을 자신의 일 인양 착각하는 경우가 많다. 상대방의 기분이 그저 나빴을 뿐인데, '나 때문인가?'라는 생각을 하며 안절부절못하게 된다. 자신이 잘못해서 일을 그르친 게 아닌데도 '내가 잘못해서 이런 결과가 나왔어.'라고 착각하며 산다. 이렇듯 예민한 사람들은 나와 타인, 세상의 경계가 불분명하다. 아이가 학교 적응을 잘못하거나 또래 관계가 원만하지 않을 때 '내가 잘못 키웠구나.'라며 지나치게 자기 비난을 하는 부모가 있다. 또는 반대로 '부모님이 나를 이렇게밖에 못해줘서 내 삶이 이 모양이지.'라며 지나치게 부모 탓을 하기도 한다. 절대 연결성이 없지는 않지만 전후 사정 무시한 채 모든 것을 자신 위주로, 타인 위주로 해석할 필요는 없다.

　자녀가 엄마한테 반항한다는 이유로 '엄마한테 이렇게 말하는 건 버릇없는 짓이야.'라며 다짜고짜 호통을 치면 아이는 죄책감을 느낀다. 반발심을 키우는 경우도 있지만, 그 반발심 또한 죄책감을 밑에 숨겨두고 드러나는 행위일 때가 많다. 자녀 입장에서는 부모에게 버릇없이 굴고 반항하는 것이 달가울 리 있겠는가?

　사람들과의 관계에서 문제가 생기는 경우는 내가 져야 할 책임과 타인이 져야 할 책임이 불분명할 때다. 다른 사람이 져야 할 부분을 지나치게 자신이 짊어지는 경우, 모든 것이 내 책임인양 자책하게 된다. 이러한 습관은 처음엔 자신의 잘못으로 억누르며 살다가 지속적으로 누적되다 보면 적대감으로 번질 수 있다.

　앞서 소개한 사례처럼, 다른 사람이라면 그저 술 먹는 자리일 수 있지만 술에 예민한 사람은 과거의 폭력성과 연결된 경험으로 다가오기 때문에 술은 예민한 자극이 된다. '사람들은 뭐가 좋다고 술을 마시지?'라며 술 마시는 사람들을 가까이하지 않으려 하고, 지나친 음주가 아님에도 불구하고 음주행위 자체를 폄하하게 된다. 다른 사람은 자연스러운 일상일 뿐인데, 술에 예민한 사람은 절대 '해서는 안 되는 일'이 되는 것이다.

　지나치게 예민한 사람들은 다른 사람의 표정과 말에도 민감한 반응을 보인다. 다른 사람들이 내 얘기를 하지는 않는지, 나를 나쁘게 보지는 않는지에 대해 살핀다. 전혀 자신과 상관없는 정보를 부여잡고, 자신을 향한 일인 양 곱씹어보다가 지친다. 자신과 상관없는 일은 흘려보내야 하는데도 자기 일로 간주하며 붙잡아두며 힘을 쓰기 때문이다.

작은 단서에도 크게 반응하며 나와 상관없는 일인데도 내 일인 양 고민하는 사람들은 주위의 자극에 날이 서 있다. 바로 스트레스에 취약한 상태가 되는 것이다. 당사자도 예민함을 줄이고 싶지만 말처럼 쉽지 않다. 예민함을 내려놓는다는 게 쉽지는 않지만, 그럼에도 불구하고 해볼 만한 방법이 있다. 우선은 자기 스스로가 자신이 예민한 사람임을 인정하는 것이다. 타인으로부터 '너는 왜 그렇게 예민해?'라는 말을 들었을 때 기분이 좋을 리 없다. 그러나 그러할지라도 의지적으로 '그래 나 예민한 부분이 있어.'라고 인정해주어야 한다. 자신을 좀 더 제대로 바라보고 솔직해지는 자세가 필요하다는 말이다.

또 다른 방법으로는 다른 사람에게 자신의 예민함에 대해 얘기를 나누는 방법이다. 친구 관계라면 '○○아, 내가 이 부분에 대해서는 좀 예민해.'라고 미리 알려주면 불필요한 오해를 줄일 수 있다. 또한 미리 이야기를 해두었기 때문에 오히려 예민하지 않게 된다. 이러한 표현방법은 예민한 사람들이 불필요하게 끌어안고 있었던 짐을 하나씩 내려놓는 과정이 된다. 예민하다는 반응을 자주 듣게 되는 경우라면, 자신의 언짢은 마음을 오랫동안 품고 있지 말라고 권하고 싶다. 예민한 사람들은 그렇지 않은 사람에 비해 불편감이 바르게 감지된다.

이러한 불편감이 쌓이면 한꺼번에 폭발하거나, 폭발시키지 못하는 경우 관계를 끊어내 버린다. 관계를 끊어내는 것이 맺고 있는 것보다는 낫다는 결론을 내리게 되기 때문이다. 그만큼 힘들다는 반증이다. 이렇듯 극단적인 결말로 귀결되기 때문에 주의해야 한다. 속상하고 불편한 마음이 든다면, 분노 감정이 쌓이기 전에 가볍게 표현해보는 것도 좋다. 마음의 건강은 얼마나 자신의 마음을 자유롭게 표현하느냐에 따라 좌우된다.

자신에게 찾아온 감정은 나쁜 게 아니다. 다 그럴만한 이유가 있다. 그러니 자신이 느끼는 감정을 회피하지 않고 그대로 바라봐주어야 한다.

네가 그런 마음이구나.
그럴 수 있지.
그럴 수 있기 때문에 그런 마음이 들었다는 걸 표현해도 돼.
표현하는 건 나쁜 게 아니야. 그걸 망치는 사람이 나쁜 거지.

꾹꾹 눌러 담아두고 있다가 표현하면 폭발이 되어 관계를 어긋나게 하지만, 적절한 순간의 표현은 오히려 서로의 마음을 주고받는 경험이 되어 관계를 돈독하게 한다. '내 상황이 이렇단다.' '내가 이런 마음이 들었단다.'라고 말하면서 정보를 상대방에게 알려주는 것도 각자 자신의 몫이다. 그 누구도 당신을 대신해서 당신을 표현해 줄 수 없다. 소소한 표현일지라도 시도해보자. 예민함이 자연스럽게 흘러갈 수 있는 통로가 될 수 있도록.

상처받지 않으려면
차라리 상처받기를 각오해요

✳

상처받기 싫다는데 왜 상처 입기를 각오해야만 하는가? 참으로 역설적이다. 상처를 입을까봐 두려워하는 사람은 상처받지 않을 환경을 찾아다닌다. 상처받을 만한 가능성 있는 일은 피하고, 갈등이 있을 만한 사람들과는 되도록 부딪히지 않도록 무의식적으로 피한다. 타인과 더 가까운 사이가 되기 위해서는 자기개방이 필요하다. 내가 어떤 사람이며, 남들이 모르는 모습은 어떤 것이 있고, 부족한 점은 무엇인지 또 약한 점은 무엇인지에 대해 어느 정도는 내밀한 정보를 드러내야 한다. 그러나 자신의 모난 모습, 드러내기 부끄러움 모습을 상대방에게 보여주기란 말처럼 쉽지 않다. 자신의 약한 모습일지라도 상대방이 '괜찮다.'라고 말해줄 수 있는 대상임을 확인하기 전까지 말이다.

용기를 내어 상대방에게 나의 약점을 드러내기로 하더라도 상대방과의 관계가 마음먹은 대로 친밀해진다는 보장도 없다. 인간관계라는 것이 계획대로 되는 것도 아니고, 내가 계획한 공식대로 결과가 나오는 것도 아니다. 상대방에게 기대하지 말아야지 하면서도 기대하게 되는 게 사람이고, 상대방에게 실망하지 말아야지 하면서도 실망하게 되는 게 사람이다. 누구나 사람들은 내가 원하는 대로 상대방이 해주기를 바라고, 내가 주장하는 것에 대해 상대방도 '네 말이 맞아.'라고 맞장구 쳐주기를 바란다. 내가 생각하는 것에 대해 상대방이 '틀렸다.'라고 시비를 걸거나, 내가 싫어하는데도 굳이 고집스럽게 하고야 마는 모습을 볼 때는 화가 난다.

나와 상관없는 사람이 내 맘을 몰라주는 건 용납이 되지만, 나와 막역한 사이라 여겼던 사람이 내 맘을 몰라준다면 상심이 클 수밖에 없다. 미워도 해보고, 원망도 해보지만, 그것만으로는 상처받은 마음이 원상 복구될 기미는 보이지 않는다. 사람과의 관계에서 비롯되는 상처로부터 완벽하게 벗어날 수 있는 방법은 무엇일까? 아예 관계를 맺지 않아야 하는 건지, 아니면 관계 속으로 들어가기 위해 더 많이 노력해야 하는 건지 도무지 알 수 없는 게 인간관계의 현실이다.

인간관계가 힘들다고 느껴지는 순간 처음 드는 생각은 '확 끊어버리자.'라는 것이다. 끊어내야 이 꼴 저 꼴 안 보고 살 것 아닌가. 그러나 끊어내고 난 후, 다시 찾아온 다른 관계에서는 상처가 없을까? 사람은 누구나 갈등을 빚기 싫어한다. 관계에서도 마찬가지다. 두루두루 원만하게 잘 지내고, 적당한 거리를 두면 아무 문제가 없다. 그러나 사람이란 게 어디 그러한가? 서로 다치지 않는 거리를 유지한다는 건 말처럼 쉽지 않다. 상처받기 싫어하면 할수록 외롭고, 외로우니까 다시 상처받을 수밖에 없는 관계 속으로 비집고 들어가게 된다. 상처가 많은 사람들은 안전이 보장되지 않는 누군가에게 자신의 본모습을 그대로 보여주는데 주저함이 있다. 그들에게는 안전을 확보할 시간과 용기가 필요하다. 헤어지는 것도 힘든 일이지만, 관계가 깊어지는 것 또한 힘든 일이다.

진정한 교감을 위해서는 나의 약한 모습까지 보여주게 되는 순간을 거쳐야 한다. 이러한 순간을 버티는 자만이 진정한 관계를 누릴 수 있다. 두려울 것이다. 피하고 싶을 것이다. 할 수만 있다면 보이고 싶지 않을 것이다. 그러나 친밀한 관계를 원한다면 그 관문을 통과해야만 한다. 자신의 내면에 있는 비밀스러운 것들, 즉 두려움과 나약한 것들을 관계의 사이에 놓고, 있는 그대로 바라볼 수 있는 시간 말이다. 이러한 시간을 통과한 관계만이 진정성 있는 관계의 세계로 들어설 수 있다.

사람들이 이토록 진정성 있는 관계를 맺기 위해 안간힘을 쓰는 이유는 무엇일까? 다시는 사람에게 기대하지 말아야지 하면서도 기대하게 되고, 다시는 사람을 믿지 말아야지 하면서도 믿게 되는 이유는 무엇일까? 이유는 바로, 사람을 기대하거나 신뢰하면서 그 사람과 돈독한 관계를 맺기 위함이다. 나아가 내가 그 사람을 아끼고 사랑하는 만큼 그 사람도 나를 아끼고 사랑해주기를 바라는 마음이다. 오늘도 한 걸음 한 걸음 성실한 하루를 채우고 내일을 계획하는 것, 만나는 사람들에게 괜찮은 사람으로 인정받기 위해 시간과 물질을 헛것으로 쓰지 않는 것 밑 마음 어딘가에는 사랑받고 싶은 마음이 포함되어 있을 것이다.

사랑을 위해 노력했던 모든 수고가 기대를 채우지 못하고 상처로 돌아온다면 단번에 관계를 정리하고 싶어진다. '이제는 나에게 별 의미 없어.'라는 합리적인 이유를 내걸고 사람들과의 관계를 단절하고 싶을 것이다. 관계로 인한 상처를 받지 않기 위한 갑옷을 걸치다 보면 외부에서는 도무지 그 사람을 알 수가 없다. 자신의 입장에서는 최선을 다한 대가로 상처를 남기고, 타인이 보았을 때 '속을 알 수 없는 사람'으로 남게 될 뿐이다. 사람들과의 친밀한 거리를 포기하면 홀가분할지 모르지만, 공허감과 외로움도 뒤따라온다.

상처를 입지 않으려 애쓰는 삶은 결국 성과를 내지 못하고 끝난다. 아무리 노력해도 상처 없는 관계는 없기 때문이다. 혼자서 뭐든지 잘 해내지 못한다고 해서 자신을 나약하게 생각하지 말자. 다른 사람의 도움을 절실히 요구하게 되는 상황에 대해 부끄럽다고 여기지 말자. 숨기고 싶은 나의 비밀스러운 이야기를 누군가가 안다고 해서 큰일 나지 않는다. 사람은 누구나 나약하며, 의지하고 싶은 욕망이 있다. 사람은 누구나 사랑받고 싶고, 위로받고 싶어 한다. 누구나 그렇다. 그러니 안심하자.

상처 입을까 봐 뒤돌아서 있는 당신이라면, 용기를 내어 앞으로 돌아서 주어도 좋다. 모든 사람들이 당신의 돌아선 모습에 인사하지는 않더라도 적어도 누군가는 당신에게 따뜻한 인사를 건넬 것이다. 모든 사람과 사랑에 빠질 수는 없다. 그러니 '모든 사람에게 상처받지 않으리라.'는 마음을 접어야 한다. 우리는 누군가와 가까워질 수도 있고, 또 누군가와 멀어질 수도 있다. 그러한 관계의 순환 속에서 우리는 진정한 사랑을 찾을 수 있다.

명령에 복종할래요?
욕구에 충실할래요?

심리학의 이론 중에 게슈탈트 심리치료가 있다. 이 치료에는 '상전과 하인'이라는 개념이 있는데, 상전은 '나에게 명령을 하는 목소리'이고, 하인은 '타고난 자신의 욕구에 대한 목소리'이다. 상전은 부모님이나 사회적인 규칙, 예의범절 등이 내면화되어 나오는 목소리이다. 하인의 목소리는 어떤 것들을 갖고 싶거나 다른 사람을 미워하는 마음일 수도 있고 편안히 쉬고 싶은 욕구일 수도 있다. 게슈탈트 심리치료에서는 이런 두 목소리가 공존하고 있으며 함께 조화를 이룰 때 건강하다고 말한다.

심리적인 갈등이 문제가 생기는 경우는 상전의 목소리가 지나치게 힘을 발휘할 때이다. 기독교 집안에서 엄격한 신앙심을 요구받았던 K는 다른 사람에게 피해를 주거나, 예의에 어긋나거나, 싫어하는 마음을 갖는 것에조차도 죄책감이 들었다.

하인 : 나 저 사람 싫어.

상전 : 사람을 미워하면 안 되지. 모두 사랑해야지.

하인 : 드라마 정주행 하고 싶어.

상전 : 드라마 보는 것은 쓸데없는 짓이야.

하인 : 나 이제 좀 쉬고 싶어.

상전 : 쉬긴 뭘 쉬어 얼마나 했다고…. 더 열심히 해도 모자라.
　　　인생이 만만해?

　상전과 하인의 목소리는 누구나 듣게 되는 내면의 목소리다. 다만 두 목소리가 서로 조율되지 못하고 한편으로 기울어지다 보면 어려움이 생긴다. 게슈탈트 심리치료에서는 분열된 목소리로 인해 파편화된 삶을 균형 있게 통합하는 삶으로 이끌 수 있게 안내하고 있다. 자신이 지금 이런 상황이고, 이런 것들을 느끼고 있다는 것을 알았다고 해서 자신의 삶이 통째로 바뀌지는 않는다. 하지만 이러한 알아차림의 과정을 통해 자신을 괴롭히던 내면의 목소리를 잠시 멈추게 할 수 있다.

　하인이 말하기를 '나 좀 힘들어.'라고 한다면 '지금 힘든가보구나…. 어떻게 하고 싶니?'라고 물어봐주면 좋다. 하인이 들려주는 목소리에 관심을 기울이고 어떻게 하고 싶은지 따뜻하게 물어보자. 물어 봐주는 내가 있는 것만으로도 하인의 욕구가 거절당하지 않고 존중받게 된다. 이러한 존중은 나에 대한 존중이며 나에 대한 사랑이다. 우리는 살아있는 생명체이다. 살아있기 때문에 당연히 욕구가 있다. 내가 가진 욕구는 당연히 일어날 수 있는 것들임을 스스로 인정해줄 때 나다운 내가 완성될 수 있다.

자신의 욕구에 제대로 반응하려면 욕구에 대한 알아차림이 필요하다. 어떤 건장한 남자가 어린아이처럼 울고 싶은데, '남자가 울면 안 되지.' '이 정도 가지고 약해지면 남자가 아니지.'라는 상전의 목소리에 동의한다면 자신의 진정한 욕구를 알아차릴 기회를 잃게 될 수 있다. '알아차림'은 자신의 내면과 자신의 주변에서 어떤 것들이 일어나고 있는지에 대해 깊은 관심을 보이는 것이다. 내가 무엇을 느끼고 있는지, 내가 무엇을 생각하고 있는지, 내가 지금 무엇을 어떻게 반응하고 있는지에 대해 아는 것이다. 하기 싫은 행동, 하지 말아야 할 행동이 습관처럼 반복되는 이유도 자신의 수정해야 할 행동에 대해 알아차리지 못하기 때문이다. 제대로 알지 못하는데 어찌 제대로 행동하겠는가.

누구나 사람들은 다른 사람들로부터 좋은 평가를 받기를 원한다. 이왕이면 좋은 사람으로, 이왕이면 편안한 사람으로, 이왕이면 괜찮은 사람으로 인정받음으로써 자기만족을 느끼고 싶어 한다. 가깝게 지내는 친밀한 사람들과의 관계에서 '좋은 사람'의 역할을 잘 해내려는 욕구는 그들과 좀 더 잘 지내고 싶은 관계의 욕구에서 비롯된다. 이러한 욕구는 자연스러운 현상이다. 그러나 이러한 욕구가 과도하게 되면 오히려 관계를 해치는 결과를 초래하기도 한다.

주변 사람들에게 좋은 인상을 남기기 위해 애쓰다 보면, 자신의 욕구를 억압하게 되고, 자신의 느낌을 차단하게 된다. 자신이 느끼는 것들에 대해 솔직하게 표현하기보다는 '내가 좀 이해하면 되지.' '내가 좀 손해 보면 되지.' '내가 좀 참으면 되지.'라는 생각을 하며, 자신의 욕구를 차단하는데 익숙해진다. 이러한 익숙함이 지속되거나 그 강도가 강해지면 문제가 발생할 수도 있다. 타인을 만나는데 스트레스가 된다는 사실 때문에 약속을 기피하거나, 사람들과의 접촉을 최소한으로 하기 위해 자신도 모르게 거짓말을 하게 된다. 이러한 패턴이 계속될수록 자신의 욕구를 제대로 표현할 기회는 멀어지게 된다.

과거의 경험을 되짚어보자. 예를 들어, 자신의 욕구와 감정에 따라 표현하고 행동했을 때 갑자기 거절당하거나 무시당한 경험이 있을 것이다. 이후에 드는 생각이 '나의 욕구에 맞게, '나의 욕구에 맞게 표현하거나 행동하는 것은 위험해.'라는 생각이 들게 된다. 자신의 생각을 억압하고, 자신의 알아차림을 무디게 하고, 거부하고, 자신의 깊은 내면에 숨기거나 소외시킨다. 이렇게 숨어버린 욕구는 성숙되지 못하고 억눌린 채로 숨죽여 있다가 어느 날 외부로 드러나 갈등의 불씨가 된다.

자신이 아닌 다른 무언가가 되려고 하면 할수록 삶은 시들해진다. 자신이 원하는 다른 누군가가 되려고 애쓰기보다 있는 그대로의 자신을 인정하고 받아들일 때 삶은 빛을 발한다. 많은 사람들은 누군가가 자신에게 원하거나 요구하는 것을 잘 해내면 삶이 풍요롭고, 인정받고, 안정적으로 흘러갈 것이라는 착각 속에 산다. 이러한 삶은 자신을 잃은 채 타인에게 운전대를 넘기며 사는 것과 마찬가지이기 때문에 제대로 된 만족감을 누리기 힘들다. 자신이 가야할 곳를 향해 스스로 운전하며 가야 목적지에 도착하는 즐거움을 맛볼 수 있다.

자신의 자각 수준을 높일 수 있도록 강압적이거나 회피적인 언어를 책임감 있는 언어로 바꿔보자. 그것은 타인과 상황의 요구에 집중되어 있는 것에서 자신의 욕구에 집중하게 되고, 스스로 선택권을 쥐고 사고하고 행동할 수 있게 돕는 것이다. 그렇다면 다시 상전과 하인의 대화를 통해 적용을 해보자.

하인 : 나 저 사람 싫어.

상전 : 사람을 미워하면 안 되지. 모두 사랑해야지.

» 나도 사람을 싫어할 수 있지.

» 내가 모든 사람을 사랑해야 한다고 생각하는구나.

하인 : 드라마 정주행 하고 싶어.

상전 : 드라마 보는 것은 쓸데없는 짓이야.

» 드라마 정주행을 하고 싶을 정도로 내가 힘들었나 보구나.

» 드라마 정주행이 꼭 쓸데없는 짓은 아니지.

하인 : 나 이제 좀 쉬고 싶어.

상전 : 쉬긴 뭘 쉬어 얼마나 했다고…. 더 열심히 해도 모자라.
　　　 인생이 만만해?

　» 나도 좀 쉴 수 있지.

　» 좀 쉰다고 해서 인생이 망하지는 않아.

인간의 내면에는 수없이 많은 갈등 요소가 있다. 이러한 양극성 중에는 책임감과 무책임, 강함과 약함, 배려와 이기심, 성숙함과 미성숙 등 다양하다. 심리적으로 건강한 사람은 이러한 양극성을 소외시키지 않는다. 양쪽의 중심을 잡고 균형감을 가지고 살아간다. 어느 한쪽으로 치우쳐서 기울어지지 않고, 자신의 양극성을 명료하게 자각하며 스스로 알아차린다. 이러한 사람은 자신과 타인과의 관계에서도 솔직하며, 실제적인 관계를 유지하며 살아갈 수 있다.

양극성의 일례로 상전과 하인의 개념을 활용했다. 둘 다 통제권을 갖기 위해 싸운다, 승리자는 패배자에게 명령을 하고, 권위를 가지고 지시하며, 패배자를 야단치고 처벌하려 한다. 승리자와 패배자의 싸움이 끝나지 않는 삶을 살아가면 지치게 되고, 목표를 상실한 채 삶을 살게 된다. 이러한 삶은 끊임없이 자신을 괴롭히고, 고문하게 될 수밖에 없다. 우리는 자신이 생각하거나 느끼고 행동하려는 것에 대해 충분히 알아차릴 수 있어야 한다. 자신의 부정적인 모습을 인정하기 어렵더라도 자신의 일부임을 받아들일 필요가 있다. 자신에게 있는 못마땅한 모습, 부족한 모습, 불완전한 모습 등이 자신의 모습임을 수용할 수 있을 때 비로소 나다운 삶을 살아갈 수 있다.

열등감을 허용해 줘요

✳

20세 이상 성인 중 자신에게 장점과 잠재력이 어느 부분에서 발휘되는지 정확히 인식하고 있는 사람은 30%밖에 되지 않는다고 한다. '당신의 장점은 무엇인가요?'라고 묻는다면, 말문이 막혀 쉽게 입을 떼지 못하는 사람이 많을 것이다. 평소에 자신에게 어떠한 장점이 있는지를 생각하지 않고 살기 때문이다. 자신에게 장점이 있는지조차 가늠하지 못한 채 살아가고 있기 때문에 '글쎄요…'라는 어정쩡한 반응은 당연하다.

자신에게 장점이 없다고 생각하거나 무엇인지 모르겠다는 생각이 들면, 주변 사람들에게 물어보아도 좋다. 자신이 모르는 것은 남들이 더 잘 파악하고 있을 테니 말이다. 다만 다른 사람이 장점이라고 이야기를 해주어도 극구 사양하며 '나한테 그런 면이 장점일리 없어, 그냥 듣기 좋으라고 해주는 말일 거야.'라고 생각하는 사람은 콤플렉스에 빠져있을 가능성이 있다. 자신만의 콤플렉스 즉, 열등감에 젖어있다는 말이다.

긍정심리학자들의 연구에 의하면, 우리의 뇌가 가장 효율적인 상태로 기능을 하기 위해서는 긍정적인 감정의 크기가 부정적인 감정의 크기보다 3배는 더 많아야 한다고 한다. 이처럼 자신이 뭔가 이루려고 목표를 세웠거나 삶을 지속적으로 성장시키기 위해서는 부정적 감정보다 긍정적 감정의 크기를 더 확장해야 한다는 사실이 입증된다. 기쁜 일이 없어도 웃다 보면 기뻐지고, 행복한 느낌이 없어도 행복하다는 상상을 하면 행복해진다는 말도 있지만, 그것만으로는 우리의 느낌을 긍정적으로 바꾸기에는 역부족인 경우가 많다. 가끔은 부정적인 느낌이 우리의 삶에 보탬이 되는 경우도 있다. 그러나 이러한 정서가 과하게 발현되어 지속되는 경우, 긍정적인 정서로 되돌아오기까지 더 많은 시간을 할애해야 할지도 모른다.

그렇다면 우리의 긍정적 정서를 회복하기 위한 방법은 과연 무엇인가. 어떻게 하면 되는가에 대한 질문에 속 시원한 답변을 기대하는 것은 당연하다. 자신의 원하는 바를 행동으로 실현하고자 하는 마음은 간절하다. 그러나 그에 반해 구체적인 실천방법을 어렵고 무겁게 바라보기 때문에 '나는 할 수 없어.'라는 부정적 생각에 잠식될 수 있다. 그렇다면 쉽고 간단한 방법이 무엇이 있을까?

인정하는 것이다. '무엇을 인정하란 말인가?'라는 물음에 또 답을 해보자. 내가 그동안 했던 것들에 대한 인정이다. 부족했거나, 실수했거나, 나태했거나, 비겁했거나… 그 무엇이어도 좋다. 과거가 내 발목을 붙들고 현재의 발걸음에 걸림돌이 되게끔 지켜만 보고 있어서는 안 될 일이다. 과거를 곱씹으며 후회를 한다고 한들 바꿀 수 있는 방법은 없다. 바꿀 수 있는 방법이 있다면 끊임없이 과거를 회상하며 반추하라고 강조하고 싶지만, 절대 그럴 리가 없기 때문에 단호하게 멈추라고 말하려는 것이다. 과거에 고착된 생각은 현재에 집중하는 데에 있어서 방해물이 된다.

나는 다양한 업무로 인해 순간순간 처리해야 할 일들을 잊고 자책하는 마음이 생겼을 때 즉시 대안을 마련한다. 스마트폰 스케줄러를 계속 확인하는 것도 기억의 한계를 돕기 위해 사용하는 방법이다. 나의 경우 당일에 해야 할 일, 며칠 내로 해야 할 일을 작은 쪽지에 적어 집안에서 자주 다니는 문 앞, 화장실 문 입구에 붙여놓는 편이다. 지저분하게 느끼는 사람들은 사용하기 주저할 수도 있겠지만, 업무를 효율적으로 해나가기 위한 방법이기 때문에 개인적으로 만족하면서 사용하고 있다.

아주 사소하게 실천하는 예로는, 도서관에서 빌린 책을 반납해야 하는 경우에 책을 다 읽고 나면 바로 현관 앞에 두고 나갈 때마다 반납해야 하는 책이라는 사실을 기억한다. 그러다 보면 기한 안에 시간을 내어 반납할 수 있게 되고, 기한을 어길까 봐 신경 쓰는 에너지를 줄일 수 있다. 결론적으로 말하면, 실수를 반복하는 습관이나 대인관계에 있어서의 소통방법이 있다면 그 대안을 즉시 찾아서 적용해야 한다. 습관이든 소통방법이든 그대로 두면 더 큰 덩어리가 되어 나를 짓누르게 되기 때문이다. 과거에 저지른 실수를 자책하는 시간은 줄이거나 없애고, 거기에서 확보된 시간은 대안을 마련하는 데 사용하면 좋다. '조금 더 있다가…'의 유혹에 빠지지 않는 방법은 가능한 한 빨리 대안을 마련하고 가능한 한 빨리 실행에 옮기는 것이다.

대안을 마련하고 실천에 옮기는 것조차 힘든 경우라면, 실수를 반복하고 있는 자신에 대해 아직도 '형편없는 사람'으로 내몰고 있느라 감정을 소모하고 있을 가능성이 높다. 스스로 자신을 허(許) 해야 한다. '나는 절대 그래서는 안 돼.'라는 당위적 사고가 무의식적으로 강하게 자리 잡고 있지나 않은지 살펴보아야 한다. 사람은 누구나 실수를 할 수 있는 존재이다. 이 말은 완벽하지 않는 미완의 존재라는 말과 같다. 사람은 누구나 실수를 하고, 또 실수를 하며, 거듭 실수를 하는 존재이다. 같은 실수를 반복하는 나를 용서해야 한다. 그런 다음, 그렇지 않으려면 어떻게 해야 하는지에 대해 차분하게 고민한 후 대안을 마련해 보자. 자신을 자책하고 비난하는 것이 습관이 된 경우에는 그 순간 심호흡을 하고 '멈춤'을 외쳐야 한다. 이제 그만 나를 비난하는 자세를 멈추고 다시 자신에게 기회를 주는 자세로 '새로 고침'을 해보자.

개인 심리학자 아들러Alfred Adler는 열등감inferiority feeling이라는 용어를 도입하여, 감정적으로 무능해진 사람들을 좀 더 성숙하고 사회적으로 유능한 방향으로 인도하기 위한 심리치료기법을 개발하였다. 그는 개인적으로 태어났을 때부터 병약했고, 4세까지 구루병을 앓았으며, 5세 때는 폐렴으로 죽을고 비를 넘겼다고 한다. 그는 자신의 병약한 몸에 대해 열등감을 느꼈으나 이에 굴하지 않고 공부에 매진한 덕분에 결국 의사가 되었으며, 자신의 경험을 바탕으로 열등감의 개념을 도입해 개인심리학을 완성하였다.

사람들은 누구나 열등감을 갖게 마련인데, 신체적인 조건에서 느끼는 열등감, 어릴 때 양육자의 양육태도로 인해 생긴 열등감 등이 있다. 열등감은 한 개인이 자신의 능력을 과소평가하게 하여, 무기력감과 무가치감을 느끼게 한다. 이러한 열등감을 가진 사람이 다른 사람을 짓밟고 그 우위에 서려고 하다가는 더 극심한 열등감 콤플렉스의 덫에 걸리고 만다. 열등감을 스스로 인정하고 자아실현의 발판의 기회로 삼게 된다면, 오히려 건강한 삶으로 가기 위한 디딤돌 역할을 하게 된다.

우리 모두에게 있는 열등감이라면, 그 열등감을 없애기 위해 자신을 탓하거나 타인을 탓하느라 불필요한 감정을 희생시킬 필요는 없다. 자신에게 있는 열등감을 허락하고, 그 이후에 '그렇다면 어떻게 할 것인가?'에 대한 고민을 하는 편이 현명하다. 내가 반복하는 실수를 허하고, 계획만 하고 실천하지 못하는 나를 허용해야 한다. 조건은 '진심으로'이다. 형식적으로 허락하고 수용하는 척한다면 스스로 다시 올무에 걸리게 된다. 끝없는 되풀이 현상을 반복하게 된다는 말이다. 정확히, 진심으로 '나의 나됨'을 허락하고 용서하고 나면, 그 다음에 어디로 가야 할지 문이 보인다. 보이지 않는다고 낙심하고 있는 당신이라면, 문을 찾기 위해 의지를 사용해보면 어떨까. 가만히 앉아 있는데 문이 열리거나 저절로 길이 열리게 되는 일은 결코 없을 테니 말이다. 그렇다면 어떻게 해서 그 문으로 진입이 가능한지에 대한 예시를 들어보도록 하겠다.

첫째, 다른 사람들은 어떻게 이러한 열등감을 극복했는지 모델링한다. 직접 똑같은 상황을 경험할 수는 없지만, 우리는 얼마든지 간접경험을 통해 나의 경우에 대입해볼 수 있다. 돈 들이지 않고 돈 이상의 가치를 얻어낼 수 있는 가성비 높은 방법이 아닐 수 없다.

둘째, 무작정 감사한다. 처음에는 무작정 감사로 시작하지만, 이러한 무작정 감사의 태도는 차츰 진정한 감사의 태도로 변화될 것이다. 의심이 가더라도 한 번 해보자. 나는 과거에 친정어머님이 요양병원에서 수년 동안 생활하는 모습을 지켜보면서 '두

다리로 스스로 걷는 것이 이토록 큰 복이구나' '내 두 손으로 숟가락을 들어 음식을 입에 넣는 움직임이 이토록 소중한 것이구나.' '나 스스로 내 용변을 보고 처리할 수 있는 일이 인간으로서의 수치심을 줄여줄 수 있는 고귀한 행위구나.'라는 생각이 들었다. 이후 내 두 다리와 두 손에게 감사의 마음을 전하기도 한다. 이전에는 감사거리가 되지 않았던 당연한 몸이 무조건 감사해야할 중요한 덕목이 된 셈이다.

셋째, 한심한 변화에 도전한다. 하루 만보를 계획했을지라도 한걸음부터다. 한걸음을 무시하면 안 된다. 너무 멀리, 너무 높은 목표를 보고 한숨 쉬기 전에 지금 당장 앞으로 나아가기 위한 한 걸음을 소중히 여기자. 정신과 의사 이두형 님이 다이어트를 시도할 때 사용했던 방법인데 인상깊은 내용이어서 적어보겠다. 그가 다이어트를 다짐 한 후, 소파와 일심동체가 되어 있거나 방바닥에서 꼼짝하기 싫을 때, 첫 번째로 해야 할 행동이 몸을 한번 뒤짚어 보기이다. 몸 한번 뒤집는 것이 바로 몸 움직이기의 첫걸음이라는 것이다. 거대한 다이어트가 아니라 지금 내가 할 수 있는 다이어트가 진정한 변화의 시작임에 동의가 되었다.

우리가 행동으로 무언가를 실천하려 할 때마다 행동하기 싫은 마음이 같이 작동한다. 해야 한다는 건 알지만 하고 싶지 않은 저항감도 함께 온다는 말이다. 익숙한 대로 살고 싶어 하고, 익숙한 대로 생각하고 싶어 하는 본능이 있기 때문인데, 그 본능을 이겨내려면 본능과 싸워서는 안 될 일이다. 어르고 달래서 조금씩 바뀔 수 있는 상태로 바꾸어야 한다. 하기 싫은 마음을 '이 정도면 할 만한데?'라는 상태로 본능이 눈치채지 못하게 바꿔치기하는 것이다. 그 정도면 할 수 있을만한 수준을 목표로 삼는다면 한번 도전해볼 만하다. 책 한 권을 다 읽어야겠다는 마음보다는 한 쪽만 읽겠다는 목표를, 한쪽도 부담스럽다면 한 문장 읽기를 목표로 삼아야 한다. 최대한 자신이 할 수 있는 수준으로 접근한다면, 심리적 저항감을 다독여 행동으로 옮겨가는 횟수가 늘어날 것이다. 이러한 성취경험이 쌓이면 아주 조금씩 유능감이 회복된다.

타인과의 비교를 통해 열등감이 생기는 경우도 있지만, 더 심각한 것은 자신 스스로 열등감을 만들어내는 생산자가 되는 것이다. 타인과 비교하며 열등감을 없애기 위해 '비교를 멈추세요.'라는 처방을 내려 해결방안을 찾지만, 스스로 열등감을 만들어내는데 탁월한 경우엔 어찌해야 할까. 이왕 비교할 거라면 자신과 자신을 비교하라고 말하고 싶다. 어제의 나와 오늘의 나를 비교하면서 어제의 나보다는 나은 오늘의 나가 되기 위한 비교는 언제나 환영이다. 어제는 한 걸음 떼었다면 오늘은 한걸음 반을 떼어낸 자신을 칭찬하고 격려하기 바란다. 자신의 부족한 부분을 탓하며 긍정 격하를 일삼는다면, 자신을 칭찬하거나 격려해

주려 했던 타인의 관심은 철회되고 말 것이다.

열등감 자체가 나쁘거나 해롭다고 말하는 것이 아니다. 이를 극복하고 노력하는 과정에서 자신과의 화해가 먼저가 되어야 한다. 자신과의 화해 즉, 자신을 허해줌으로써 나를 탓하는 습관으로부터 벗어날 수 있다. 자신을 허(許)해주면 자신을 탓하느라 사용했던 에너지를 자신을 변화시킬 수 있는 에너지로 바꿔서 사용할 수 있다. 하루를 살아가느라 에너지 소진하면서 힘겨워했던 시절이 이전에 또 있었을까 싶을 정도로 힘든 삶을 살고 있는 시대이다. 무방비하게 새어나가는 에너지를 거둬들여 '나의 나 됨'을 향한 성장의 에너지로 사용해야 할 때이다.

당신에게도 혹시
수행불안증이 있나요?

✳

지금보다는 더 나아져야 한다는 생각이 지나친 사람은 만족감을 모른다. 지금도 충분히 잘하고 있고, 인정받고 있는데도 불구하고 여전히 잘못하고 있다고 생각하며 자신 스스로 불만족을 호소하기 때문이다. 아무리 옆에서 '충분히 잘하고 있어요.'라고 말을 해도 그 말은 전달되지 않고 다시 튕겨져 나온다. '당신이 나를 잘 몰라서 그래요. 나는 원래… 이런 사람이에요.'라며 자신의 가치를 한없이 평가절하한다.

수영 씨는 퇴근 후에 아르바이트를 하고, 자격증 취득 시험공부를 하며, 하루 24시간이 모자랄 만큼 열심히 사는 목표지향적인 사람이다. 한 달이 가고 한 해가 가면서 무언가가 차곡차곡 쌓여야만 만족스럽다고 한다. 물론 덕분에 과거보다는 발전했으며, 다른 사람들보다는 더 빠르게 결과물을 만들어내기 때문에 성취물이 많은 편이다. 그러나 어쩐 일인지 매해 연말이 되면 그녀는 반복적인 우울감에 빠지곤 했다. '연말이 되면 제가 일 년 동안 해냈던 일들이 별 볼 일 없어 보여요.'라며 공허감에 휩싸이곤 했다. 잔뜩 웅크리고 앉아 있는 몸과 마음이 무척이나 힘겨워 보였던 그녀는 수행불안증 performance anxiety에 시달렸다. 열심히 달리며 열정을 다해 살아왔음에도 불구하고, 마음속에는 '너는 더 열심히 해야만 해.'라는 목소리에 사로잡혀 왔던 것이다.

많은 사람들이 경쟁하듯이 누가 더 즐겁게 사는지, 누가 더 많은 것들을 누리고 사는지, 누가 더 스펙을 잘 쌓아서 잘 나가는지에 대해 지나치게 관심을 보이고 있다. 알고 싶지 않아도 알 수밖에 없는 온라인 미디어의 세계 덕분이기도 하지만, 원인을 탓하기 전에 자신에 대한 불만족이 가장 큰 이유가 된다는 것을 알아야 한다. 뭔가 잘 못사는 것 같아서 걱정되고, 남들보다 뒤처지고 있다는 스트레스는 어깨를 짓누르고 있는데, 지금보다는 발전해야 한다는 믿음 때문이다. 더 멋있어지고, 더 많은 것을 가져야 하고, 더 뛰어난 외모를 가져야 한다는 생각 속에는 자기 자신이 무엇인가 해냈을 때만 가치 있는 존재라는 비합리적 사고가 있다.

영국의 정신과 의사인 아이작 막스 Issac Marks 수행불안증을 '다른 사람 앞에서 어떤 특정 행위를 할 때 느끼는 공포감'이라고 설명하였다. 일종의 사회불안 중에 하나이기도 한데, 다른 사람

앞에서 뭔가 해내야 하는 상황을 지나치게 '위기 상황'으로 생각한다는 것이다. 이러한 현상은 다른 사람들의 자신에 대한 평가가 혹시나 부정적이라면 자신의 실질적인 생존까지 위협이 된다는 무의식적인 인식에서 비롯된다.

대중들의 인기를 먹고 사는 연예인이나 가수, 배우들이 수행 불안증에 시달리고 있다. 극복에 어려움이 생기면 공황장애, 우울증, 대인기피증 등으로 발전하기도 한다. 이러한 경우는 일상생활을 지속할 수 없을 만큼 심각한 상황이기 때문에 정신과 의사의 도움을 받아 약을 복용함과 동시에 심리치료를 병행하는 것을 추천한다. 그러나 심하지는 않더라도 소소하게 일상생활에 지장을 받는 경우도 흔하다. 예를 들면 모르는 사람에게 말을 걸어야 할 때, 필요한 것을 타인에게 요구해야 할 때, 부탁을 거절해야 할 때 등의 상황에 놓이게 되면 필요 이상의 스트레스를 받게 된다.

처음에는 다른 사람의 시선에 민감한 정도에서 시작하지만, 이를 간과하는 경우 '저 사람들이 나를 어떻게 생각할까?'라는 생각 때문에 어떤 행동을 하더라도 자연스럽지 못하고 경직되고 만다. 하고 싶은 말을 하지 못하고 엉뚱한 말이 튀어나온다든가, '싫어'라고 말해야 하는데 '알았어.'라고 대답이 나온다든가, 자신의 생각과 의도와는 다르게 반응하는 말과 행동 때문에 후회하는 경우가 많다.

자신의 말이나 행동에 대해 지나치게 의식하는 사람들의 마음을 깊이 들어가 보면 '나는 부족한 사람으로 여겨지면 안 돼.'라는 왜곡된 신념이 내재된 경우가 많다. 이러한 지나침은 때로 학교생활과 사회생활 전반에 어려움을 준다.

항상 상대방에게 좋은 모습을 보여줘야 한다는 생각에 꽉 찬 사람은 타인과의 친밀하고 긴밀한 관계를 겁낸다. '나의 좋은 면만 보고 나를 좋아하는 건 아닐까?' 하는 생각에 자신의 진실된 모습을 보면 실망감을 줄까 봐 불안하기 때문이다. 다른 사람에게 명랑한 사람이 되어주어야 하고, 멋져보여야 하고, 매력적으로 보여야 한다는 강박적인 사고가 그들을 옴짝달싹 못하게 만들고 있다. 이들은 다른 사람과 있을 때 늘 애쓰며 산다. 관계를 즐기지 못하고, 노력하고, 힘을 주어 관계를 맺기 때문에 대인관계도 일처럼 피곤할 수밖에 없다. 피곤하면 당연히 쉬고 싶고, 혼자 있는 시간에는 한없이 심신이 가라앉게 된다. 자신의 본래 모습을 드러내지 않는 관계는 에너지를 갉아먹기 때문에 소진될 수밖에 없다.

최근에 부쩍 MBTI에 대한 검사를 하고 싶어 하는 사람들이 늘고 있다. 인터넷에서 떠도는 약식 검사지보다 더 정밀하게 제대로 하고 싶다는 사람들이 증가하는 걸 보니 그 관심이 뜨겁다는 것을 알 수 있다. 이럴 때 나는 MBTI 검사뿐만 아니라 다른 검사를 한두 개 정도 더 추가하여 검사받기를 추천한다. 한 가지 검사만을 가지고 자기 자신을 이해하기는 쉽지 않으며, 오히려 '나는 이런 사람이다.'라는 편향된 고정관념에 빠질 수 있기 때문이다. MBTI 검사를 제대로 해보고 싶은 이유를 물어보면 대부분 '내가 생각하는 내가 맞는지 궁금해서'라고 답한다. 이런 경우 나는 '내가 생각하는 나를 내가 모르면 누가 알까?' '검사를 통해 자신을 알면 과연 안심이 되는 걸까?'라는 의구심이 든다. 자신을 더 잘 알고 싶어 하는 마음은 충분히 이해가 되지만, 자칫 검사 결과에 치중하게 되어서 자신에 대한 이해가 오히려 방해가 될까 봐 염려가 된다는 말이니 오해 없기 바란다.

최근에 MBTI 검사를 받아보기를 원했던 대학원생 지은 씨의 경우, 외향적 성격의 점수가 높게 나왔다. 대화를 나누다 보니 '제가 원래 내성적인 면이 있는데 일부러 노력해서 외향적으로 좀 바뀐 것 같아요.'라고 했다. 그 이유를 물어보자, 다른 사람들이 내성적인 사람보다 외향적인 사람을 더 좋아하더라는 것이었다. 사람들이 좋아할 만한 성격으로 바뀌기 위해 노력했고, 다행히 성공해서 안심이 된다는 눈치였다. 자신의 부족한 부분을 채워서 극복하려 했던 부분만큼은 기특했다. 그러나 행여나 그녀가 자신의 내향적인 기질을 '사랑받지 못하는 성격' '사회적으로 불리한 성격'으로 오해할까 봐 걱정이 되었다. 해석상담을 마칠 즈음, 나는 그녀에게 "외향적으로 바꾸려고 너무 많은 노력을 하지 않아도 괜찮아요. 그러니 너무 애쓰지 말고 지금 자신의 성격을 존중해 주세요."라는 말을 덧붙였다.

상담이 끝나면 어김없이 이렇게 묻는 여성이 있었다.

"선생님, 제 생각이 이상한가요?"
"선생님, 제 생각이 다른 사람하고 같아서 다행이에요."

다른 사람과 다르면 뭔가 잘못된 사람이 된 양 불안해하였다. 다른 사람과 달라도 되는 세상이고, 다른 사람과 달라야 마땅한 삶인데도 말이다.

누군가에게 호감을 느끼게 된다는 것은 그 사람의 완벽함 때문만은 아니다. 완벽함으로 꽉 차 있는 사람은 오히려 빈틈없이 보여서 답답하게 여겨질 수 있다. 업무적인 관계로는 유지되겠지만 따뜻한 관계로 지속되기에는 한계가 있을 수 있다. 때로는 '허당' 같은 모습이 좋아 보이기도 하고, 허점이 있기 때문에 '나와 같구나.'라는 안심이 들어서 끌리기도 한다. 너무 완벽한 사람은 처음에는 오감이 가지만 이내 질리게 된다. 완벽한 타인은 없다. 완벽한 나도 없다. 그러니 너무 애쓰느라 자신에게 까다롭게 굴 필요가 없다.

어딘가에 신이 있다면, 그 신이 인간을 이 세상에 보냈다면, 원래의 모습으로도 별처럼 빛날 수 있게 만들어 세상에 내보내지 않았을까. 빨리 걷는 사람은 빠른 걸음으로, 느리게 걷는 사람은 느린 걸음으로 살아도 되는 게 삶이 아닐까. 물에서 사는 물고기는 헤엄을 잘 칠 것이고, 산에서 사는 다람쥐는 나무 타기를 잘할 것이다. 그런데 인간만이 '물고기야, 너는 왜 다람쥐처럼 나무를 못 타니.' '다람쥐 너는 왜 물고기처럼 헤엄을 못 치니?'라며 핀잔을 주는 거 아닐까. 우리는 자신에게 있는 것들이 이미 충분하다는 것을 모르는 모양이다. 늘 남의 것을 바라보느라 내 것이 어떠한지 바라볼 겨를이 없다.

더 이상 당신에게 무조건적인 사랑을
베풀어줄 대상은 없어요

✳

30대 초반에 남편을 만나 결혼한 그녀는 "더 이상 남편이 나를 사랑하지 않는 것 같아요."라며 상담을 신청하였다. 예쁜 아이도 얻었고, 이만하면 남편이 벌어오는 돈으로 살만하다고 생각하고 있지만, 남편이 주는 사랑에 늘 목마르다. 남편을 결혼상대로 선택한 이유가 '이 사람이면 나에게 충분한 사랑을 줄 수 있겠구나.'라는 확신이 들어서였다고 했다. 언제나 자신을 사랑해줄 사람을 선택한 그녀는 남편의 조건적 사랑 때문에 실망하여 괴로워하고 있다.

우리는 흔히 '엄마는 아이를 무조건적으로 사랑해줘야 한다.'라고 말한다. 그 사랑은 아주 당연해 보이고 전혀 이상한 말은 아니다. 응당 그래야 한다고 가르치고 있고, 누구나 그런 사랑을 원한다. 나 또한 그런 사랑을 받고 싶고, 나의 사랑하는 자녀들에게 기꺼이 무조건적인 사랑을 주고 싶다. 그러나 엄밀히 따져보면 그러한 사랑이 과연 존재할지 의문스럽다. 현실에서는 녹록치 않은 것이 무조건적인 사랑의 덫이다. 무조건적으로 자녀를 사랑하거나 타인을 사랑하는 일이 쉽게 이루어질 만한 실현가능한 일일까?

자녀의 위치에서 생각해보아도 나의 부모는 그런 사랑을 내게 주지 못한 것 같다. 엄마가 된 입장에서 생각해보아도 단언컨대 무조건적인 사랑을 자녀에게 줄 자신이 없다. 다만, 그러하고 싶은 간절한 소망은 가지고 있을 뿐이다. 무조건적인 사랑은 인간으로서는 지켜내기 힘든 사랑일 수 있다. 인간이기 때문에 조건적인 사랑을 하고, 조건적인 사랑을 할 수밖에 없는 존재이지 않을까? 신만이 줄 수 있는 사랑을, 신적인 존재에게만 받을 수 있는 사랑을 갈구하며 우리의 관계를 실망하고 또 괴롭히고 있지는 않는가?

부모의 사랑은 다른 사랑의 관계보다는 훨씬 큰 사랑을 가지고 있다. 그렇다고 해서 무조건적인 사랑이 당연하다는 이야기는 아니다. 어느 정도는 상대적인 면이 있다. 완벽하게 무조건적인 사랑이 존재하는 것이 아니라, 어느 정도의 조건적인 사랑이 그 안에 포함된다는 사실이 더 신빙성이 있을 듯하다.

남편에게 무조건적인 사랑을 받으려는 목적을 이루지 못한 그녀의 결혼생활은 위태로웠다. 그녀는 만족감을 얻지 못했으며, 결혼생활을 지속해야 할지 말아야 할지 불안이 엄습할 때도 있다. 남편의 변치 않은 사랑이 더 이상 존재하지 않는다면 그녀의 결혼생활은 공허하고 외롭기 그지없기 때문이었다. 상담을 지속해가던 중에 그녀가 편해지는 순간이 왔다.

"더 이상 당신에게 무조건적인 사랑을 줄 대상은 없어요."

그녀의 눈빛은 흔들렸고 잠시 절망에 빠지는 듯했다. 더 이상 남편이 자신에게 그런 사랑을 줄 수 없다는 사실 그리고 그러한 대상으로 남편을 이상화시킨 것은 그녀 자신임을 깨달았다.

"아…. 내가 그렇게 만든 거군요. 내가 그런 남편이기를 기대하고 그렇게 해주기를 바래왔던 거군요."

다음 상담시간에 만난 그녀는 한층 담담한 얼굴로 나타났다. 그 담담함 속에는 조금의 성숙함이 묻어 있었다. 더 이상 남편은 자신에게 그런 사랑을 줄 수 없는 존재임을 받아들인 것이다. 무조건적인 사랑을 부모에게 받지 못했던 자신이 남편에게 그런 사랑을 요구해왔다는 사실을 알아차렸다. 그녀는 이러한 과정이 유쾌하지는 않았지만 현실을 받아들였고, 받아들인 대가로 가벼워진 마음을 얻었다.

그녀는 오랫동안 남편에게 '자신에게 무조건적인 사랑을 줄 유일한 한 사람'으로 남아 있기를 바래 왔었다. 그럴 수 있을 거라고 믿었던 그녀의 선택은 빗나갔으며, 자신의 선택이 잘못되었다는 생각이 지배한 결혼생활이 행복했을 리 없다. 그러나 이제 그녀는 더 이상 남편이 자신에게 줄 수 없는 사랑을 갈구하느라 하루를 낭비하지 않겠노라고 했다. 무조건적인 사랑을 줄 수 있을 거라 기대한 자신을 안쓰럽게 여겼고, 그녀는 남편의 사랑에 집착하려는 자신을 드디어 떠나보낼 수 있었다.

아이들이 열심히 공부하면 내가 기쁠 텐데….
조금만 더 부지런하면 더 예쁠 텐데….
다른 집 아이들처럼 뭔가 특별한 결과를 내준다면 내가 더 자랑스러워할 텐데….

부모들은 아이들이 열심히 공부하고, 좀 더 부지런하고, 다른 집과는 차별되게 좀 더 잘나 보이는 성과를 내주기를 바라는 마음이 은연중에 있게 마련이다. 이 같은 마음은 엄밀히 말해 무조건적 사랑과는 거리가 멀다. 그러나 이 조건적인 사랑 때문에 나와 자녀의 관계가 무너지거나 부모 자녀의 인생 자체가 흔들리는 것은 아니다. 엄마의 마음은 근본적으로 무조건적인 사랑을 주고 싶은 마음이 있다. 그러한 마음까지는 부정하지 말아야 한다. 그렇지 못하다고 해서 지나치게 자책하지도 말아야 한다. '아지금 내 마음에 그런 마음이 있구나.'라며 솔직하게 인정하는 용기를 낸다면, 좌절의 구렁텅이에 매번 넘어지는 일은 없을 것이다. 내 안에 조건적인 마음이 있다는 이유로 '나는 부모 자격이 없어.'라며 지나치게 비난한다면 오히려 자녀를 자연스럽게 사랑하는 것과는 거리가 멀게 된다. 사람이라면 누구나 조건적일 때도 있고, 무조건적일 때도 있는 것이다. 그냥 그런 것이다.

가족이나 소중한 사람에게 무조건적인 사랑을 추구할 수는 있다. 간혹 자신의 심리적인 문제가 해결되지 않은 사람에게는 마땅히 사랑을 주어야 할 순간에 줄 수 없어서 문제가 생길 수 있다. 자기 문제에 갇혀 다른 사람을 돌볼 여력이 없기 때문이다. 이러한 사람은 자신의 문제로 인해 조건적 사랑에 집착하게 된다. 그리고 결국 건강하지 않은 관계를 만든다. 자신들이 만든 조건적인 관계 속에서 또다시 상처받고 아파하는 것이다. 무조건적인 사랑을 원하는 사람의 이상적인 기대는 좌절되기 쉽다.

아이가 어릴 적에 충분하고 온전한 사랑을 받게 되면, '나는 사랑받는 존재구나.'라는 자아상이 형성된다. 그러나 적절한 돌봄이 이뤄지지 않게 되면, '나는 사랑받을 자격이 없는 존재구나.'라는 부정적 자아상이 형성된다. 자신의 존재가 늘 부적절하다고 느끼며, 자신에게 뭔가 부족한 면이 많아서 사람들이 자신을 싫어할 것이라는 인식이 심어지는 것이다. 이러한 부정적 자아상이 형성되면 누구를 만나든 자신을 부정적으로 경험하게 된다. 자신의 부족함 때문에 사람들이 자신을 싫어할까 봐 불안해하고, 사랑받을 자격을 얻기 위해 애쓰는 행동을 하며 살아가게 된다.

사람들은 다른 사람으로부터 사랑을 받고자 하는 기본적인 욕구가 있다. 다른 사람들이 자신에게 원할만한 조건을 만들기 위해 끊임없이 노력하는 이유이다.

당신은 참 괜찮은 사람이군요.
당신은 매력적인 사람이에요.
당신은 능력도 뛰어나고 성격도 좋네요.

이러한 말을 듣기 위해 과도한 노력을 하는 사람은 다른 사람들이 원하는 모양새를 갖추기 위해 끊임없이 노력한다. 칭찬하는 말을 듣기 위해 자신에게 호감을 갖게끔 애쓴다. 자기 자신의 진솔한 모습이라기보다는 다른 사람의 조건에 안성맞춤 되기 위해 존재하는 격이다. 타인 위주의 삶, 눈치 보며 사는 삶이 얼마나 고단한가. 이들은 존재 자체에는 관심이 없다. 사랑받고, 인정받는 존재가 되는 것에 빠져있다. 자신을 끊임없이 드러내려고 애쓰며 좋은 모습을 보이려다가는 결국 자신의 한계에 좌절하고, 타인의 반응에 실망하고 만다.

이상적 자아상은 자신의 존재만으로는 사랑받을 수 없다고 믿기 때문에 만들어 낸 자아상이다. 다른 사람에게 사랑과 관심을 받고자 어른스럽게 굴고, 투철한 책임감을 발휘하며, 한 없이 유쾌한 사람으로 보이려고 자신의 내면을 감춘다. 겉으로 보면 매력적인 모습이지만, 사람이 어떻게 매번 어른스러우며, 책임감까지 강하고 유쾌할 수 있단 말인가. 이러한 기준 자체가 지나치게 엄격한데다가 현실에는 존재할 수 없는 조건일 뿐이다. 이상적 자아상은 말 그대로 이상적인 것이다. 이상적이라는 말은 현실과는 거리가 멀다는 뜻이다. 자신의 깊은 내면에서 우러나는 진정한 자기가 되고자 하는 욕구와는 전혀 다른 모습이다.

자신이 되고자 하는 이상적인 모습과 현실적인 모습 사이의 거리감을 가늠하기 위해서는 끊임없이 질문을 던져보자.

'내가 되려고 하는 모습이 내가 진정으로 원하는 모습일까?'

이상적 자아상을 망가뜨리지 않기 위해 당신이 애쓰는 부분은 무엇인지, 어떤 노력을 하면서 오늘도 힘겹게 살아가며 버티고 있는지를 생각해 보아야 한다. 사랑을 주고받는 것은 자격에 의해 결정되는 것이 아니다. 완벽하지 않아도, 부족해 보여도, 오히려 그 결핍이 있기에 사랑이 머무는 것이다.

제 3 장

마음이 흐르듯이

자기 수용은
체념과 달라요

해결하지 못하는 문제에 맞닥뜨릴 때 흔히들 '그냥 받아들여.'라고 하는 위로 아닌 위로의 말을 건넬 때가 많다.

해결할 수 없어서
어쩔 수 없어서
마음이라도 좀 편하게

받아들이면 일단 마음에 무거웠던 문제를 훌훌 털어버릴 수 있어서 좋다. 그러나 받아들인다는 것이 그리 단순한게 아니다. 이로 인해 '쉬우면 진즉에 했지.'라는 볼멘소리가 튀어나오곤 한다. 이러한 반응은 '받아들인다.'의 의미를 매우 제한적으로 생각하기 때문에 일어난다. 어떤 경우에는 '받아들인다.'의 의미를

'단념하다.' '체념하다.' '포기하다.' 같은 패배적인 뜻으로 착각하는 것 같다. 그러나 '받아들인다.'의 의미는 자기 수용과 뜻을 같이 한다고 볼 수 있는데, 이러한 자기 수용은 자기 실패의 의미와는 다르다는 것이다.

'나는 여기까지밖에 안 되는 인간이야.'라는 마음을 갖게 되는 것은 자기 수용과는 거리가 멀다. 자기 수용은 어떠한 부정이나 긍정의 의미가 아니다. 자기 수용이란 '자기 자신의 감정 따위를 있는 그대로 볼 수 있게 되는 상태'를 이르는 말이다. 이러한 자기 수용은 심리상담의 효과에도 필요조건이 되기 때문에 중요한 주제가 된다.

있는 그대로의 것을 받아들인다는 것은 판단하거나 평가하고 분석하지 않는다는 것이다. 자신의 부족함이나 약한 조건을 포함하여 마음에서 일어나는 정서적인 부분 즉, 불안, 두려움, 공포까지도 있는 그대로 인식하고 받아들인다는 것이다.

아들러 심리학을 다룬 『미움 받을 용기』에서 저자인 기시미 이치로는 자기 수용을 이렇게 다루었다. 자기 수용이라는 것은 '하지 못하는 나'를 있는 그대로 받아들이고, 할 수 있을 때까지 앞으로 나아가는 것'이라고 했다. 결국 이 말은 자신을 속이지 않는다는 말과 같다. 부족하다면 부족한 나를 받아들이면서 '그럼에도 나는 나아가야 할 길을 향해 어떻게 하면 좋을까?'에 대한 방법을 찾는 것이다. 자기 수용은 '이러한 나'를 받아들인다는 것이다.

다른 사람들 앞에서 발표할 때 지나치게 긴장하거나 손에 땀이 나서 발표를 망칠 것 같은 두려움이 엄습한다면, '나는 사람들 앞에서 벌벌 떠는 나약한 사람이구나.'라는 것을 수용하라는 게 아니다. 이러한 가짜수용은 자신의 상황을 그대로 본다기보다는 해석이나 평가 위주로 보는 마음의 결과이다. 진정한 자기 수용이라면 '많은 사람들 앞에서 발표할 때 지나치게 떨고 긴장하느라 땀이 날 때가 있지.'라는 사실 그대로를 받아들이는 것이 핵심이다. 내가 내 마음대로 해석해 놓고는 그 해석을 받아들이는 것은 자기 수용이 아니다. 자기 수용은 그저 '있는 그대로의 사실이라는 형태'를 변형시키지 않고 그대로 받아들이는 것이다. 애써 자기 수용을 위해 노력하려다가 오히려 자신을 비난하거나 비틀어서 받아들이는 일은 경계해야 한다.

살다 보면 다양한 일이 생기고 뜻밖의 상황을 마주해야 한다. 이런 것들이 자신에게 고통스럽고 상처가 될 수 있다. 그렇다고 하더라도 이러한 외적인 조건들이 자신을 지속적인 어려움 속에 가둬둘 수는 없다. 스스로 생각할 때 어떤 일들이나 상황에서 빠져나오지 못하고 오랫동안 고통스럽다면 그 이유는 따로 있다. 어려움을 초래하는 외부 환경적 조건 때문에 힘든 것이 아니라, 그 조건을 바라보는 주관적인 해석 때문에 힘든 것이다. 있는 그대로의 사실은 우리를 고통 속에 가둘 수 없다. 언제든 자신을 그대로 받아들일 수 있다면, 고통에서 벗어나 훨씬 더 가볍고 자유롭게 살아갈 수 있다.

지나치게 긍정적일 이유도, 지나치게 부정적일 이유도 없다. 긍정적인 것과 부정적인 것을 나눌 필요도 없다. 그저 '있는 그대로'의 진실만 바라보자. 긍정적이라는 것은 결국 '있는 그대로'를 진정성 있게 볼 수 있는 눈을 의미한다. 지나치게 낙관적인 사람이 부담스러운 이유도 바로 여기에 있다.

자신을 향한 지나친 겸손은 자기 비난이 된다. '난 왜 이것밖에 못할까 더 많이 했었어야지.'라는 부정적인 이야기가 내면에서 들린다면 그 이야기와 대화를 시작해 보자.

내게는 정말 못하는 것밖에 없는 걸까?
정말로 내가 그런 사람일까?
정말 그럴까?

사람들에게 '자신을 사랑하기 위해서는 자신의 조건이 좀 더 나아지면 가능하겠습니까?'라는 질문을 해보면, 거의 모든 사람들의 '그렇다.'라고 답한다. 지금보다 더 나은 내가 되고 더 좋은 조건을 갖추면, 당연히 자신이 더 사랑스럽게 여겨진다는 것이다. 반대로 질문을 해보자. '당신의 조건이 지금보다 더 나아지지 않는다면 당신은 자신을 사랑할 수 있겠습니까?' 답변은 '글쎄요… 아니요.'라고 답변을 할 가능성이 높다. 지금 있는 그대로의 자신을 사랑하지 못한다면, 조건적인 사랑을 하고 있는 것이다. 조건적이라는 것은 번듯한 직장, 높은 연봉, 친화적인 성격, 매력 있는 재능을 갖추었을 때, 사랑받을 수 있고 사랑할만하다는 것이다. 이러한 가치 매김은 자신에 대한 불만족과 타인에 대한 불평을 낳는 생산지이다.

조건이라는 것은 한순간에 바꿀 수가 없으며, 바꿔질 가능성이 낮다. 사랑받지 못하고, 사랑하지 못하고 온 인생을 살아야 한다면 정말 슬픈 일이 될 것이다. 그러나 다행스럽게도 조건을 바꾸지 않고도 사랑을 주고받는 방법이 있다. 주어진 환경이나 조건은 전혀 달라지지 않더라도 현재 자신이 가진 것들을 소중히 여길 수 있다면 얼마든지 가능하다. 아주 사소한 것들이라도 감사할 수 있다면 자신에 대한 새로운 가치매김이 시작될 수 있다.

나를 찾아준 하루
쏟아지는 햇볕 한 줌
기분을 달래주는 한 올 바람

애쓰지 않고, 대가를 치르지 않고 거저 주어진 선물이 우주에 널려있다. 그 안에 있는 그대로의 나, 그냥 그대로 좋다.

가족 로맨스

프랑스어에서의 roman은 소설이라는 뜻을 가지고 있다. 로맨스는 공상적이며 서정미가 넘치는 사랑 이야기를 지칭하는 말로 해석된다. 비연애, 비출산, 비혼 등이 크게 늘어가고 있는 현실에서 남녀 간 사랑을 다룬 로맨스로는 승부를 내기 어렵다는 이야기가 있다. 로맨스 영화, 로맨스 웹툰 등 판타지 소재의 장르의 성공을 위해서는 자극적이고 스피드 한 이야기 전개가 필수다. 현실에서 일어날 수 없는 일들이 가상현실에서는 가능하다는 설정이 주는 대리만족이 주어지기 때문이다. 로맨스물이 꾸준히 등장하여 히트를 치게 하기 위해서는 노력이 필요하다. 인간의 보편적 심리에 작품 고유의 색채를 더함으로써 지루하지 않은 이야기 전개를 이끌어내야 하기 때문이다. 이렇듯 다수의 사람들은 평이한 로맨스에서는 더 이상 흥미를 잃어가고 있다.

'오늘부터 1일'이라고 했던 남자 친구가 싫어지면 헤어질 수 있고, 친한 친구가 도저히 용납될 수 없는 잘못을 저질렀다면 손절을 택할 수 있다. 결혼하고 나서 이러저러한 이유로 심각하게 후회된다면 이혼을 고려할 수도 있다. 그러나 불행인지 다행인지 가족은 마침표를 찍을 수 없는 관계이다. 가족은 선택할 수 없기 때문이다. 그 많은 선택지를 놓고 살아가는 인생인데 가족은 왜 선택을 할 수 없는가에 대해 안타까운가? 속상한가? 바꿀 수 있는 방법을 알려준다면 귀가 솔깃하지 않은가?

　알코올 의존증 엄마를 둔 A 양이 있다. 어린 시절의 대부분을 엄마의 취한 모습을 보았고, 아버지와 매일 싸우는 모습에 '엄마가 내 엄마가 아니었으면 좋겠다'라고 생각하며 하루하루를 살았다고 한다. 바꿀 수 있으면 술을 먹지 않는 엄마로, 바꿀 수 있으면 싸우지 않는 부모님이기를 원했다. 그러나 그것은 A 양의 안타까운 바램일 수밖에 없다. 가족은 피를 나눈 관계지만, 관계의 질은 피와는 상관이 없나 보다. 사랑보다는 미움이 앞서고, 고마움보다는 서운함이 앞선다. 친절함보다는 무례함이 익숙하고, 다정함보다는 차가움이 익숙하다. 가족들에 대한 부정적인 이야기들을 드러낼 곳은 많지 않다. 이야기하면 할수록 자신만 비참해지는 기분이 들기 때문이다. 위로받고 이해받고자 꺼낸 가족 이야기를 하다가 결국 '그런 가정에서 태어났으니 그러지.'라는 비난의 목소리가 들릴 것만 같아 입을 꾹 다무는 쪽을 택한다.

친한 친구관계에서도 살다 보면 삐걱거린다. 사랑하는 연인 사이에서도 도통 이해가 안 되는 구석이 많다. 하물며 가족은 혈육이라는 점 빼면 성격도 가치관도 다른 집단이다. 과거에는 자녀들이 성장하거나 결혼하면 분가하는 게 당연했지만, 요즘은 독립하거나 분가하기 위한 조건들을 갖추기가 점점 어려워지는 추세이다.

부모가 자녀를 사적 재산으로 취급하는 경우, 권위주의적 양육으로 인해 개개인의 자율성이 박탈되는 경우, 세대 간 가치관 차이로 인해 끝없이 벌어지는 욕구 등은 가족 개인의 이익을 위해서라면 고통을 주어서라도 착취하려는 이기주의 현상으로 나타난다. 가족 간에는 경계가 불분명하다. 자신만의 영역의 한계를 모르는 탓에 다른 구성원의 영역을 침범한다. 침범을 당한 자는 고유한 자기를 상실하고 개성이 묵살 당한다. 서로에게 얽힌 가족은 사랑을 갈구하다 서서히 지쳐간다.

현실은 이러한데 마음은 그렇지 않나 보다. 가족 안에서의 로맨스는 아직도 옛 로망에 사로잡혀 못 이룬 사랑을 갈구한다. 지금 바로 줄 것 같고, 참으면 줄 것 같고, 기다리면 줄 것 같아서 떠나지 못하고 서성댄다. 서로의 경계가 허물어진 가족은 서로를 보호할 수 없다. 나의 일부라는 착각, 가족이니까 그래도 된다는 착각, 가족이니까 그래야 한다는 착각 때문이다. 상처가 상처인 줄 모르는 시대에 사는 우리는 자기가 받은 상처만큼 다른 사람들에게 상처를 준다. 아물지 않은 상처는 투사를 통해 다시 누군가의 상처로 옮겨간다.

가족이 아무리 우애가 깊다고 해도 좋은 것만 있지는 않다. 크고 작은 불순물은 쌓이고 미움이 생길 수 있다. 사랑으로 시작했으나 아픔으로 끝날 수 있다. 가족들에 대한 부정적인 이야기를 할 때 죄책감을 느끼는 경우가 많다. 아무리 큰 상처를 입은 사람이라도 부정적인 가정 얘기를 한다는 건 여간 불편한 게 아니다. 가족과 나를 분리해서 생각하기 쉽지는 않겠지만 가족의 모습이 곧 나라는 생각도 딱히 좋은 것 같지 않다.

가족도 미워질 수 있고, 가족을 미워하는 마음도 자연스러운 것임을 말해주고 싶다. 자연스레 드는 감정까지 부인하지 않았으면 한다. 자신에게 사랑의 대상이 되었든, 상처를 준 대상이 되었든, 이제는 제대로 홀로 서기를 하자. 과거의 상처를 제대로 인정하고, 바뀌지 않는 부모나 가족에 대한 환상에서 깨어나자. 로맨스는 없다. 원래부터 없었다. 가족들로부터 받은 영향은 있겠지만, 그렇다 해서 내 모든 삶을 가족의 테두리 안에 가둘 필요까지는 없다. 충분히 당신의 능력으로 변화가 가능하다. 누구 때문에 내가 불행한 것이 아니다. 불행하다는 생각에서 떠나지 못하는 당신이 불행한 것이다. 가족 테두리에서 떠돌던 걸음을 돌려 당당히 걸어 나와도 좋다. 이젠 지체하지 말고 자신과의 로맨스를 시작해야 할 때다.

본심을 들킬 것 같은 마음은
상처받기 쉬워요

✳

　사랑받고 있다는 느낌이 중요한 사람은 모든 사람들에게 착한 사람이 되려는 사람이다. 사랑받고 있어야 살아갈 힘이 있고, 삶의 의미를 느끼는 사람이기에 상대방이 나를 존중하는지의 여부는 중요치 않나 보다.

　'나는 누구에게든 사랑받고 싶어.'라는 욕구는 그저 상대방이 나를 사랑해 주는 사람인지, 아닌지에 대해서만 촉각이 곤두서 있다. 결국 그 사람의 진정성 따위는 가리지 않게 되어 스스로 상처받는 길로 걸어 들어가게 된다. 이러한 욕구가 많다고 해서 이런 사람들이 타인에 대한 지각 능력이 없다는 것은 아니다. 사랑받아야 한다는 지나친 욕구가 자신의 대인관계 취향을 무디게 만들 뿐이다.

　어떤 사람을 만났을 때, 내 이상형이거나 호감을 주는 사람이었을 경우 나도 모르게 상대방의 마음을 얻기 위해 노력한다. 이러한 행위는 매우 자연스럽게 진행이 되지만, 상대방이 마음에 안 드는데도 불구하고 고분고분한 태도를 취하고 있다면 잠시 생각해보자. 이렇게 되면 거부하고 싶은 욕구를 억압해야 하기 때문에 마음이 불편해질 수 있다. 어떤 사람과의 만남에서 알 수 없는 불안감과 긴장감이 일어난다면, 상대방을 진심으로 좋아하지 않지만 좋아하는 척하는 자신의 태도가 원인이 되기도 한다. 단순히 사랑받고 싶은 마음에 싫어도 좋은 척하는 불편함을 감수한다.

남에게 잘 보여야 하는 사람은 상대방이 자신을 존중하지 않음에도 불구하고 순종적인 자세를 취한다. 이러한 행동을 심리학에서는 '반동 형성'이라고 한다.

반동형성Reaction formation은 겉으로 드러나는 태도나 언행이 마음속에서 일어나는 욕구나 감정과는 반대되는 방어기제이다. 반동형성은 무의식에 흐르는 사고, 욕구, 충동 등이 부도덕하거나 받아들이기 두려울 때, 정 반대의 선택을 함으로써 무의식적인 흐름이 의식으로 전환되는 과정을 차단하는 역할을 한다. 미움 대신 사랑을, 폭력성 대신 친절함을, 난잡한 성생활 대신 도덕성을 강조하게 되는데, 이 또한 반동형성으로 볼 수 있다.

초등학생 때 남자아이가 좋아하는 여자아이에게 오히려 짓궂은 장난을 하며 괴롭히는 것도 반동형성 때문이다. 실제로는 좋아하지만 그 마음을 어떻게 표현해야 할지 몰라서 정반대의 행동이 나타나게 되어 상대방이 오해하게 된다.

30대 중반의 여성 A 씨는 아주 오랜만에 남자를 소개받았다. 워커홀릭으로 한동안 연애에 담을 쌓고 살았던 그녀이기에 이번에는 원하는 이성을 만나보고 싶은 마음이 컸다. 남자를 만나고 대화를 하면서 점점 그 남자에 대한 호감이 생기고 '이번에는 이 남자와 잘해봐야지.'라는 각오까지 생겼다고 한다. 남자와 식사를 마치고 가볍게 산책을 하는데, 상대방도 A 씨가 좋았던 모양인지 손을 잡으려 했다. A 씨는 내심 기뻤으나, 그 기쁜 마음을 어떻게 해야 할지 난감하던 차에 손을 뿌리치고 말았다. 상대방 남자는 "내가 싫어요?"라고 물었고, A 씨는 당황한 나머지 "나 그렇게 쉬운 여자 아니에요."라는 말을 하고 말았다. 둘의 관계는 급격히 어색해졌고, 남자는 그 후로 연락을 받지 않았다. 좋아하는 마음을 들킬까 봐 오히려 반대의 행동을 해버린 것이다.

40대 초반의 K 씨는 자녀를 둔 남자와 재혼을 했다. 전 부인 사이에 낳은 자녀를 향한 무의식은 '키우기 싫다.'라는 마음이었고, 너무 미웠지만 겉으로는 그 아이들을 사랑으로 돌보는 엄마처럼 친절하게 대한다. 이런 경우도 반동형성에 해당한다.

상대방이 싫은데도 불구하고 자신도 모르게 친절함을 행사하는 경우, 오히려 관계를 해칠 수 있다. 강박적으로 과장된 표현을 하게 된 자신을 돌아보며 왠지 모를 불쾌감이 따라오기 마련이다. 마음에도 없는 말을 상대방에게 하고 있다면, 한 번쯤 '상대방을 진심으로 좋아하고 있는가?'라는 질문을 스스로 해볼 필요가 있다. 상대방과 나눈 느낌, 대화 등을 떠올려 보면 자신의 표현이 진심인지 아닌지 가늠할 수 있는 척도가 된다. 불쾌하거나 찜찜한 기분을 남기는 대상과의 관계는 반동형성이라는 방어기제를 부추기기 때문에 진실된 관계를 지속하기 어렵다.

안정감은 자기 자신만의 세계가 확보될 때 가능하다. 반동형성이 일어나는 대상과 함께 있을 때 자기만의 세상은 위협받는다. 하기 싫은 데 해야 하기 때문에 억지스럽고 가식적이 되어 자기 세상을 상실한다. 자신의 속마음과 겉으로 드러나는 행동 간격이 심할수록 불안감 또한 깊어진다.

본심을 들킬 것만 같은 마음은 위협적이고 상처받기 쉽다. 그것을 드러내지 않으려 다른 감정으로 잠시 위장하는 것이다. 본래의 마음은 반동형성을 하는 모습의 틈새로 드러나게 되어 있다. 의식적인 행동과 감정 속에 부자연스럽거나 과한 거짓된 태도를 엿볼 수 있기 때문이다. 타인은 이미 그 모습을 간파하고 있는데 오히려 자신은 모를 수 있다. 무의식적으로 일어나는 방어기제이기 때문이다.

사람들은 모든 것들을 '흑백논리'로 해석하려는 경향이 있다. '좋은 것, 나쁜 것' '옳은 것, 옳지 않은 것' 등으로 구분하려는 것이다. 이러한 이분법적 사고에서는 부정적인 것들을 모두 숨기고 싶은 본능이 작동한다. 그러나 우리의 감정은 그렇게 단순하지 않다. 다양한 색깔을 가질 수 있다는 사실을 인식하고, 흑백논리적 잣대로 판가름할 수 없다는 사실을 알게 되면, 더 이상의 방어기제는 불필요하다.

감정적인 성숙이 완성되기 전의 유아기적 수준에서는 반동형성이 자연스럽다. 이성적 한계를 벗어나지 않고 일상생활에 문제를 일으키지 않는 수준이라면 유용하게 사용될 수 있다. 감정의 세계가 다채롭다는 사실을 인식하게 되는 성숙함을 통해, 자신의 내면에서 일어나는 다양한 감정을 수용하고 그 안에서 자신을 이해하는 기회로 삼으면 좋다.

긍정적인 착각은
하지 말아요

  사람들은 긍정적이라는 단어를 선취하려고 부단한 노력을
한다. 긍정이라는 단어를 가지기 위해 노력하고, 그런 단어에 어
울리는 사람이 되기를 원하며, 그런 사람들을 찾기 위해 눈을 부
릅뜨고 있다. 반면 부정적이라는 단어에는 인상을 찌푸리고 미
간에 각을 잡게 되며, 왠지 가까이 하기에는 뭔가 부담스럽다. 나
는 개인적으로 긍정적이라는 단순한 말을 선호하지는 않는다.
특별한 논리는 없다. 다만 긍정적이라는 의미를 부여할 기준이
애매하다는 생각 때문이다. 긍정적이면 안 되는 순간인데 긍정
적이다가 오히려 일을 그르치는 상황이 올 수도 있을 테니 말이
다. 조심성이 많은 건지 잡생각이 많은 건지는 중요하지 않다. 아
무런 생각 없이 내 가치관에 스며들어 주인행세를 하는 오류들
을 잡아내고 싶은 마음일 게다. 내가 브런치스토리 brunch.co.kr에

글을 쓰고 나서 '오탈자 검색'을 위해 클릭할 때와 비슷한 기분이 아닐까 싶다. 내 스스로는 제대로 글을 완성했노라 여기지만 검색 결과를 보면 오탈자가 너무 많을 때 당황스럽다. 내가 믿었던 논리, 내가 확신했던 가치관은 언제라도 거짓일 수 있으니 논리의 반격을 준비할수록 지혜롭다.

긍정적이라는 말은 무엇을 옳다고 여기거나, 그와 같은 것이 좋다고 생각한다는 뜻이다. 결국 이유나 변명을 붙이지 않고 사람을 대하고 대상을 보며 일을 수행하는 능력이나 마찬가지다. 긍정적이라는 단어를 대하면 뭔가 일이 술술 풀릴 것 같고, 겪고 있는 어려움이 금세 극복될 것 같은 착각이 들 때가 있다.

긍정적인 착각은 자신의 능력과 자신의 미래를 대함에 있어서 다른 사람들보다 더 긍정적으로 보는 경향을 말한다. 이러한 착각은 자기 자신에 대한 주관적 평가이며, 객관성을 잠시 미뤄두게 만든다. 또한 통제의 힘이 있다고 믿는 착각으로서 자신과 자신의 주변 환경을 다른 사람들에 비해 잘 통제할 수 있다고 생각한다는 것이다. 마지막으로, 긍정적인 착각은 자신의 미래가 다른 사람들에 비해 더 나을 것이라는 낙관주의를 불러온다. 부정적인 상황이나 사건을 대할 때도 '괜찮아질 거야.' '괜찮아.' '잘 될 거야.'라는 자기와의 대화Self talk를 통해 스스로를 위로하기도 한다. 이러한 긍정적인 착각으로 인해 인생을 살아가는 데에 만족감을 주고, 자신과 타인에 대한 애정을 갖도록 돕는다.

대부분의 사람들은 자신이 가진 능력과 가치를 평가할 때, 다른 사람들에 비해 더 높게 평가하는 경향이 있다고 한다. 이러한 자기고양편향Self-serving Bias은 사람들로 하여금 삶에 활력소를 불러일으키고, '살만한 세상이다.'라는 희망을 고취시키는 기능이 있다. 사람들은 자신이 가진 능력치를 가늠하기 위해 다른 사람들과 비교하곤 하는데, 거의 대부분 자신이 가진 원가보다 더 우월한 점수를 준다. 타인이 자신을 보는 것에 비해 자신을 더 긍정적으로 바라보는 것이다. 이러한 경향이 비현실적으로 보일 수도 있겠지만, 긍정적인 선택을 함으로써 자신의 자존감을 지키고, 스트레스 상황에서 보호하는 보호기제 역할을 한다. 이렇게 자기 자신에게 긍정적으로 편향된 점수를 부여하는 사람이 그렇지 않은 사람에 비해 성취율이 높다는 연구는 많다. 객관적이고 논리적이진 않지만, 과장된 자기 지각은 한 사람의 마음과 정신을 안락하도록 하는 힘을 준다.

긍정적인 착각을 하는 사람들은 자신 또는 어떤 상황에서 통제권을 가지고 있다고 믿는다. 이러한 착각 능력은 일상생활의 적응 수준을 높이고, 스트레스 상황이 왔을 때 더 적극적으로 반응하게 만든다. 그러나 지나치게 통제권에 대한 착각을 가지다가 불필요한 의미부여를 하게 되는 것을 조심해야 한다. 우연히 일어난 일임에도 불구하고, 자신의 힘으로 그렇게 된 거라는 착각이 반복되면 위험한 상황에 노출될 수 있기 때문에 주의가 필요하다.

앞선 글에서, 긍정적인 착각은 자신의 미래가 다른 사람들에 비해 더 나을 것이라는 낙관주의를 불러온다고 하였는데, 다른 사람에 비해 자신에게는 성공경험이 더 많이 일어날 것이라고 지각하는 것이다. 이러한 착각은 특별한 한 개인에게만 해당되는 것이 아니라, 대부분의 사람들에게서 일어나는 현상이다. 그 결과로 인간관계를 원만하게 돕고, 일에 대한 동기부여가 될 뿐 아니라, 스트레스 상황에서도 빠른 회복을 불러온다. 긍정적인 착각은 현실주의적 사고를 가진 사람들에 비해 동기부여 능력이 높고, 자신의 일에 대한 성취감이 높다.

긍정적인 착각이 우리에게 주는 이로움은 참으로 많지만, 부적응적인 면을 초래할 수 있으니 주의해야 한다. 자신의 부주의로 일어난 어려움을 타인이나 사회의 책임으로 돌릴 수 있기 때문이다. 이러한 사람들은 자기 잘못을 인정하는 사람들보다 오히려 더 불행해질 수도 있는데, 자신은 아무런 잘못이 없다는 '희생양' 역할을 자처할 수 있다. 긍정적인 착각이 모든 상황에 적용되어서는 안 된다. 마음 한편에 부정적인 마음이 가득한데 억지스럽게 긍정성을 불러오면 역효과가 발생할 수 있다.

이러한 상황에서 중요한 점은 긍정으로의 전환이 아니다. 이보다 더 선행되어야 할 점은 부정적인 마음을 점검해야 하는 것이다. 자신의 어떠한 것이 지금의 상황을 그르치고 있는지 알아차려야 한다. 부정성을 느껴야 하는 적절한 순간조차도 회피하게 된다면, 부정적인 사고 자체가 힘들어지고 불편하게 되어 '이 모든 게 다 도움이 될 거야.'라고 착각하게 된다. 이러한 착각이야말로 현실 점검을 못하게 하는 독이다.

우리가 삶 속에서 경험하는 일은 그 상황을 어떻게 바라보고 반응하는가에 따라 달라진다. 긍정적이지 않으면 안 될 것 같고, 일을 그르치고, 좋지 못한 이미지를 만들어낼 거라는 착각 또한 버려야 한다. 우리에게 일어나는 부정적인 정서는 없애야 하는 것이 아니라, 자연스럽게 느끼고 받아들여야 하는 정서이다. '좋다.' '나쁘다.'로 구분하기보다 있는 그대로를 바라보는 힘이 있어야 제대로 긍정으로 전환된다. 소소한 일상의 틈새에 자리 잡은 빛나는 순간들을 마음의 사진처럼 저장해주었으면 한다.

저항이 없는 곳에는
분석도 없어요

✳

    '저항이 없는 곳에 분석도 없다.' 심리학의 대가 프로이드가 한 말이다. 정신분석을 받기 위해 찾아온 사람이 정신분석을 받지 않으려 대항하는 반발심을 프로이드가 정의한 것이다. 언뜻 진실인 듯, 모순인 듯, 애매한 말이다. 분석에 대한 자원이 분석에 저항하는 장애물이 되다니 지극히 역설적이기도 하다.

    사람의 성장을 방해하는 저항으로부터 해방감을 맛보기 위해서는 저항의 배후를 살펴보아야 한다. 이런 배후를 드러내려는 것을 감지한 순간 또다시 저항이 올라올 수 있다. 왜냐하면 그다지 유쾌할 것 같지 않은 느낌 때문이다. 저항은 고통에서 벗어나게 해주는 역할을 한다. 고통스러운 느낌, 생각, 행동 등 사람은 누구나 고통을 느끼고 싶지 않으려 한다. 이러한 저항은 어떤 일을 할 때나 어떤 사람과의 관계를 맺을 때도 동일하게 나타난다.

저항은 자연스럽게 일어난다. 멈춰 있던 차가 출발할 때 몸이 뒤로 젖혀지거나 주행 중인 차가 갑자기 속도를 줄일 때 몸이 앞으로 쏠리는 관성처럼 자연스럽다. 저항은 변화에 대한 반대의 견과도 같다.

저항이 왜 필요할까. 저항을 하면 무엇이 좋기에 저항은 관성처럼 늘 내 곁에 머무는 걸까. 저항이 오는 이유는 무언가로부터 자신이 희생당한다는 무의식에서 비롯된다. 사람은 무엇을 원하기도 하지만, 그 무엇을 원하기 위해서는 자신의 일부를 희생해야 한다는 것을 직감적으로 알기 때문이다. 사람이 무언가를 하고자 할 때, 어떠한 고통 없이 순순히 되기를 바란다. 고통 없이 원하는 것을 얻기를 바라고, 고통 없이 하려던 일이 해결되기를 바란다.

자신이 알든지 모르든지 저항은 한 사람의 삶 깊숙이에서 중요한 역할을 하고 있다. 사람들은 무언가를 원하면서도 그 원하는 것의 저편에 있는 통증을 위협으로 느낀다. 그래서 자신이 그동안 고수했던 생각이나 행동에 머무르려는 저항을 하게 되는 것이다.

저항에는 더 이상 하고 싶지 않은 무의식이 숨어있다. 계획했던 일을 하지 않음으로써 실패 경험이나 좌절 경험을 하지 않아도 되니 쉽게 놓아지지 않는 것이다. 사람은 자신이 무언가를 하고 싶은 욕구가 발생하면 그 욕구를 부인함으로써 얻어지는 이

익을 알고 있다. 이런 과정이 적응과정이자 고통 없이 살아가는 방법 중 하나였을 것이다. 그래서 우리는 무언가를 원하지만, 한편으로는 원하지 않는 마음이 공존하는 것이다.

저항은 한 가지 모습으로 설명되지 않는다. 말, 신체적 느낌, 습관 등 다양한 모양으로 저항을 드러낸다.

저항의 표현은 의식적이지만, 저항의 동기는 무의식이기 때문에 스스로 알아차리기가 힘들다. 자신이 저항을 하고 있는지도 모르게 흘러가고 있기 때문이다.

저항으로부터 조금이라도 벗어나기 위해서는 넘어야 할 관문이 있다. 관심과 공감이다. 사람은 변화해야 할 이유가 있어야 변화한다. 변화를 위한 에너지와 열정은 심리적 알아차림에서 온다. 객관적이고 논리적인 것으로는 충분치 않다는 말이다. 만약 논리적인 부분을 통해 변화가 가능하다면, 누구나 살도 빼고, 운동도 하고, 시험공부도 열심히 할 수 있다. 그러나 많은 사람들은 여전히 자신이 원하는 바를 얻어내지 못하고 익숙한 좌절을 맛보곤 한다.

사람들이 변화를 추구하면서 변화로 이어지지 못하는 이유는 논리만으로는 부족하다. 논리는 타인으로부터 용인되는 그럴듯한 이유를 제시하지만, 정서야 말로 변화로 이끌 수 있는 동기가 된다. 정서가 빠져 있다면 당신의 다짐은 그저 '말'로만 남아 어떠한 변화에도 이르지 못할 것이다. 근본적인 힘은 정서로부터 비롯된다. 한 사람의 변화를 이뤄내기 위해서는 그 사람의 내면 깊숙한 마음을 들여다보아야 한다. 깊숙한 마음 들여다보기가 공감이다.

처음부터 변화에 대한 동기가 뚜렷한 사람들도 있다. 이런 경우엔 지나치게 공감을 사용할 필요는 없다. 그러나 동기가 불분명하고 어찌해야 할지 혼란스러워하는 사람들은 더 많은 공감 에너지가 필요하다. 성취지향적이고 과업중심인 이 시대의 사람들은 공감의 효과를 망각한다. 자신과 의견이 충돌하면 빨리 충돌을 없애야 한다는 생각에 상대방을 설득하고, 이해시키는데 상당한 힘을 소비한다. 쏟아 부은 힘에 비해 결과가 좋을 리 없다. 사람들은 쉽게 자신의 생각을 내려놓지 않기 때문이다. 결국 애쓴 보람도 없다는 생각에 실망하고 '지나치게 관여하지 말자.'라는 방관자적 태도를 갖게 된다. 적절한 거리를 두고, 스트레스를 받지 않는 거리를 유지하며, 너무 친밀하지도 않고, 너무 멀지도 않은 상태를 찾고 형식적인 인간관계를 맺게 되는 것이다.

사람들은 흔히 상대방과 내 생각이 일치해야 친밀감을 교류할 자격이 있다고 여긴다. 이러한 생각은 비단 상대방에게만 적용되는 것은 아니다. 친해지고 싶은 대상, 호감을 얻고자 하는 대상이 생기면, 자신의 주장을 내려놓고 상대방의 눈치를 보며 행동하게 된다. 그러나 오히려 반대로 해야 할 이유가 있다. 자신과 의견을 달리하고 있는 대상, 상대방을 고쳐주고 싶다는 욕구를 일으키는 대상을 만나면 오히려 공감해주어야 한다. 사람은 논리로 해석되는 존재가 아니다. 마음이 연결되어야 논리도 받아들여진다.

지금 이 순간 저항의 경험을 하고 있는지 살펴보자. 자신이 하려던 일, 친밀한 관계를 맺고 싶은 사람이 있다면 저항부터 살펴보자. 우선 계획했던 일에서 저항이 있다면 자신에게 질문을 해야 한다.

내가 지금 이 일을 하는 게 맞나?
지금 해야 할 타이밍인가?
아무런 준비 없이 무모하게 시작한 건 아닐까?

틈틈이 자신의 저항을 살피는 질문을 통해 저항이 주는 단서를 알아차려야 한다. 자신이 급했다면 잠시 여유를 갖는 시간을 가져야 한다. 그러한 시간을 가짐으로써 간과했던 감정, 즉 두려움, 불안 등이 있다면 그 감정을 공감해주는 시간을 가져도 좋다.

'네가 불안하구나. 그래서 지금 이렇게 하기 싫은 거구나.'
'네가 하려는 일이 힘들다고 느껴지는구나. 그래서 이렇게 망설이고 있구나.'

자신이 원하는 목표가 있다고 해서 너무 서둘러서 달려갈 필요는 없다. 그래야 하는 이유는 더더욱 없다. 자신이 갈 수 있는 보폭으로 걷고, 자신이 갈 수 있는 만큼만 가도 잘하는 것이다. 자신에게 일어나는 저항에 공감하게 되면 저항은 물리쳐야할 적군이 아니라 당신을 돕는 아군이 될 것이다.

나를 지켜줄 사람은
나 자신이에요

✳

인간관계를 맺다 보면 더러 상처를 주기도 하고 상처를 받기도 한다. 그런데 상처를 주는 것에 비해 상처를 받는 경우가 더 많게 느껴지는 것은 비단 나뿐만이 아닐 것이다. 매일 만나게 되는 다양한 사람들 틈에서 '절대로 상처받지 않겠다.'라는 각오를 해보지만 좀처럼 그 각오는 이뤄지기 어렵다. 내 의도와는 달리 흐르는 게 인간관계이기 때문이다. 밴드를 붙이지 않고서도 금세 아물 수 있는 상처가 있는가 하면, 고통도 심하며 잘 낫지 않는 상처도 있다. 스스로 치료하기 어려워 다른 사람의 도움을 받아야 하는 깊은 상처도 있다. 그 다른 사람이란 주변 사람이거나 상처에 대해 잘 아는 전문가일 수도 있겠다.

다른 사람들이나 외부 환경으로부터 예기치 않게 받게 되는 상처는 당사자를 당혹스럽게 한다. '어디서 온 거지?' '누가 나를 이렇게 아프게 한 거지?' '왜 내가 상처를 받아야 하지?'라는 의문을 갖게 할 뿐 아니라 상처 본연의 고통으로 인해 몸부림치게 된다.

"사람들 앞에서는 밝은 척해요. 상처받는 말을 들어도 쿨한 척 넘어가다가 집에 와서는 두고두고 화가 나요."

사람들 앞에서 당당히 내 감정을 표현하지 못하고 상처받은 경험은 대부분의 사람들에게 있을 법한 이야기다. 유치원 때 상처받은 이야기, 초등학교 때 상처받은 이야기, 그리고 그 후 두고두고 잊지 못할 다양한 상처에 대한 주제는 어른이 된 지금도 마치 어제의 이야기처럼 생생하게 떠오른다. 그때 받은 상처에 대한 이야기는 그 어느 때보다 뜨겁고 강렬하다. 아무리 인간이 관계중심이라지만, 관계 속에서 사는 동안은 만만치 않은 삶이다. 싫어도 맞닥뜨려야 하는 사람이 있고, 갑자기 엮이는 인간관계도 있다. 예상했던 관계이든 그렇지 않은 관계이든 다른 사람으로부터 들은 말이나 행동, 표정으로 인해 상처를 받을 수 있다.

회사 일을 마치고 나면 아르바이트를 하는 등 열심히 살고 있는 그녀에게 남자 친구가 무심코 말을 던진다.

"왜 그렇게 악착같이 일해. 너무 그러면 매력 없어. 좀 여유 있게 살아."

그동안 학자금 대출을 갚기 위해 열심히 벌며 노력해온 그녀를 가장 가까이서 이해해줄 줄 알았던 남자 친구의 말은 그녀에게 상처가 되었다. 하지만 그 말을 들은 그 순간은 웬일인지 어떤 말도 나오지 않았다고 한다. 서운하다고 말하면 남자 친구랑 관계가 소원해질 거 같았기 때문에 그저 쓴웃음만 지었던 기억을 떠올리며 자신을 한심하다 여긴다. '왜 그때 서운하다고 말하지 못했을까?' '이렇게 사는 내가 정말 너무 억척스러워서 매력이 없는 건가?'라는 생각에 남자 친구를 원망했다가, 자신을 자책하며 혼란스러워한다. 상처를 준 남자 친구에게 당당히 자신이 느꼈던 감정을 내비치지 못한 자신이 한없이 못나게 보였다고 한다.

사람들과 관계를 맺으며 살아가다 보면 의도치 않게 벌어지는 일들이 많다. 서로에게 무심코 건네는 말, 위로라고 생각하며 이야기했는데 오히려 화만 돋우는 말, 신경 써서 해준 말인데 간섭으로 들리는 말, 신경 쓸 일이 아닌 것을 아는데도 불구하고 좀처럼 머리에서 떠나지 않는 잔상들은 상처로 남는다. 굳이 나를 지목해서 한 말도 아니며 일부러 상처받으라고 한 말도 아닌데도 나한테 하는 말 같고, 내 자존심을 건드리는 말로 느껴져 아프다.

흔히 우리는 타인이 자신에게 상처를 입힌다고 생각한다. 하지만 자세히 들여다보면, 내가 받지 않았어도 되는, 내 것이 아닌, 아무런 의미 없이 허공에 떠돌다가 떨어져도 무방한 것들에 지나치게 의미를 부여하고 있다. 상대방은 별 뜻 없이 한 말을 스스로 상처라 여기며, 상처받은 가슴을 부여잡고 상처로 고통스러워하며 살고 있지는 않는가? 그렇다면 상처 주는 주범은 타인이 아니라 나 자신일 수 있다.

사람들로부터 상처를 자주 받고, 다른 사람과의 관계가 신경 쓰이고, 스트레스를 받고 있다면, 다른 사람들과의 만남을 피하거나 단절할 일이 아니라 자신 먼저 살펴보아야 한다. 내가 어떤 사람인지, 내가 어떤 생각을 하며 사는 사람인지, 내가 보는 외부 세상은 어떤 세상인지에 대해 자세히 보아야 한다. 내 것이 아닌 것을 내 것 인양 여기며 스스로 상처받는 일은 없게 하자.

세상이 위험하다고 느끼거나, 사람들을 신뢰할 수 없다고 느끼는 사람들은 외로울 수밖에 없다. 자신이 정해놓은 틀로 인해 세상은 위험하게 흘러갈 것이며, 사람들은 늘 나를 실망시킬 테니까. 나를 향한 외부로부터의 상처를 누가 막아줄 수 있을까? 어떻게 하면 조금이라도 덜 상처를 받고, 덜 고통스러울 수 있을까? 과연 그러한 방법은 어떤 것이 있으며, 내가 그것을 통해 나를 지켜낼 수 있을까에 대한 의문이 생긴다.

'내가 못나서 사람들이 나를 무시하는 거야.' '내가 뭐 늘 그렇지. 이렇게 될 줄 알았어.' '노력해도 안 될게 뻔해, 그동안 늘 나의 노력은 실패했어.'라는 말로 자신을 벌주는 대신 '나는 늘 노력하고 있어, 이 정도면 훌륭히 잘 해냈어.' '그동안 힘들어서 그만두고 싶었지만 잘하고 있어. 그래도 이렇게 포기하지 않고 하고 있잖아.' '모두 다 내가 잘못한 것만 있는 건 아니잖아. 그래도 내가 잘하는 부분도 있어.'라는 말을 해보자.

사람들과 관계를 맺으며 살 수밖에 없다면, 그 관계 속에서 나를 보호할 수 있는 보호 기제를 마련해두어야 한다. 다른 사람들이 나에게 불친절하고 퉁명스럽게 대하더라도 적어도 나만은 나 스스로에게 친절하고 따뜻해야 한다. 완벽하게 상처를 차단할 수 있는 방법은 없다. 다만 받은 상처를 치유하고 받지 않아도 되는 상처를 구분하여 스스로를 지켜내야 한다.

무한 긍정이
언제나 옳지는 않지요

━━━━━━━━━━━━━━━━━━━━━━━━━━━━━✳

　과거에는 권력과 권위가 앞서는 계급사회로 인해 개인이 자신의 목표를 선택하기 어려웠다. 이러한 분위기에서는 자신의 행복을 계획하고 이상을 현실화하기 위해 노력하기보다는 주어진 현실에 수긍하며 사회적 분위기에 안주할 수밖에 없었다. 하지만 지금 우리가 살고 있는 시대는 무한한 선택의 길이 주어진다. 오히려 이룰 수 없는 거대한 목표를 세우고 아무런 대안도 없이 '언젠가는 되겠지.'라는 무모한 안일함을 조장하고 있을 정도다. 긍정에 대한 많은 책들이 쏟아지고 긍정을 긍정적으로 봐야할 것만 같은 분위기는 고조되고 있으나, 긍정이라는 것만으로 자신이 추구하는 것들을 성취할 수 있는가에 대해서는 의문을 가질 필요가 있다.

　대부분의 사람들은 긍정적인 마인드를 가진 사람들을 선호

한다. 그런 사람들과 대화를 하다 보면 자신감이 생기고 뭔가 잘될 것만 같은 느낌이 든다. 일이 잘 해결되기 위한 동기부여를 위해 긍정적인 말을 하는 것은 아주 중요하지만, 무한 긍정의 오류에 빠지는 경우는 예외다. 무한 긍정이란 극단적으로 낙관적인 태도를 취하는 것이다. 자연스럽게 찾아오는 감정을 억압하고, 거짓 긍정으로 무장시키는 것이다. 이러한 무장 행위는 현실을 제대로 직시하지 못하고 한쪽으로 치우친 시선으로 바라보게 한다. 그 결과 관점이 경직되고 대처능력은 약해질 뿐이다. 피가 나는 상처를 두고 지혈을 해야 함에도 불구하고 '아무렇지도 않아. 이 정도는 별일 아니야.'라고 우기며 방치하는 것과 같다.

『신경 끄기의 기술』의 저자 마크 맨슨Mark Manson은 '인생의 모든 가치 있는 것들이 부정적 경험을 극복하는 데서 얻어진다.'고 말한다. 부정적 상황에 대한 태도를 무시하고, 서둘러 수위를 가라앉히고, 상황을 회피하는 것은 오히려 부작용을 낼 뿐이며, 이러한 모든 과정이 결국 고생이라는 것이다. 또한 실패를 부인하는 것도 결국은 실패의 한 종류라고 강조하였다. 긍정에 대한 수많은 학설이 존재하고 긍정을 추앙하는 듯한 사회적 분위기에 대해 전적으로 잘못되었다는 것을 말하고자 함이 아니다. 다만 긍정적인 것에 취해 제대로 봐야 할 것들을 보지 못하고, 제대로 느껴야 할 것들을 느끼지 못하고, 제대로 처리해야 할 일들을 방치한 채 더 큰 문제로 남겨두게 될 것에 대한 우려가 있다.

'해로운 긍정주의' 자가진단법 (출처: 사마라 퀸테로, 제이미 롱)

1. 진짜 감정을 감춘다.
2. 무시 또는 묵살을 통해 하나 또는 그 이상의 감정을 떨쳐내려 한다.
3. 당신의 감정에 대해 죄책감을 느낀다.
4. 당신의 기분을 나아지게 만드는 글 등을 보며 다른 사람의 경험을 깎아내린다.
5. 특정 상황에 대해 당신이 느끼는 감정을 인정하는 대신 "이 정도로 끝난 게 다행이다." 같은 말들로 상황을 왜곡하려 한다.
6. 상대가 좌절감 등 긍정적이지 않은 감정을 표현하면, 상대를 비난하거나 부끄럽게 만든다.
7. "뭐 어쩌겠어." 하며 당신을 괴롭히는 문제를 무시한다.

심리학에서는 지나치게 긍정적인 사고를 하는 현상을 지칭하여 '폴리에나Pollyanna 현상'이라고 한다. 엘리노 포터의 소설 『폴리에나』의 여주인공 이름에서 유래된 용어다. 낙천적이고 해맑은 성품의 주인공 폴리에나의 속성을 들어, 지나치게 낙천적인 사람들을 지칭하는 용어가 되었다. 소설 속의 폴리에나는 긍정적인 아이로 주변 사람들을 행복하게 만드는 역할을 했지만, 심리학에서의 폴리에나 현상은 감당하기 버거운 일에 맞닥뜨려질 때 해결할 대안을 마련하지 않고 그냥 '잘 될 거야.'라며 안일한 태도를 보이는 것을 말한다.

불확실한 미래에 대해 극심한 불안을 느끼거나, 두려움과 걱정 때문에 일상생활을 제대로 유지하지 못하는 사람들이 있다. 갑자기 생길지도 모르는 '위험한 상황'으로 인해 자신의 안전에 빨간불이 들어올지도 모른다는 지나친 예기불안 때문이다. 그러나 이러한 사람들만이 현실적인 삶을 제대로 영위하지 못하는 것이 아니다. 무조건적으로 긍정적인 마인드로 살아가는 사람들 또한 현실을 제대로 인지하지 못한 채 살아간다. 긍정적인 사람들이 긍정적인 사고를 통해 문제를 쉽게 해결하고, 성취경험을 많이 하고 있는 것도 사실이다. 다만 한쪽으로 지나치게 기울어진 사고는 예측을 통해 막을 수 있는 사고를 간과하거나, 삶의 중요한 선택을 단순하게 처리하여 돌이킬 수 없는 후회를 낳기도 한다. 긍정적이라는 것은 현실을 제대로 보고 좋은 점과 나쁜 점을 균형 있게 생각하고 인지하고 행동하는 것이다.

무한 긍정의 오류는 마땅히 경험해야 할 실제 감정을 느끼지 못하도록 철저히 고립시키는 데 있다. 사람은 누구나 불완전한 존재이며 불안한 존재임을 인정하는 것이 오히려 긍정적인 사람의 태도라 할 수 있다. 일방적인 긍정성은 우리의 몸과 마음이 제대로 기능하는 데 방해가 된다. 우리가 마땅히 자각해야 할 감정이 제대로 느껴지기를 거부당한다면, 거부당한 느낌은 차곡차곡

쌓일 수밖에 없다. 간혹 어떤 사람들은 '그땐 기분 나빴지만 그냥 시간을 두고 참다 보니 다 잊어버렸어.'라고 말을 하지만, 감정은 그렇게 쉽게 잊힌 채로 가만있지 않는다. 해소되지 않는 감정은 끊임없이 튀어나올 때를 기다리며 내면에 저장되는데, 지속적으로 외면당하다 보면 결국은 신체적으로 드러내어 숨겨진 감정이 살아있음을 증명한다. 심리적인 것과 신체적인 증상과 연결이 되어 있기 때문이다. 받아들여지지 않는 감정이 표현될 방법을 몸으로 찾은 것이다.

긍정적인 것만 좋은 것이라 여기며 환영받는 대신 부정적인 것은 나쁜 것이라 여기는 테마가 형성된 데에는 사회 분위기의 영향이 크다. 긍정적인 것만이 모든 것을 손쉽게 해결해 줄 것이라는 마법을 내세우는 수많은 책과 매스컴, 다양한 소셜미디어에서 드러나는 수많은 사람들의 완벽한 모습들은 끊임없이 자신을 별 볼 일 없고 초라한 존재로 만든다. 그러나 완벽한 행복을 누리며 살고 있다는 것을 뽐내는 사람이나 그러한 사람과 자신을 비교하며 상대적 박탈감을 느끼는 사람 모두가 불행할 뿐이다.

자신이 완전하지 않다는 사실을 인정하고, 연약하고 흠이 있는 사람임을 부끄러워하지 않는다면, 자신에게 찾아오는 다양한 감정들을 느끼고 표현하는데 자유로워질 수 있다. 조금이라도 기분이 나쁘거나 부정적인 사고를 하게 되면, 모든 일이 잘못될 것만 같은 부정적인 생각이 들게 마련이다. 그러나 이러한 부정적인 생각이 든 자신이 큰 잘못이라도 한 것처럼 재빨리 없애려 하다가는 제대로 된 삶의 만족감을 느끼는데 어려움이 생기기도 한다. 미래를 낙관적으로 보고 '모든 것이 잘 될 거야.'라는 신념만을 추구하게 된다면, 머지않아 좌절을 맛보거나 자책하게 될 뿐이다. 삶을 살아가는 데 있어서 '반드시 잘 돼야 한다.' '미래는 늘 행복한 것들만 있어야 한다.'라는 사고는 우리의 삶의 속성과는 역행하는 사고이다.

부정적인 감정에 마주하는 것이 즐겁다고 생각하는 사람은 없을 것이다. 그러나 부정적 감정을 외면하려 한다면 결코 문제가 해결될 수 없다. 부정적인 감정이 들면 즉시 처단해야 된다는 생각을 버려야 한다. 자신의 감정이 부정적으로 흐른다면, 부정적인 감정을 마음 깊은 곳으로 밀어 넣지 말고 받아 들여야 한다. 부정적인 감정을 인정함으로써 자연스럽게 흘려보내는 자세가 필요하다. 긍정적인 사고나 감정이 우리의 삶에서 중요하지만, 우리의 삶이 늘 즐겁고, 화창한 날씨만을 보장해주지는 않는다. 부정적 사고나 감정은 우리가 살아가는 삶의 일부임을 받아들여야 한다.

진정한 긍정성이란 있는 그대로의 사실을 인정하고 받아들이며, 지금 이 순간 자신이 해야 할 것들이 무엇인지 합리적으로 인지하는 능력이다. 두려운 생각이 들면 '이 상황에 두려운 생각이 드는 건 당연한 거야.'라는 사실을 알아차리는 자세가 필요하다. 무엇인가 잘못될 것만 같은 부정적인 생각에 사로잡힌다면 피하지 말고 받아들이자. 그렇다고 해서 지나치게 그 생각에 빠져들라는 말은 결코 아니다. 누군가가 어떤 상황에 대한 부정적인 생각에 고통스러워한다면 '괜찮아. 다 잘 될 거야.'라는 말 대신 '정말 힘들어 보이는데 내가 도와줄 수 있는 부분이 있다면 말해줘.'라고 해주자. 우리에게 찾아오는 모든 감정들은 소중하다. 긍정적이어야 한다고 강요하지도 말고, 부정적이니 얼른 없애버려야 한다고 초조해 하지도 말자. 찾아올만한 타당한 이유가 있으니 함부로 무시하거나 억압하지 말고 기꺼이 맞이하자.

내 전부를
사랑할 필요는 없어요

나름대로 학식이 있고 저명한 사람들은 앞 다투어 이렇게 말
한다.

자신을 수용하세요.
있는 그대로의 당신을 바라보세요.

그러나 그 누구보다도 우리는 우리 자신에게 엄격하다. 다른
사람보다 더 나은 내가 되기 위한 갈망 때문이다. 더 나은 내가
되기 위한 노력은 끝이 없다. 왜냐하면 인간은 본래 완벽하지 않
은 존재이며, 완벽할 수도 없는 존재이기 때문이다. 때로는 '성
장'이라는 단어나 '변화'라는 단어를 사용하며 완벽을 가장한다.
끝없이 성장하고 끝없이 변화해야 하는 것은 기준이 모호하기

때문이다.

30대 영은 씨가 내게 말했다.

"정말이지 신물이 나요. 도대체 언제까지 제가 변해야 해요?"

지겨움이 가득 묻어 있었다. 영은 씨 혼자서 얼마나 고군분투했었으면 신물이 난다고 말했을까. 상담에 오기 전, 오랜 시간 동안 그녀가 원하는 변화가 찾아오기를 바라며 애썼으리라. 그녀는 자신이 바뀌어야 한다는 것에 넌덜머리가 난다고 했다. '그만하고 싶고, 그만해도 된다'는 말이 필요했으리라. 그녀에게 이 말은 누군가로부터의 최종 승인 같은 것이다.

사람들은 자기 자신을 사랑하기 위해 다양한 방법을 시도한다. 자신의 강점을 찾아본다든가, 반복해서 긍정적인 명언을 되뇐다든가, 명언집을 사서 음미하거나 필사를 하기도 한다. 더 나은 나로 나아가기 위한 노력이다. 사람은 저마다 마음에 들지 않는 구석이 있다. 아무리 노력해도 도무지 맘에 들지 않는 자신을 보며 속상해한다. 나를 사랑하기 위한 목록을 정해두고 목록대로 실천하지 못할 때는 또다시 자신을 채근한다.

서점에 가보면 수많은 자기 계발서가 펼쳐져 있다. 거기에 더해 심리학 도서도 강세다. 공통되는 주제로는 자신이 좋아하는 것 찾기, 무엇을 잘하는지, 무엇을 할 때 행복한지에 대해 관심을 가지라고 말한다. 때로는 자신의 부정적인 모습 안에 있는 긍정적인 부분을 찾아내라고 말한다. 굳이 부정적인 면에 집중할 게 아니 라 긍정적인 면이 있으니 그 부분을 좀 더 키워보자는 의미이다. 그러나 다양한 방법을 시도해 보아도 그다지 효과가 없을 때 또다시 자책한다. 처음엔 의욕도 생기고 할 만하다 여기지만. 이내 '나는 지속할 수가 없구나.'라는 생각에 자괴감이 든다. 무조건적으로 자신을 좋아해 보겠다는 시도는 바람직한 의도이지만 효과 보기란 만만치 않다.

내 모든 것을 사랑할 필요는 없다. 자신의 모습을 받아들이는 과정을 살펴보면 긍정적인 것들만 환영받는 듯하지만 그럴 필요는 없다. 사람은 누구나 마음에 들기도 하고, 마음에 들지 않기도 하지 않은가. 자신 안에는 마음에 흡족한 면과 마음에 들지 않는 부분이 있게 마련이다.

눈이 작은 사람의 경우, 작은 눈이 자신의 마음에는 탐탁지 않을 수 있다. 중요한 점은 마음에 안 드는 부분은 말 그대로 부분일 뿐이다. 눈이 작은 나라고 해서 내 신체 전체를 나쁘게 평가할 것까지는 없다는 말이다. 부분과 전체를 동일시하지 말아야 한다. 부분이 전체는 아니다. 부분이 제대로 되지 않으면 필요 이상의 열등감과 수치심에 시달리게 된다. 나아가 자신의 내면에서 들리는 불평불만 가득한 잔소리를 들어야 할 것이다. 우리가 취해야 할 바람직한 태도는 '나는 내 모든 것을 받아들여야 해,

나는 모든 면에서 완벽해야 해.'가 아니다. '나는 내 모든 것을 좋아할 수도 있고, 그렇지 않을 수도 있어.'라는 태도이다.

두 자매가 있었는데, 언니는 동생에게 끊임없이 열등감을 느끼고 있었다. 누가 봐도 얼굴도 예쁘고 실력도 갖춘 그녀였다. 언니는 동생이 부모님에게 사랑도 더 많이 받는 것 같고, 자신보다 더 예쁜데다가 공부도 더 잘한다고 여겼다. 아무리 노력해도 동생보다 더 나아지지 않는다는 사실에 언니의 열등감은 나날이 심해져갔다. 남자 친구를 소개받아 나간 자리에서는 상대방 남자가 너무 완벽해서 거부감을 느꼈다. 그 이유를 묻자 '나보다 더 잘난 사실이 왠지 거슬리더라고요.'라는 말을 했다.

그녀는 자신보다 더 나은 사람을 용납할 수 없으며 결국 괜찮은 남자를 스스로 내친 셈이 되었다. 이후 그녀는 자신의 부족한 부분에 대해 더 예민하게 반응한 나머지 신체부위까지 옮겨지게 되었다. 피부에 조그마한 트러블이 올라오더라도 그것이 완벽하게 누그러질 때까지 이 병원 저 병원을 돌아다니며 치료될 때까지 신경을 쓰곤 했다. 여동생을 향한 열등감은 그녀의 마음과 몸을 축나게 하고 있었다. 그녀는 스스로 자신의 실력을 의심했고, 외모에 대한 작은 오점도 허락하지 못했던 것이다.

마음에 들지 않은 부분을 향해 결투를 신청할 필요는 없다. 마음에 들지 않는 부분이 있다면, '이럴 수 있어. 나에게는 이런 부분이 부족할 수 있어.'라고 부드럽게 다독여주면 된다. 자신이 품은 마음이 옳은지 옳지 않은지에 대해 평가할 필요도 없고, 그저 나에게 이런 부분이 있음을 인정해주기만 하면 된다. 내 안에 있는 부분과 싸워봤자 나 자신과 사이만 나빠질 뿐이다.

뭔가 변해야 하고, 바뀌어야 한다면 선행조건이 있다. 먼저 인정해주는 것이다. 내가 이렇다는 사실을 받아들일 때 마음은 편안해진다. 싸우려고 세웠던 날도 점점 부드럽게 가라앉는다. 안정감을 찾게 되면 변화는 자연스럽게 찾아온다. 억지스러운 변화로 인해 이내 포기하는 시행착오보다는 인정하는 마음부터 스스로에게 허락하는 것이 어떨까.

제 4 장

마음이 열리듯이

감정은 수용받고
인정받기를 원해요

우리는 흔히 '느낌이 둔하다.' '마음이 둔하다.'라는 말을 사용하곤 한다. 제대로 잘 느껴져야 하는데, 뭔가 가로막혀 있어서 무슨 느낌인지, 어떤 마음인지 잘 가늠이 안 될 때 둔하다는 단어를 사용한다. 몸에도 감촉이라는 것이 있어서 무뎌지면 '감각이 무뎌진다.'라고 하기도 하는데, 마음 역시 느껴지지 않으면 감정 접촉이 제대로 안 되고 있다고 말할 수 있다. 감정에 대한 주제를 다룬 정보를 접하다 보면, '감정은 좋고 나쁨이 없다.'고 한다. 좋고 나쁨은 없다는데 왜 이렇게 긍정적인지, 부정적인지를 구분하느라 애쓰는 걸까. 감정을 이야기할 때 조심해야 할 부분은, 감정이라는 것에 어떠한 평가와 가치를 부여하는 것이다.

우리가 부담 없이 느껴도 되는 '허락된 감정'들은 대부분 긍정적인 것들이다. 그에 반해 부정적인 것들은 숨겨야 하고, 느끼지 않은 척해야 하고, 표현하지 않는 것을 미덕이라 여긴다. 분명히 느껴지는 데도 없는 척, 아닌 척을 잘해야 칭찬받는다. 다른 사람을 미워해서도 안 되고, 시기를 해서도 안 되며, 화나는 마음을 표현해서는 더더욱 안 된다. 이를 어길 때는 왠지 자신을 미성숙하고 나쁜 사람이라 여긴다.

'감정적이다.'라는 말은 왠지 나약한 사람들의 것으로 치부한다. 감정을 억압하여 강인하고 뚝심 있는 모습으로 서 있어야 괜찮은 사람, 젠틀한 사람이 된다고 믿는다. 그러나 감정은 본디 불쾌함과 유쾌함만 있을 뿐 좋고 나쁨이 없다. 사람들은 누구나 다양한 감정을 골고루 가지고 있는데, 불쾌한 감정을 훨씬 자주 접하는 것 같다. 그러니 불쾌한 감정을 억압하거나 '모르쇠'로 일관하는 것은 자연스러움에 역행하는 행위이다.

감정은 사람에게 피해를 주지 않는다. 오히려 우리가 어떤 위험에 처했거나 우리가 어떤 상황에서 어떻게 반응해야 하는지에 대한 방향키를 제공해 준다. 감정은 내가 어떤 것에 관심이 있는지, 어떨 때 편안해하는지, 무엇을 중요하게 생각하는지에 대한 정보를 알려주기 위한 친절한 센서가 되어준다. 이를 통해 우리는 자신이 누구임을 알고, 위험한 상황으로부터 벗어날 수 있는 지혜를 얻는다.

자신의 삶이 혼란스럽거나 방향을 어디로 잡아야 할지 난감하다면, 자신에 대한 정체성이 제대로 형성되어 있지 않다고 할 수 있다. 이러한 정체성을 제대로 형성하기 위해서는 우선 자신의 감정의 성숙이 먼저 일어나야 한다. 어린아이들은 '나 화났어.'라는 표현을 스스럼없이 한다. 또한 서운하고, 속상하고, 두렵고, 무서우며, 좋아하고, 사랑하는 감정을 충분히 느끼고 표현할 수 있다. 이러한 자연스러운 표현을 통해야만 자아를 탄탄하게 형성해 가고 자신을 지켜내며 다른 사람들과의 관계도 원만하게 이뤄나간다.

우울한 사람은 과거에 살고, 불안한 사람은 미래에 살고, 평안한 사람은 현재에 산다고 노자가 말하지 않았던가. 주변에서 가장 흔히 접할 수 있는 우울과 불안이라는 감정은 현재 우리가 자신의 삶에 불만족하고 있으며 불편한 상황이라는 것을 알려준다. 우울한 사람은 조금 더 미래로, 불안한 사람은 좀 더 과거로 그 시점을 옮겨야 삶의 고단함이 덜하다. 그러나 부정적인 감정이라는 이름을 붙이는 순간 오히려 그 감정에 붙잡히기 십상이다.

이처럼 감정 앞에 부정적이라는 이름을 붙이고 그 감정을 가까이하면 큰일이라도 일어날 것처럼 여긴다면, 오히려 그 상황이 무섭고 두려워질 뿐이다. 불쾌한 감정이 느껴지는 것 또한 나름대로의 이유가 있다. 우리가 무엇을 해야 하는지 알려주려는 것이다. 그러니 그 감정을 밀어내지 말아야 한다. 물론 불쾌한 감정이 우리들에게 환영받지 못하는 이유가 있다. 그 느낌만으로도 기분이 찜찜하고, 뭔가 좋지 않은 일이 일어나서 일을 그르치게 될 것 같은 착각을 일으킨다. 그러나 걱정은 잠시 내려놓아도 좋다. 감정은 불쾌하든 유쾌하든 그 감정 자체가 우리의 삶을 훼방하지 않는다. 감정은 자신이 무엇을 필요로 하는지, 무엇이 부족한지를 알려주는 신호일 뿐이다.

긍정심리학의 권위자인 마틴 셀리그먼 교수는 행복을 이루는 공식 중 하나를 긍정적인 정서라고 하였다.『행복의 기원』이라는 책에서 서은국 교수는 행복의 핵심은 부정적 정서에 비해 긍정적 정서 경험을 일상에서 더 자주 느끼는 것이라고 말했다. 그러나 이 말은 부정적 정서를 더 많이 경험한다고 해서 불행의 구렁텅이로 떨어진다는 말이 아니다. 오히려 행복감이라는 것에 부정적 정서를 아예 없애야 한다거나, 느끼지 말아야 하는 감정으로 선긋기를 하지 않았다. 우리들이 그토록 염원하는 행복감은 부정적인 감정을 없애버렸을 때 느끼는 정서가 아니다.

행복감은 신기하게도 '최적의 스트레스 경험'을 기꺼이 하고 나서야 찾아오는 것이다. 가파른 산을 오르기 위해서 흘린 땀과 거친 호흡은 산 정상에서 누릴 수 있는 뿌듯함과 상쾌함으로 돌아온다. 시험에 합격하기 위해서는 수면시간을 줄여야 하고, 다른 사람들이 놀 때 책상에 앉아있는 고단함을 버텨내야 한다. 이러한 스트레스를 견디고 나서야 성취감이 주는 만족감을 오롯이 느낄 수 있다. 쉽게 쥔 바람은 쉽게 빠져나간다. 부정적인 느낌을 버텨내지 못한 긍정적 느낌은 단언컨대 오래가지 않는다.

서울대 심리학과 민경환 교수팀은 일상적으로 사용하는 한국어 감정 단어가 대략 437개라 하였다. 그중에 72%는 불쾌한 감정을 표현하는 단어로 유쾌한 감정을 표현하는 단어에 비해 월등히 높은 수치이다. 연구에 의하면 '홀가분하다.' '행복하다.' '사랑스럽다.' '반갑다.'처럼 쾌(快)에 대한 감정 단어는 전체 중에 30%가 안 되는 데 비해, '참담하다.' '한 맺히다.' '역겹다.' 등 불쾌를 나타내는 단어는 70% 이상이라고 하였다. 유쾌한 감정을 나타내는 단어 중에 가장 최고의 단어로는 '홀가분하다.'이다. '홀가분하다.'는 시험이 끝났을 때, 어려운 일을 해냈을 때 사용하는데, 자신을 괴롭혔던 무엇인가가 해결되어 몸과 마음까지 깔끔하게 정리되는 듯한 기분일 것이다.

홀가분하다는 단어가 쾌(快)한 감정단어 중 으뜸인 이유는 어느 정도의 고통과 절망 이후에 오는 행복이 더할 나위 없이 소중하다는 의미일 것이다. 쓴 것이 다하면 단 것이 오고, 비가 온 후에 땅이 굳듯이 우리가 원하는 긍정적인 감정을 얻기 위해서는 부정적인 정서에 대한 오해를 먼저 버려야 할 것이다. 감정은 우리 마음 깊숙이 숨겨져 있는 욕구를 알려주는 신호등이다. 보행자가 길을 건널 때는 초록불이 켜지고, 차량이 지나가야 할 때는 잠시 기다리라는 빨간 불이 켜진다. 감정도 이와 같다. 우리의 내면에 초록불이 아니라 빨간불이 켜졌다면, 자신에게 필요한 것이 무엇인지, 무엇이 건드려졌는지 그 의미를 찾아보면 된다.

가끔 부정적인 감정으로 인해 싸움이 되고 갈등 관계로 확장되는 경우는, 대부분 필요한 자신의 욕구를 제대로 파악하지 못하고 이로 인한 감정을 적절히 받아들이지 못하기 때문이다. 자신의 감정에 집중하고 알아차리는 것이 쉽지 않을 때는 잠시 집중해도 좋다. 감정에 대한 충분한 알아차림이 가능할수록 자신에 대한 깊은 공감이 가능하다.

감정은 알아서 발달하거나 저절로 성숙되지 않는다. 자신이 실제로 경험하여야 한다. 어떠한 감정이든 수용되고 인정받게 되면 그다음 감정으로 옮겨가게 마련이다. 이러한 감정은 자신이 원하는 바가 무엇인지 좀 더 선명하게 알려주는 길잡이가 된다.

우리가 느끼는 감정은 잘못되지 않았다는 사실을….
우리가 느끼는 감정은 전혀 이상하지 않다는 사실을….

당신 삶의 MSG는
초자극인가요?

심리검사 중 하나로 TCI(Temperament and Character Inventory, 기질 및 성격검사)라는 것이 있다. 세부 영역 중에는 '자극 추구Novelty Seeking'에 대한 척도가 있다. 자극 추구란 '다양하고, 독창적이고, 복잡하며, 강렬한 경험을 추구하는 것'인데, 이 점수가 지나치게 높은 사람들은 신체적, 경제적, 법적, 사회적 위험을 감수하려는 성향을 보이는 경우가 있다. 주변에 암벽등반, 카레이서, 행글라이더 등 모험심이 강하고 위험을 동반한 취미생활을 가진 사람들이 이에 해당할 수 있다.

이런 성향을 가진 회사 대표자의 경우, 타 회사에 비해 새로운 제품 출시가 월등히 많을 가능성이 높다. 자극은 반응을 초래하게 되는데, 자극 추구 성향이 높은 사람들은 한 가지를 꾸준히 하는 것을 지루해한다. 하고 싶은 것이 생각나면 당장 하고자하는 충동을 참기 어려워하기도 한다. 친구가 갑자기 연락이 안 되면 견딜 수 없거나, 이유를 알지 못하면 답답해하는 경우도 이에 해당한다. 자극 추구 성향이 적절하면 자신의 삶을 적절히 즐길 수 있지만, 의도치 않게 주변 사람들에게 피해를 주거나 오해를 사기도 하니 조심할 필요가 있다.

최근에 자주 등장하는 단어는 '초'라는 접두어이다. 초자극 문화, 초연결 시대, 초지능 시대, 초연결 플랫폼 등 그만큼 '빠르고 세다.'는 의미로 붙여지는 듯하다. 여기에 나는 '초자극 시대'라는 말을 하나 더 얹어 놓고 싶다.

비슷한 단어로 초정상 자극Supernormal Stimuli이 있다. 『인간은 왜 위험한 자극에 끌리는가』를 쓴 디어드리 배릿은 인간이 비만, 섹스, 인형, 정크푸드, TV와 게임, 전쟁, 예술 등에 집착하는 이유에 대해 말하고 있다. 사실 이러한 것들은 인간이 살아가는 데 있어서 꼭 필요하지는 않지만(너무 극단적으로는 해석하지 말자), 그럼에도 불구하고 인간은 초정상 자극에 쉽게 끌리기 때문이라는 것이다.

초정상 자극이라는 용어의 등장은 1973년 콘라트 로렌츠와 함께 노벨 생리학·의학상을 받은 니코 틴버겐이 처음 사용한 것이다. 초정상 자극은 정상적이지 않은 것으로, 실제 자극보다 과장된 자극이라는 뜻이다. 동물이 그런 자극에 더 강하게, 쉽게 반응한다는 것을 틴버겐이 처음 발견하게 된 것이다. 이 두 사람은 동물행동학자로서 로렌츠는 거위를 통해 발견한 '각인효과(로렌츠가 신은 고무장화에 각인된 새끼거위가 마치 제 어미를 쫓아 다니듯 떼 지어 로렌츠를 따라다님)'로 알려진 바 있다. 초정상 자극은 '위험한 자극'으로 해석하는 반면, 동물과 동일하게 인간의 본능으로 보고 있다.

큰 가시고기 수컷의 아랫배는 빨간색이다. 이 수컷은 자기 영역을 지키기 위해 침입자를 경계하지만, 암컷(아랫배가 빨갛지 않은)이 오면 둥지로 유인하여 알을 낳게끔 허락한다. 그런데 암컷의 아랫부분에 빨간색을 칠하면 수컷인 줄 알고 공격을 한다고 한다. 이런 원리에 따라 초정상 자극은 정상적이지 않은 자극임에도 불구하고, 정상적인 것처럼 오인하여 강하게 반응하게 된다는 이치이다.

예를 들어, 제품 이름에 '마약'이라는 이름을 붙이면 더 자극적이다. 음식 이름 앞이나 화장품 이름 앞에 붙였더니 매출이 늘어났다는 기사를 읽은 적이 있다. 금지하고 있는 것을 간접적으로나마 접하는 듯한 착각을 일으키는 효과가 있다. 백지영의 노래 '총 맞은 것처럼'도 제목이 자극적이어서 더 듣게 될뿐더러 사랑의 상실을 '총 맞음'으로 표현하여 그 애절함을 전달하려는 시도가 들어맞은 것이다.

디어드리 배릿은 눈에 띄게 잘 팔리는 것은 무엇이든 일종의 초정상 자극이라고 말한다. 인간은 과장된 것을 선호하기 때문이다. 그에 따르면, 술을 즐겨 마시는 사람이나 그렇지 않은 사람들, 미디어를 즐겨 활용하는 사람과 그렇지 않은 사람, 자연식을 하거나 정크푸드를 먹는 사람들의 삶의 만족도가 비슷하다고 한다.

인간은 스스로 자신의 환경을 설계할 수 있다. 우리 주변에 불가피하게 나열되어 있는 초자극들을 인식하고 거절할 수 있다. 초정상 자극에 휩싸이는 것은 동물적 본능이라고는 하지만, 인간은 '본능'에 귀 기울일 필요가 없다. 거짓 배고픔, 거짓 구매 욕구, 거짓 성적 흥분, 불필요한 필요를 제거해야 한다. 사람들의 만족감은 경험에 익숙하다. 초자극에 민감한 채로 산다면 삶에 대한 만성 염증을 달고 살아야 할 것이다. 그동안의 경험이 초자극적인 것에 민감했다면, 그다음은 여러분의 선택이다. 그것만이 염증을 줄이고 건강함을 회복하는 길이다.

어쩌면 초자극은 우리에게 그다지 필요치 않을 수도 있다. 초자극이 없이도 우리는 충분히 사람스럽게 살 수 있다.

감정을 표현하지 않으면
몸이 말을 해요

　아프면 아프다고 표현해도 되는 환경에서 자란 사람은 복 받은 사람이다. 힘들면 힘들다고 부담 없이 말할 수 있는 사람도 복 받은 사람이다. 뜻밖의 행운이 찾아오거나 기대 이상의 만족감을 얻었을 때, 또는 감히 넘볼 수 없는 기회를 거머쥔 사람을 두고 '전생에 나라를 구했나?'라고 수식 문구를 붙인다. 자신이 느낀 바를 그대로 표현해도 괜찮다는 허용을 경험한다는 사실은 그 무엇보다도 중요한 일이다.

　'요새 자꾸 목에 뭔가 걸린 거 같아요. 음식물을 먹을 때마다 이상은 없는데 뭔가 목에 걸려서 삼켜지지 않은 거 같아요. 식도에 뭔가 걸렸을지도 모른다는 생각에 병원에 갔는데 이상이 없대요.'

　회사원 B 씨는 목에 느껴지는 이물감을 불편해하며 양방, 한

방으로 진료를 받으러 다니고 있다. 엑스레이를 찍어도 별 이상이 없어서 한의원에 가보니, 기가 약해져 있고 스트레스를 많이 받은 듯하다면서 침 치료와 뜸 치료를 권유해서 받고 있다고 한다. 그녀는 '목에 이물감이랑 스트레스랑 무슨 상관이 있을까?'를 고민하고 있다. 그녀는 어렵게 구한 직장에서 선배 눈치를 심하게 보는 중이다. 처음 몇 개월은 적응하려면 감수해야지 하는 생각으로 버텼지만, 지금은 그 선배가 걸어오는 것만 봐도 가슴이 뛰어서 숨쉬기가 곤란할 지경이다. 선배가 너무 두려워서 업무처리를 제대로 못 할 때가 많다. 멀쩡히 괜찮다가도 그 선배가 눈에 보이면 몸이 경직되고, '이렇게까지 하기 싫은데 회사를 계속 다녀야 하나.'라는 마음이 굴뚝같다고 한다. 그녀는 날마다 퇴사하고 싶은 마음을 품은 채 출근한다.

B 씨는 어렵게 얻은 직장을 그만둘 수가 없다. 집안 형편도 좋지 않고, 오로지 자신의 수입에 의존하고 있는 식구들이 있기 때문이다. 이직에 성공한다는 보장도 없고, 이직 기간을 공백으로 둘만큼 시간적, 물질적으로 여유롭지 못하다. 날마다 사표를 마음에 품고 출근하는 그녀가 안쓰럽기 짝이 없다. 그녀는 회사에서 스트레스를 심하게 받고 있지만, 가족에게는 털어놓을 엄두가 안 난다. 친구들은 '그 직장 말고도 갈 데 있어.' '그래도 참아봐. 하다 보면 적응되겠지.'라는 말로 조언과 위로를 해주지만, B 씨의 마음은 여전히 불안하기만 하다.

마음속으로는 '너무 괴로워.'라고 느끼지만, 현실로는 그 느낌을 드러낼 수 없을 때 신체적으로도 문제가 생긴다. 감정을 억누르는 대가이다. 더 이상 이런 식으로 살면 안 된다는 신호를 준 셈이다. 더 이상 참을 수 없지만, 그렇지 않은 척하면서 지내야 하는 삶을 사는 사람들은 많다. 이러한 억압을 몇 달, 몇 년, 몇 십 년을 견디면서도 사는 경우도 얼마든지 있다. 표현하는 것 자체가 스스로에게 용납되지 않은 채로 산다는 일은 참으로 곤혹스러운 일이다.

사람은 자신이 직접 경험해보지 않은 사실에 대해 일일이 확신을 가질 만큼 잘 알 수 없다. 이로 인해 부족한 부분을 채우고 보완하기 위해 경험을 늘리거나, 지식을 늘리고 인맥을 확장하는데 열심이다. 이러한 간접경험은 많은 사람들이 경험하고, 느낄법한 적절한 수준의 것들을 학습하도록 돕는 역할을 한다. 그러나 인간은 다차원적이어서 일반화된 수준이 늘 들어맞는 것은 아니다. 빠른 판단력과 예민한 감각을 가진 사람이 있는가 하면, 더디거나 무딘 사람도 있게 마련이다.

막연한 이상을 좇는 사람들은 현실적으로 어찌할 수 없는 상황에 맞닥뜨리면 당황한다. 이러한 상황을 스스로 받아들일 수 없기에 심리적, 신체적 어려움에 이르기도 한다. 이러한 어려움은 한 개인이 인생을 만족스럽게 살기 위한 방향성을 흔들게 되어있다. 현실감 없는 사람들이 겪는 어려움은 의외로 많다.

하는 일마다 왜 이렇게 꼬이지?

이번에 끝낸 그 사람도 결국 기존의 사람들과 다를 바 없었어.

열심히 하는데도 왜 이렇게 성과가 없지?

이 모든 결과들은 어쩌면 일그러진 현실상을 제대로 펴지 못한 데서 오는 자연스러운 수순이다. '너는 왜 그렇게 현실감각이 없니?'라는 말을 자주 듣는 사람은 자신이 가진 이상과 현실의 차이가 너무 큰 건 아닌지 점검해보자.

일그러진 현실상의 결과는 불행이다. 자신이 하는 일뿐 아니라 만나는 사람들과의 관계에서도 마찬가지다. 일과 관계가 제대로 되지 않는데 그 사람의 삶이 제대로 풀릴 리 없다. 이상과 현실의 차이를 줄이는 작업은 자신에게 일어난 다양한 갈등과 어려움을 줄일 수 있는 최선의 선택이다. 그렇다면 이상과 현실을 제대로 직시하지 못하고 현실감을 찾지 못한 채로 살아가게 되는 이유는 무엇일까?

심리학에서 인지부조화cognitive dissonance가 일어나는 이유는 자신의 태도와 행동이 서로 모순되고 공존할 수 없다는 불일치감에서 오는 괴리감이 불러온 결과라고 말한다. 인지부조화로 인해 불편한 개인은 자기합리화를 통해 이러한 불편한 감정을 해소하려 한다. 자신의 생각과 태도를 바꿈으로써 내적 충돌을 피하고, 조화로운 상태로 만들기 위한 노력인 것이다. 인지부조화는 이상과 현실 사이의 일치감을 추구하고자 한다. 자신이 현실적으로 느끼는 본연의 생각이나 태도가 이상적인 기준과 불일치하는 것을 견딜 수 없기 때문에 이를 통합하기 위해 노력하지만, 긴장감과 스트레스의 연속은 사람을 지치게 한다.

금연을 선포했던 사람이 또다시 담배를 피우는 자신에게 '인지부조화'를 해소시키는 과정을 살펴보자.

행동 바꾸기(담배 피우는 행동을 그만둔다.)

인지 바꾸기(행동을 정당화하기 위한 방법으로써, 많이만 피우지 않으면 괜찮다고 한다.)

바뀐 인지를 통해 자신의 행동과 인지를 합리화하기(못 피워서 스트레스 받는 것보다 차라리 피우면서 스트레스를 덜 받는 게 낫다.)

자신이 가진 믿음에 대한 정보를 부정하고 무시하기(담배는 합법적으로 허락된 마약이라잖아. 이 정도는 피워도 되지 뭐.)

다이어트를 선포했던 사람이 또 다시 과식을 하고 나서 이렇게 '인지부조화'를 사용한다.

행동 바꾸기(과식하는 행동을 그만둔다.)

인지 바꾸기(행동을 정당화하기 위한 방법으로 많이만 먹지 않으면 괜찮을 거라고 한다.)

바뀐 인지를 통해 자신의 행동과 인지를 합리화하기(다이어트하다가 스트레스 받느니 조금씩 먹어주면서 스트레스를 줄이는 게 나아.)

자신이 가진 믿음에 대한 정보를 부정하고 무시하기(다이어트하다가는 건강을 해칠 것 같아. 인생 뭐 있어? 그냥 먹자.)

로저스Rogers는 현실과 경험 속에서 심리적인 기능을 충분히 발현하는 사람은 자신의 삶을 왜곡하지 않고 그대로의 지각이 가능하며 통합된 자아를 가질 수 있다고 말했다. 그는 인간의 모든 행동이 개인이 경험한 세계를 바탕으로 재해석한 결과이므로, 인간의 본질적인 가치와 성장을 위해서는 개인의 준거 체계를 제대로 직시해야 한다고 주장한다.

누군가가 시켜서 일을 하는 사람은 일에 대한 즐거움이 없다. 누군가가 요구하는 감정에 반응하는 사람은 진정한 만족을 맛볼 수 없다. 시키는 일을 고분고분하게 해야만 인정을 받고, 요구되는 감정대로 느끼고 표현해야 사랑을 받는다고 여기는 사람에게는, 자기가 의지하고 있는 대상을 향해 거절 의사를 표현하는 것이 실로 두려운 일임에 틀림없다. 거절하고 싶은 마음이 들 때마다 애써 외면한다. 이러한 습관적인 회피 패턴은 진정한 자기감을 훼손하고 올바른 현실감을 상실하게 한다.

인간은 누구나 자기만의 경험을 가질 권리가 있다. 그게 옳다. 자신이 한 경험과 느낌을 존중하고 인정해주는 일은, 개인과

개인의 각자 다른 독특한 특성을 존중해주는 일이다. 경험의 왜곡 없이 자신만이 경험한 현재의 자기상을 인정해주어야 한다. 대부분의 사람들은 '내가 이렇게 해야만 인정받을 수 있어.'라는 조건적인 가치부여를 한다. 이러한 조건부여는 타인의 기대에 부응하기 위해 행동하고 주의를 끌려는 모습을 만들게 된다.

타인이 정한 기준에 맞추기보다 현실 속의 자기상을 되찾아 오자. 당신이 경험하려 했던 경험을 되찾고, 당신이 느끼려 했던 느낌을 되찾아 오자. 사람은 힘들 수도 있고, 실수할 때도 있으며, 아파할 때도 있는 것이다. 내게 일어나는 일과 내게 일어나는 느낌 그대로가 자연스럽다는 사실을 인식하자.

온 세상에 나와 똑같은 사람은
단 한명도 없어요

온 세상에서 여러분 같은 사람은 단 한명도 없어요. 그래서 나는
그냥 지금 이대로의 여러분이 좋아요.

프레드 로저스 *Fred Rogers*

사랑에는 조건이 달면 안 된다고 한다. '있는 그대로의 나를
사랑해줘.'라고 말하며, 나를 판단하고 나를 평가하지 말아 달라
고 요구한다. 내 모습 이대로 나를 사랑해주면 얼마나 좋을까. 그
러나 그런 일은 좀처럼 일어나지 않기 때문에 사랑 때문에 상처
받고 힘들어하는 거 아닐까. 드라마나 영화에 등장하는 연애스
토리를 보면, 진실로 사랑하는 줄 알았는데 나중에 보니 조건을
보고 사랑했다는 사실에 실망하는 전개가 자주 등장한다. 조건
을 전제로 하는 사랑은 서글프다.

그러나 어찌 보면 조건을 보고 사랑하는 건 나에게도 마찬가지다. 좀 더 내가 나아지면 사랑해주겠노라고 사랑을 미룬다. 조건부 사랑을 하는 데에는 남에게나 나 자신에게나 별반 다를 바없어 보인다. 내가 나를 향해 하는 사랑만이라도 조건 없이 한다면 얼마나 좋을까. 무엇 때문에 조건 없는 사랑이 어려운 걸까. 사랑은 조건이 갖추어져야 오는 것은 아니다. 그저 사랑하기로 마음먹으면 되는 일이다. 이렇게 단순한데 이토록 안 되는 이유는 무엇일까.

누구나 자신에게 거는 기대가 있다. 어느 정도는 배워야지, 어느 정도는 그 위치까지 올라가야지, 어느 정도는 벌어야지, 어느 정도는 살을 빼야지, 어느 정도는 갖춰야지 등등. 어느 정도의 마술에 걸려 사랑을 미룬다. '그때까지만 기다려 줘, 그 조건만네가 갖추면 사랑해줄게.'라며 자신을 미뤄놓는다. 이 모든 것이이뤄지려면 죽을 때까지 사랑하지 못하게 될 것이다.

'3포 시대'라는 말이 등장한 시절이 있었다. 그러다 '5포 시대'가 되더니, '7포 시대'가 등장했고, 급기야 '9포 시대'가 되었다. 9포란 '연애, 결혼, 출산, 취업, 주택, 인간관계, 희망, 건강, 외모'를 포기하고 사는 이 시대의 젊은이들을 향한 비애를 표현한말이다. 나이가 들수록 얻어지고 성취되는 것들이 많아져야 하는데, 갈수록 포기해야 할 것들이 많아지는 인생을 살아가는 삶은 오죽 답답할까. 소크라테스는 '나에게 들리는 것과 보이는 것이 사랑스러워야 한다. 그 모든 것들이 나에게 사랑을 주고 있음을 지각할 때 사람은 행복해진다.'라고 말했다. 그런데 들리고 보이는 것이 사랑을 주기는커녕, 결핍과 박탈감만 준다면 사랑으로 뜨거워야 할 마음은 싸늘하게 식어버릴 것이다.

조건이 갖춰지지 않아서 사랑하기를 미루고 있다면, 언제쯤 사랑해줄 만한 사람이 될 수 있을까. 환경이 뒷받침 되지 않았다는 이유로 두 발로 걸어갈 수 있는 길인데도 걸을 수 없는 길이라 우기며 끊어내지는 않았을까.

대학생인 A는 잘 나가는 동기가 거슬린다고 하였다. 공부도 과에서 탑이고, 과제 준비나 발표도 빈틈없이 잘한다고 하였다. 가끔은 그 동기도 자신이 잘났다는 사실을 인지한 듯 자랑하는 모습을 보여서 친한 듯 하지만, 마음이 편하지만은 않다고 한다. 자세한 스토리는 다 듣지는 못했지만, 그 동기는 나름대로 자신이 잘하고 있다는 생각에 늘 당당했을 수도 있다는 생각이 들었다.

'자신이 하는 일에 자신감을 가지고 있는 사람이라면 당당해져도 되지 않을까요?'라는 나의 반응에 A는 사뭇 놀랐다. 그 사람의 당당함을 잘난척이라고 여겼음을 인식했다. 겸손이라는 테두리에 넣고 자신의 가치를 실제보다 더 낮게 보이려고 애쓸 필요가 있을까 싶다. 자신을 사랑하지 않는 사람은 다른 사람이 자신을 사랑하는 모습도 못마땅하게 보일 수 있다. 자신을 있는 그대로 보지 못하기 때문에 타인도 있는 그대로 보지 못하는 것과 같다.

다른 사람에게는 '나를 있는 그대로 사랑해주세요.'라고 기대하면서 정작 자신은 조건부 사랑을 한다. '나의 진짜 모습을 알면 아마도 실망해서 떠나겠지?'라는 생각에 두렵기까지 하다. 온전한 사랑을 받지도, 주지도 못한 상태에 머물게 되는 것이다. 나를 아무런 조건 없이 사랑해주는 사람을 만나도 끊임없이 의심한다. '정말일까?' 하면서.

우리는 그동안 사랑 때문에 많은 상처를 받았다. 사랑했던 가족들로부터 비난을 받았고, 사랑했던 친구가 떠나버렸다. 나만 사랑해주겠다고 했던 연인은 이유도 말해주지 않은 채 나를 버렸고, 너를 사랑하니까 이런 말도 해주는 거야라는 어설픈 충고를 들어야 했다. 이 모든 것들이 사랑의 이름으로 빚어진 일이기에 '사랑은 다 이런 거야.'라는 믿음이 자리 잡은 건 아닐까. 사랑은 정말 상처만 주는 걸까. 사랑 입장에서는 억울할지도 모른다. '내가 뭘 어쨌길래 그대로의 사랑을 인정해주지 않는 걸까?' 답답해하지 않을까? 사랑은 누구에도 상처도 아픔도 아닌데도 말이다.

사랑을 미루는 사람들은 자신을 다그치는 경우가 많다.

좀 더 잘해야지.

좀 더 완벽해야지.

더 열심히 했었어야지.

이런 말을 끊임없이 자신에게 쏘아댄다. 무슨 일을 맞거나 새로운 것에 도전해야 할 때마다 다그치는 내적 언어는 덩달아 힘을 얻는다. 부정적인 내적 언어가 강해질수록 의기소침해지고 자신감이 없어지는 자신이 된다. 이러한 반복 사고는 '더 노력하면 뭘 해. 어차피 잘하지도 못할 걸.'이라는 부정적인 결과를 상상하게 된다. 이 상상은 사실처럼 인식이 되어, 그 무엇도 시도해서는 안 된다는 생각으로 귀결된다. 생각도 습관이다.

내 안에는 나를 다그치는 목소리와 사랑하는 목소리가 끊임없이 충돌한다. 충돌은 사람을 지치게 하고 포기하게 한다. 이 목소리는 점점 힘을 갖게 되는데, 그대로 내버려 둔다면 나 자신을 사랑하는 일은 멀어진다. 누군가 나에게 진심 어린 목소리로 격려해도 힘을 내지 못하고, 나를 진심으로 사랑한다고 말해도 의심하게 된다. 외부에서 오는 좋은 것들을 선물로 받지 못하고 거절하게 되는 것이다.

어떻게 하면 사랑을 미루지 않고 지금 당장 할 수 있을까. 같은 말이 또 반복되지만 답은 같다. '지금 내게 일어난 일을 그대로 봐주는 것'이다. 어떤 계획을 세울 때 잘 해내지 못할까 봐 걱정부터 앞선다면, '괜찮아. 그럴 수 있어. 누구에게나 도전은 두려운 거야. 너는 그냥 네가 하고 싶은 대로 해도 돼.'라며 자신에게 일어난 감정을 허용해주어야 한다. 내가 나를 그대로 봐줄 수 있을 때 다른 사람에게 관대해질 수 있다. 사랑하는 사람이 사랑하는 이에게 말을 걸듯 내게도 그런 말을 해주자. 가끔은 일부러 내 머리를 쓰다듬기도 하고 두 팔을 포개어 안아주기도 하자. 뺨을 부드럽게 어루만져 주어도 좋다. 자신을 향한 한 번의 어루만짐이 '누군가를 사랑하기'의 시작이 될 것이다.

인정의 마약에 중독되면
삶이 피곤해요

사람은 누구에게나 인정의 욕구가 있다. 내가 소중히 여기고 대상에게 인정받고자 하는 마음은 지극히 자연스러운 욕구이며 인간 본연의 모습이다. 윌리엄 제임스는 인간에게 가장 깊은 욕구가 '인정에 대한 욕구'라고 하였다.

최근 새로 사귄 남자 친구에게 서운함을 느끼고 있는 그녀는 기분이 좋지 않다. 남자 친구가 자신의 마음을 알아봐 주지 못한다는 이유에서다. 어떤 점에서 그런지 묻자, "내가 회사일로 힘들다고 하면 위로의 말을 좀 해주었으면 좋겠어요."라고 한다. 어떤 위로의 말을 해주기를 바라는지 묻자, 잘하고 있다는 말 한마디 해주면 좋겠다는 것이다. 그 말이 그녀에게 중요한 이유를 물었더니, 그런 말을 들으면 힘을 얻을 수 있고, 자신이 잘하고 있다는 인정받는 느낌이 든다고 하였다. 결국 그녀는 자신의 일에 대해 인정받고 싶은데 남자 친구가 그런 말을 해주지 않자 눈치 없다며 서운해 하고 있다.

다른 사람에게 인정받는다는 것은 기분을 좋게 한다. 내 삶을 의미 있게 살고 있음이 확인되는 일이다. 그러나 타인의 인정이 멈췄을 때 인정으로부터 오는 영양분이 끊긴 것처럼 삶 자체가 휘청거린다면 문제가 된다. 인정받지 못하는 자신을 탓하고, 사랑받지 못할 거라는 불안감이 증가하면, 자존감은 떨어지고 매사에 소극적인 태도를 취할 수밖에 없다.

인정이라는 달콤한 느낌에 심취하게 되면 끊임없이 그 느낌을 얻고자 자신의 중요한 것들을 쏟아 붓는다. 인정의 짜릿함은 한순간이기 때문에 또다시 그 경험을 찾아 나서게 되는데, 이러한 패턴이 반복되다 보면 어느새 인정 없이는 살 수 없는 수준에 이르게 된다. 타인의 인정에 의해 자신의 가치가 오르내리게 되면 불안정한 삶을 살 수밖에 없다. 그 이유가 되는 첫 번째는 타인의 인정의 기준은 끊임없이 변한다는 것이다. 두 번째는 인정 욕구 자체는 만족감이란 것 자체가 없다는 것이다. 인정 욕구는 더 큰 인정 욕구를 부른다. 인정을 받아도 효과가 오래가지도 않아서 더 큰 인정 욕구를 앞세우게 된다. 불편감이 계속되지만 인정에 대한 목마름은 더욱 강렬하게 일어난다.

30대 초반의 회사원 B 씨는 회사에서 인정받는 사람이다. 그녀는 하고 싶은 연애, 취미생활도 미루고, 오로지 회사 일에 매달리며 열심히 살아왔다. 야근도 마다하지 않았으며, 하기 싫은 업무지시를 어긴 적도 없다. 상사가 시키면 시키는 대로 군말 없이 척척 해냈기 때문에 회사 사람들은 그녀의 업무능력만큼은 인정하는 분위기다. 이러한 인정을 원했던 그녀이지만 왠지 기쁘지만은 않다. 혼자 있을 때는 왠지 모르게 가슴이 뻥 뚫린 듯 공허하기도 하고, 온몸이 축 처지는 것 같은 우울감에 젖어들 때도 많다. 그녀가 얻은 인정은 그녀의 진심과 맞바꾼 대가이다.

인정 욕구가 필요 이상으로 절실한 사람들에게는 그만한 이유가 있다. B 씨는 집안에서는 인정을 받지 못하는 딸이었다. 아들을 좋아하는 집안 분위기는 그녀를 열등한 사람처럼 느껴지게 만들었고, 아들인 동생보다 뭔가를 더 열심히 해야 그나마 사랑받고 관심 받는다는 생각이 들었다. 열심히 하지 않으면 사랑받지 못할까 봐 전전긍긍할 수밖에 없었고, 공부든 일이든 열심히 해야 했다. 그녀의 인정 욕구는 가정 내 애정결핍에서 비롯되었다.

사회생활을 하다 보면 능력 있는 사람이 인정받는다. 다들 조금이라도 더 인정받기 위해 더 많은 스펙, 자격증 취득에 여념이 없다. 사회에서는 외적으로 드러난 자격 기준에 의해서 평가받기 때문에 인정받기 위해서는 그 무엇이라도 불사할 각오가 되어 있어야 한다. 사회적 분위기가 인정에 대한 욕구를 과하게 상승시키는 원인이 되기도 한다.

한때 '관종'이라는 말이 유행했었다. 지나치게 다른 사람들에게 이목을 끌고 싶은 마음에 SNS, 인스타그램, 트위터 등에 게시물을 올리거나 관심을 받기 위해 무리한 행동을 하는 사람을 비하하는 용어이다. 이런 사람의 경우, 대부분 친한 친구가 많이 없고, 외로우며, 현실적인 적응 상태가 좋지 않을 가능성이 크다고 한다. 반응에 집착하는 시대적 분위기도 관종을 만드는데 한 몫했을 것이다.

끊임없이 셀카를 찍어서 올리거나, 자신의 감정상태를 SNS 게시물로 올리거나, 자신이 먹고, 여행하는 곳, 소비하는 것들에 대해 끊임없이 올려서 관심받기를 원한다. 많은 사람들이 이용하는 온라인 상에서의 관심은 빨리 뜨거워지고 빨리 차가워지는 법이다. 타인의 반응에 일희일비─喜─悲 하는 태도는 오히려 소통 단절의 지름길이 되며, 고독감만 증폭시킬 뿐이다. 처음에는 자신에 대한 작은 반응이 재미로 느껴질지 모르지만 더 하다 보면 점점 더 많은 반응을 기대하게 되고, 그 기대가 채워지지 않으면 견디지 못하는 상황이 올 수도 있다.

인정 욕구가 강한 사람들의 마음을 따라가다 보면 원인은 다양하게 나타난다. 그러나 원인이 있다고 해서 자신에게 부여된 책임감과 선택권이 사라지는 것은 아니다. 다만 자신을 잘 이해할 수 있는 도구로 활용할 수는 있겠다. 그렇다면, 가정에서 충분히 사랑받지 못한 사람들, 사회의 치열한 경쟁 속에서 살고 있는 모든 사람들이 인정 욕구 때문에 힘들어할까? 그렇지 않을 것이다. 어떤 사람은 채워지지 않은 욕구를 채우고자 발버둥 치기도 하지만, 어떤 사람은 의연하게 그 욕구를 잘 조절하며 살아가고 있기 때문이다.

사람들은 성장하면서 수많은 사람과 교류하고 다양한 일을 경험한다. 사람으로부터 상처를 받고, 상황에 의해서 어려움을 겪을 수도 있다. 그러나 그런 순간, 누군가의 따뜻한 돌봄을 받아 본 경험이 있는 사람의 상처는 빨리 아물게 된다. 또 아문 상처로 인해 더 단단해지고 면역력은 강화된다. 이러한 면역력은 앞으로 닥칠 위기상황에서 자신을 지켜주는 버팀목이 될 수 있다. 버팀목이 많아질수록 그 사람은 더 건강해지고, 위기상황을 극복하는 힘이 있으며, 자신의 감정을 합리적으로 다룰 수 있게 된다.

버팀목이 단단하지 않아 힘들어하는 사람이라면 한 번쯤 생각해보아야 한다. 내가 나의 소중한 사람으로부터 무시당하진 않았는지, 누군가 나를 소유물처럼 여기고 나를 함부로 대하진 않았는지, 아프고 힘들다는 내 목소리에 귀 기울여 준 사람이 있었는지를 생각해보자. 버팀목을 얻을 수 있으려면 사람에 대한 진정한 관심과 존중이 선행되어야 한다. 이러한 따뜻한 돌봄으로 인해 버팀목은 하나, 둘 만들어진다.

버팀목은 내가 타인에게, 타인이 나에게 되어줄 수 있다. 더 바람직한 방법은 내가 나에게 버팀목이 되어주는 것이다. 내가 나에게 버팀목이 되면, 언제 어디서나 나를 지켜낼 수 있다. 다른 사람의 인정을 갈구하며 헤매고 돌아다니지 않아도 된다. 외부로부터의 인정이 아니어도 충분히 자신의 존재를 스스로 인정하고 있기 때문이다.

인정 욕구를 채우기 위해서는 대상을 필요로 한다. 타인이 그 욕구를 채워주면 금상첨화이지만 한계가 있다. 내가 통제권을 쥐고 있지 않고 타인에게 통제권을 넘겨주게 되면, 진정한 자기로서의 삶은 살 수 없다. 인정 욕구에서 자유를 얻지 못한다면, 외부세계가 원하는 삶을 살 수밖에 없다. 자신이 인정받고 싶어서 노력한들 상대방이 인정을 거절하면 자신이 해왔던 노력은 허사가 될 것이다. 이런 승산 없는 게임을 더 할 이유가 없다. 자신에게 스스로 버팀목이 되어준다면 매번 이기는 게임을 할 수 있다.

내게만 있는 소중한 것들, 나만이 가진 강점들에 관심을 갖고 자기 돌보기를 시작할 때이다.

Being보다 Becoming

심리학을 배우다 보면 '성격심리학'이라는 과목을 접하게 된다. 성격심리학에서는 인간의 성격은 다른 사람과 구별되는 독특한 부분이 있다는 점을 강조한다. 바꿔 말하면, 같은 상황에서도 서로 다른 개인차를 보인다는 것이다.

인본주의적으로 바라보는 인간의 모습도 다르지 않다. 개인으로서의 인간을 독특한 존재로 여기고 바라보아야 한다는 접근이다. 인본주의적 접근은 인간의 과거 어린 시절의 경험이 그 사람의 행동에 영향을 미친다고 보는 프로이드의 이론을 거부했고, 한 개인으로서의 느낌과 생각은 무시하고 환경에 의해 통제되는 인간으로서의 접근을 강조하는 행동주의 이론을 거부하면서 생겨났다. 인본주의 심리학회에서는 인간은 맥락 속에 존재하며, 인간은 선택하는 존재라는 점을 강조한다.

사람들은 점점 자신의 삶을 주도적으로 살아보려고 애쓰기보다는 보다 안전하고 보다 실용적인 미래를 위해 전력질주를 하고 있다. 자신이 좋아하는 학과를 선택하기보다는 성적에 맞는 학과를 급하게 선택하고, 자신이 하고 싶은 직업을 선택하기보다는 남들에게 창피하지 않을 만큼, 자신의 자존심을 살려줄 최소한의 직업을 선택한다. 자신의 몸값을 올려 좀 더 많은 급여를 받는데 관심이 집중되어, 어떤 스펙을 쌓으면 그렇게 될 수 있는지에 대한 정보를 얻기에 조급해하고 있다.

사람들은 대부분 다른 사람들이 선호하고 열광하는 방향으로 따라가는 것을 당연시하는 듯하다. 그래야 그 길이 잘못된 길일지라도 혼자만 잘못되지는 않을 거라는 생각에 덜 불안할 것이다. 그러나 그러한 위안을 볼모로 자신의 소중한 선택의 기회를 포기하는 추세가 안타깝기 그지없다. 다른 사람들이 바라보는 곳을 바라보고, 다른 사람들이 가려던 길을 가려는 사람은 경쟁력에서 뒤처지게 마련이다. 자기만이 가진 독특한 그 무엇이 있어야 하는데, 그 무엇을 찾고 발현시키기 위해서는 자신을 향한 신뢰와 용기가 필요하다.

어릴 때부터 시키는 대로 공부하고 시키는 대로 선택해왔던 수동적인 삶은, 자기 스스로 선택해서 성공했던 경험의 부재를 낳는다. 이러한 경험은 결국 '나는 무엇을 선택할 만큼의 능력이 없어.' '내가 스스로 선택했다가는 실패하고 말 거야.'라는 부정적 자기 신념을 만든다. 그리고는 결국 자신감을 빼앗기고, 선택할 수 있는 사람이었다는 기억마저 흐릿하게 만든다.

실존주의 심리학자 메이May는 '인간human being'이란 용어에서 되어가는 존재로서의 인간 즉, '되어가는(becoming)'이 되어야 한다고 강조하였다. 도토리 한 알이 가진 잠재력은 도토리나무가 되게끔 되어 있지만, 인간이 자기 자신이 되려면 자신에 대한 제대로 된 자각이 필요하다는 말이다. 그러나 현대인들은 자신에 대한 자각의 기회가 좀처럼 주어지지 않는다. 그래서 자기에 대한 책임마저 타인이나 사회에 전가시키고 있다. 자신에 대한 자각이 일어나지 않을수록 자신이 져야 할 책임감도 줄어들게 마련이다. 다른 사람 때문에, 불공평한 사회 때문에, 잘못된 ~ 때문이라고 외치는 말을 습관처럼 하는 사람은 절대 자신으로서의 성장을 기대할 수 없다.

나의 이전 책《마음 드라이빙》에서 다룬 이야기이긴 하지만 아들의 이야기를 예시로 들어보겠다. 아들이 초등학교 저학년이었을 때, 부모 참관수업에 참관하기 위해 학교에 간 적이 있다. 교실 맨 뒤에 서서 다른 학부형들과 함께 해당 수업을 지켜보고 있었는데, 그때가 무슨 수업이었는지 기억에는 없지만 그때의 느낌은 정확히 기억이 나서 소개하려 한다. 어린 학생들이 여기저기서 손을 들고 자신의 별명에 대한 주제를 가지고 이야기를 하는 시간이었다. 아들의 별명이 무엇일까 하고 궁금해 하던 차였다. 순서가 되자 아들이 등장해서 '나무늘보' 그리고 하나 더 '오징어'라는 별명을 가졌다고 했다. 너무 동작이 느리고 늘어져서 그런 별명이 붙은 모양이었다. 아주 잠깐 내 얼굴이 화끈거렸으나 이내 정신을 차리고 아들의 표정과 느낌이 어떤지 궁금해졌다. 뒤에서 지켜보던 나는 아들의 표정이 잘 보이지 않아서 나중에 물어볼 수밖에 없었다. 그런데 나의 질문에 대한 아들의 대답은 이러했다.

"별생각 없는데?"

나는 또다시 정신이 몽롱해졌다.

엄마인 나는 솔직히 아들의 별명이 부끄러웠다. 하지만 아들은 전혀 그런 기색이 없이 아무렇지도 않은 표정이었다. '너는 괜찮다고?'라는 말이 입 밖으로 튀어나올 뻔했지만 용케도 잘 삼키고, "그래… 우리 아들이 그렇다면 그런 거지." 하며 넘어갔다. 아들은 유난히 어릴 적부터 느렸다. 행동도 느리고, 말도 느리고, 표정도 느렸다. 학교 체육대회 때 달리기 시합을 하면 아들은 걸어서 완주했다. 그러고 나서도 아들은 "나는 뛴 건데?"라고 하며 천진난만하게 나를 쳐다보곤 했다. 아들이 괜찮다고 하는데 더 이상 무슨 말을 할텐가. 그 이후부터 나는 아들의 느린 속도를 보고도 조금은 의연하게 웃어넘겼다.

아들은 다른 사람들이 보기에는 여전히 느리게 맞다. 그러나 자신만의 속도로 앞으로 나아갈 줄 알고, 자신의 속도를 알기에 조급해하지 않았다. 타인의 시선만 의식했다면 스트레스가 될 기질이었지만 자기 속도를 알기에 그에 맞는 것들을 선택하며 살고 있다. 물론 타고난 기질을 내세워 변화를 거부한다면 문제가 될 수 있다. '그래서 어쩌라고'가 아니라 '타고난 이런 특성을 자신의 삶에 적응적으로 활용할 방법이 무엇일까'를 고민하면 좋을 거 같다.

만약 아들에게 "너는 그런 별명을 듣고도 괜찮니?"라고 하며 나무랐거나, "남들이 너를 어떻게 보겠니?"라며 다른 사람들 입장에서 아들을 바라봤다면, 아들이 얼마나 속상했을까. 생각만 해도 아찔하다. 그때 내가 아들을 다른 아이들과 비교하며 채근했다면 어떻게 되었을까. 그 생각만 하면 저절로 가슴을 쓸어내리게 된다. 다행히 나는 위기를 넘기고 아들을 믿어주었다. 아들이 가진 느림의 속도를 아들의 특성으로 인정해주었기에 아들은 자신의 '느림'을 자신에게 있는 '독특한 특성'으로 받아들이며, 학교에서 적응하며 살듯이 사회에서도 적응하며 살 것이라 여긴다.

인본주의 심리학에서는 개인이 스스로 선택할 수 있는 자유를 강조한다. 이러한 자유는 결국 스스로 자신의 삶을 책임지는 삶으로 완성된다. 책임지기 싫어하는 사람은 선택하기를 주저한다. 주저하기를 넘어서서 두려워한다. '혹시나 잘못 선택하면 어떻게 하지?'라는 생각에 선뜻 방향키를 자기 스스로 돌리지 못하는 것이다. 이러한 사람들은 다른 사람들 틈에 섞어 함께 몰려다니기를 원한다. 많은 사람들이 원하는 방향으로 함께 휩쓸려가면서 그 목적지가 어디인지에는 관심을 두지 않는다.

자신에게 어떠한 씨앗이 있는지, 그 씨앗이 나중에 어떠한 나무가 되는 것인지에 대해 관심을 가져야 한다. 현재 자신이 하고 있는 것이 내가 원해서 하고 있는지, 내가 표현하고 있는 것이 내가 느끼는 것들인지 살펴보아야 할 때이다. 자신에 대한 신뢰가 없고 자신에 대한 확신이 없는 사람들은 자신을 드러내는데 어려움을 호소한다. 어린아이일 때는 그럴 수 있다고 여겨지지만, 성인이 된 이후에는 회피하는 사람으로 전락하고 만다. 나이가 들면 자연스레 성숙하는 게 인간이라면 얼마나 좋겠는가. 그러나 인간의 성숙은 절대 양적인 부분과 비례하지 않는다. 자신을 책임지고 자신을 성장시키는 성숙함은 나이를 먹는다고 해서 저절로 되지 않기 때문이다.

앞으로 갈 것인지, 지금 이대로 살 것인지 아니면 과거로 다시 돌아갈 것인지는 우리 각자의 선택에 달려있다. 각자 선택했다면 당연히 그 책임도 각자의 몫이 된다. 우리는 이미 완성된 존재가 아니라 되어가는 존재이다. 우리의 삶은 우리의 생명이 다하는 그날까지 성장해 나간다. 지금 당장 내 삶이 끝난 것처럼 위기의 순간과 절망의 순간이 오더라도 이미 끝난 것은 아니다. 다시 내일이 온다. 성장하는 것과 완벽한 것에는 커다란 차이가 있다. 완벽한 삶을 사는 사람은 없기 때문이다. 그러니 '나에게 이런 일이 일어나지 말아야 해.' '이런 일이 일어나서 나는 망했어.' 라는 사고는 예측 불가능한 삶으로부터의 도전이기 때문에 무모하다고 볼 수 있다. 우리의 삶에 일어나지 않을 일은 없다. 아무런 일이 일어나지 않고, 아무런 고통이 없기를 바라는 인생을 꿈꾸어서는 안 된다. 그런 일이 일어난 현실을 인정하고 대안을 찾기 위해 노력하는 자세가 성숙한 사람의 자세이다.

인간은 늘 불완전한 존재이다. 잘해보려 했지만 실수할 때가 있고, 최선을 다했지만 노력한 만큼 결과를 얻어내지 못할 때도 부지기수이다. 성숙한 나를 꿈꾸기보다 성숙되어져 가는 나를 꿈꾸며 조금씩 나아가는 삶이야말로 진정으로 성숙한 삶이다.

충분히 주는데도(받는데도)
사랑이 담기지 않나요?

『외로움의 철학』의 저자 라르스 스벤젠Lars Svendsen은 '외로움은 우리가 타인과의 관계에서 욕구의 결핍이 일어났을 때 느끼는 감정이다.'라고 말했다. 프랑스 철학자 블레즈 파스칼Blaise Pascal은 '인간의 모든 불행은 혼자 조용히 집에 있을 수 없기 때문에 생긴다.'고 말했다. 자기 삶에 만족한다면 절대 집을 떠나 바다를 항해하거나 요새를 정복하지 않을 것이기 때문이다. 『고독이 나를 위로한다』의 저자 마리엘라 자르토리우스Mariela Sartorius는 '현대인들은 혼자서만 누릴 수 있는 기쁨을 잃어버렸다.'라고 말한다.

사람들은 함께 있어도 외로워하고 혼자 있어도 외로워한다. 외로움은 자신에 대한 존재감을 무력하게 만들고 공허함마저 들게 하기 때문에, 외로움이라는 단어는 대부분의 사람들에게 환영받지 못하는 듯하다. 외로움을 느낀다고 하여 이상한 일도 아니며, 큰일 나는 일도 아닌데도 말이다. 외로움은 인간이라면 자연스럽게 느끼며 살아가야 하는 감정 중 하나이기에 없애버리려고 할수록 부자연스러울 뿐이다.

유독 외로움을 견디지 못하는 사람들은 많은 친구들을 곁에 두려 하고 사랑하는 사람을 만들어 둔다. 당연히 혼자 있는 것보다는 둘이서 그리고 여럿이서 함께 하는 것이 외롭지 않을 테니까 말이다. 그러나 신기한 점은 외로워서 사람들 속으로 들어갔음에도 불구하고, 막상 그들 속에서 있으면 다시 혼자만의 공간으로 빠져나오고 싶은 마음이 든다는 것이다. 우리는 타인과 함께 하는 동안에 당연히 치러야 할 대가가 있다. 이러한 대가를 치르기를 기꺼이 받아들이는 사람은 관계를 지속적으로 맺어가지만, 대가를 치르기에 너무 많은 부정적인 영향을 받는 사람들은 마땅한 대가를 치르는 것을 거부하고 외롭게 혼자 지내는 편을 선택한다.

외로움이 싫어서 관계 속으로 뛰어 들어간 경우라고 해서 늘 만족스러운 결과를 얻는 것은 아니다. 함께이지만 혼자인 느낌, 즉 사랑하는 사람이 분명히 있음에도 혼자인 느낌이 드는 것도 비슷한 예이다. 연애 중임에도 불구하고 사랑이 식은 건 아닌지 끊임없이 확인하게 되고, 평소보다 다른 태도를 보이면 '나 때문인가?' '내가 뭘 잘못한 건 아닐까?'라는 생각에 전전긍긍하게 된다. 알고 보면 자신이 원인 제공자가 아님에도 말이다.

　이러한 사람들의 마음 기저에는 '나는 결국 혼자가 될 거야.' 라는 불안감이 깔려있다. 이렇게 자신도 어쩔 수 없는 불안감이 만연한 경우 과거의 경험을 떠올려 보면 이해하는데 도움이 된다. 어린아이는 연약하고 주변을 통제할 힘이 없기 때문에 어른들과의 관계 경험을 통해 자신의 관계상을 형성하게 된다. 어릴 적 양육자가 '네가 그런 식으로 나오면 나는 언젠가 너를 떠나버릴 거야.'라는 메시지를 보냈거나, '내가 이렇게 하면 나의 소중한 사람들이 떠나는구나.'라는 경험을 했을 가능성이 높다. 자신의 의지와는 상관없는 경우일지라도 이러한 관계 경험은 한 사람의 관계상에 지대한 영향을 미치게 되어 미래의 관계 경험에도 영향을 미치게 된다.

　'나는 결국 혼자가 될 거야.'라는 관계상을 가진 사람은 대부분의 관계가 결국 혼자로 남게 되는 패턴을 낳는다. 즉, 반복된다는 뜻이다. 혼자가 될 것이라는 신념은 다른 사람이 보내는 자극에 민감할 수밖에 없다. 안타까운 사실은, 타인이 보내는 긍정적인 관심에도 같은 패턴을 보인다는 점이다. '저 사람이 지금은 잘해줘도 언젠가는 떠나갈 거야. 그래서 결국 나는 혼자가 될 거야.'라고 믿는다는 것이다. 이러한 경험은 당사자에게는 큰 상처가 된다. 결국 상처의 두려움이 다른 사람과의 관계를 안정감 있게 맺는데 방해물이 되고, 회피하게 되는 관계 양상이 된다.

'나는 절대로 혼자가 되지 않을 거야.'라는 관계상을 가진 사람은 상대방을 곁에 두기 위해 무리한 시도를 하게 된다. 변하지 않을 사랑이 맞는지, 이래도 당신이 떠나지 않을 사람인지를 시험하게 된다. 친밀한 관계에 대한 불신이 조금이라도 감지되면, 그 불안감을 잠재우기 위해 지나치게 상대방의 비위를 맞추거나 눈치를 보게 된다. 이러한 행동은 자연스럽지 못하고 인위적이기 때문에 본인과 타인 모두를 힘들게 만든다. 사랑을 지키려던 행동은 오히려 사랑하는 사람을 지치게 만들고, 질리게 하기 때문에 떠나게 된다. 그리고 결국 '혼자 남게 되는 나'의 관계상이 되어버린다.

원치 않는 결말이 생겨나지 않도록 미리 차단하기 위해 끊임없이 안정장치를 해놓는 사람이 있다. 한 사람과 헤어지면 바로 다른 사람을 사귀는 '늘 연애 중인 사람들'이다. 내가 상대방을 좋아하지 않아도 상대방이 나를 좋다고 하면 기꺼이 관계를 이어가는 경우는, 친밀감보다는 친밀감을 줄만한 대상이라는 것 자체에 의미를 두는 경우이다. 마음에 없는 연애를 하면서도 상대방에게 끊임없이 요구하는 태도를 보이게 되는데 이를 집착이라 부른다. '네가 나를 먼저 좋다고 해놓고선 왜 이래?'라는 태도이다. 자신이 원하는 방식으로 연락을 안 하거나, 자신이 원하는 순간에 연락이 안 될 때 불안해한다. 이러한 불안감은 상대방에게도 전달되기 때문에 두 사람은 결국 객관적인 판단을 할 수 없는 상황으로 치닫게 된다. 충동적인 감정 다툼이 자주 일어나게 되는 셈이다.

친밀한 관계상에 결핍이 있는 경우, 한 사람으로 만족하지 못하고 여러 사람들과 연애를 하게 된다. 사랑을 받고, 고백을 받아도 왠지 만족스럽지 못하고 부족하다고 여기기 때문이다. 이 사람 외에 더 나은 사람, 더 나를 충족시켜줄 만한 사람이 있을 것만 같기 때문이다. 연애대상을 계속 바꾸거나 한 사람에게 만족하지 못하게 될 때 일어나는 관계 패턴이다. 채워지지 않는 만족감을 채우고 싶어서 하는 행동인데, 과연 만족할만한 대상을 만날 수 있을까. 마음 한 귀퉁이가 구멍 나 있다면 사랑을 채워도 그득 담길 수 없다.

어린 시절의 안정적 관계 경험의 부재는 어른이 된 이후에도 영향을 미친다. 안정된 관계 경험을 통해 완성되거나 성숙한 관계로 결말을 맺은 적이 없기 때문에 이들은 늘 안절부절못한다. 조금이라도 뭔가 잘못될까 봐, 그럴 조짐이 생길까 봐, 우려하던 일대로 되어버리면 결국 혼자 남을까 봐 두려워서 온 힘을 쏟는다. 늘 확인하려 하고, 늘 확신을 요구하게 되는 이유이다. 혼자여서 둘이 되길 원했는데, 둘이 되니 오히려 갈등이 생기고 불안감을 주체할 수 없다. 결국 다시 혼자를 선택하게 되는 악순환의 연속이다.

외로움을 싫어하는 사람들은 혼자 있는 시간을 싫어한다. 이러한 틈을 채우기 위해 게임, SNS, 유튜브, 채팅 등 다양한 온라인 세계에 함몰되기도 한다. 사람으로 채워지지 않는 틈을 가만두지 못하고 다른 대상으로 채우게 되는 것이다. 특히나 코로나 시대에는 강제적으로 사람과 사람의 만남이 제한이 되었기 때문에 혼자만의 시간과 공간을 어떻게 보내야 할지 힘들어하는 경우가 많았다. 혼자서 어떻게 지내야 좋은지에 대한 대책이 전혀 마련되지 않는 갑작스러운 상황에서 대다수의 사람들이 온라인 세계에 빠지게 된 상황이 매우 안타깝다. 스마트폰 안에서의 만족감, 기분 좋은 느낌은 명료하지만. 내가 무엇을 하면 좋아하는지, 내가 어떨 때 행복한지, 내가 어느 순간에 가슴 설레어하는지에 대한 정보는 미약하다.

사람과의 관계에서 오로지 '한 사람'에게만 집중한다면 관계의 균형이 깨지게 된다. 사랑하는 대상이 생겨도 한 사람에게만 충성해야 하는 오류를 범하지 않았으면 한다. 여자 친구나 남자 친구가 생기면 동성친구들을 멀리한다든가, '너는 나보다 친구가 소중하니?'라는 협박 아닌 협박의 말로 상대를 난감하게 만들지 않기를 바란다. 관계는 한 가지 통로가 아니라 다양한 통로로 이어지며, 이 통로가 원활히 순환되어야 자신과 타인 모두에게 건강한 관계로 유지된다. 아주 가까운 관계도 있지만 그 보다는 먼 관계도 있다. 소중한 '한 사람'이 생겼다고 해서 그 사람에게 모든 기대를 걸어서도 안 되고 기대해서도 안 된다. 한 사람에게 '올인'하게 되면 결국 자신의 곁에 있는 '한 사람'마저 잃게 되고 말 것이다.

혼자 있는 것이 싫다고 해서 그 싫음을 대신해줘야 할 대상이 꼭 사람이어야 할 필요는 없다. 사람이 아니라도 자신의 결핍을 채워줄 다양한 자원들을 마련해 두면 좋다. 내가 원할 때 언제라도 내게 위로와 기쁨을 줄만한 그 무엇을 만들어두어야 한다. 어떤 때는 내가 좋아하는 사람을 만나서 만족감을 얻고, 어떤 때는 내가 좋아하는 취미생활을 통해 만족감을 얻는 것이다. 누군가를 만나서 해소해도 좋고, 무엇을 함으로써 해소할 수도 있다는 말이다. 혼자서 해도 좋고 같이 해도 좋다.

홀로 있는 것이 좋지 않은 감정이라고 믿고 있는가? 나약한 사람의 특징이라고 생각되는가? 그렇지 않다는 것은 서두에 이미 밝힌 바 있다. 외로움은 인간이라면 자연스럽게 느낄 수 있는 감정이다. 지극히 자연스러움이다. 이 자연스러운 감정에 좋다 또는 나쁘다는 평가를 댓글로 달지는 말자. 대신 자연스러운 것, 함께 해도 괜찮은 것, 나를 성장시켜주는 것, 나를 기쁘게 해 줄 수 있는 것이라는 댓글을 달아보자. 혼자 있는 것이 좋으면 좋은 대로, 싫으면 싫은 대로…, 혼자일 때는 혼자인 채로, 함께 하고 싶으면 또 사람들 속으로 다가가면 되지 않을까.

자기 연민으로
자존감을 회복해요

✳

우리는 가끔 자신을 너무 가혹하게 채찍질하곤 한다. 자신이 가장 힘든 시간인데도 불구하고, 그 순간 다른 사람을 위로하느라 자신을 위로하지 못한다. 그 순간만큼은 오롯이 자신을 마주세워 바라봐야 하는데도 불구하고, 다른 사람 돌보기에 여념이 없는 것이다. 자신을 홀대하고 연민의 마음으로 보지 못하고 있기 때문이다. 이 정도만 해도 다행이련만, 안타까운 건 자신의 힘든 상황을 자신의 탓이라 여기며 자신을 매섭게 몰아붙이고 혐오스럽게 여긴다는 것이다.

그녀는 오늘도 남자친구를 붙잡느라 기를 쓰고 있다. 잘못했다고 사과하며 남자친구의 상한 마음이 편안해지기만을 기다리고 있다. 그녀는 습관적으로 다른 사람이 화나거나 속상해하는 것을 못 지나친다. 모든 게 자신으로 인해 일어난 일처럼 느껴진다. 그래서 오늘도 여전히 그녀는 남자친구에게 습관적으로 '미안하다.'라는 말을 한다.

　그녀의 말을 들어보니, 남자친구가 마음이 상한 것은 전혀 그녀로 인해 벌어진 일이 아니었다. 남자 친구의 실수와 부주의로 인해 벌어진 일이었지만, 그녀의 눈에는 모든 게 자신의 탓처럼 느껴지는 모양이다. 그녀의 어린 시절 이야기를 들어보았다. 부모님의 잦은 다툼으로 인해 늘 불안했었다고 말했다. 자신의 잘못처럼 느껴졌고, 말 잘 듣는 아이가 되어 자신의 불안을 느끼거나 돌볼 여력이 없었을 것이다. 지금까지 그녀는 소중한 사람을 잃지 않기 위해 '내가 잘하면 돼.'라는 생각으로 살아왔다. 자신이 느끼는 불쾌함과 서운함은 저 멀리 떼어놓고, 다른 사람의 평안을 돌보느라 모든 에너지를 쏟고 있는 것이다. 어린 시절의 그녀는 분명 상처를 받았을 것이다. 그러나 그녀의 상처를 제대로 느끼고, 표현하고, 누군가를 향해 원망할 수도 있다는 사실에는 철저히 무감각하게 지내왔다. 그녀 스스로 자신에게 연민을 느껴도 되는데 말이다.

　어른이 볼 때, 아이는 잘못하고 부족할 수 있다. 그러나 아이는 철저히 아이다웠고, 부족하지 않았을 수 있다. 어른의 시각은 아이에게 고스란히 전달되기 때문에 아이는 자신이 잘못하고 부족했다고 여기게 된다. 어린아이가 잘못을 저질렀다고 해서 냉혹한 평가를 받아도 될 만한 일이 과연 얼마나 있을까. 어릴 때 상처받은 아이에게 그릇된 자기 개념이 생기는 것이 바로 이러한 이유 때문이다. 아이는 자신이 잘못했다고 여기고, '내가 잘못해서 일어난 일이구나.'라는 생각을 하며 어른이 자신에게 했던 말을 그대로 자신에게 한다.

상처는 제대로 치유되지 않으면, 치유해달라는 메시지를 남긴다.

시간이 약이다.
자고나면 괜찮아진다.
한바탕 떠들고 마시고 나면 후련해진다.
안 좋은 생각은 빨리 잊을수록 좋다.

상처를 돌보지 않고 덮어둔다고 해서 사라지거나 없어지는 건 아니다. 자기도 모르게 자신과 타인에게 투사되어 같은 상처를 입히게 된다. 다른 사람을 신뢰하지 못하여 상처를 입히고, 자신 또한 파괴하는 패턴이 데자뷔처럼 반복된 적이 있지 않은가?

자신을 벌하려는 태도가 학습된 사람은 하려는 일마다 불안하고 쉬어도 편치 않으며 일을 성취해도 공허하다. 사랑을 하고 있어도 만족감이 없고 자신을 드러내는 것도 상대방이 다가오는 것도 부담으로 느껴진다. 이러한 관계가 지속될수록 자신을 향한 연민의 감정은 자취를 감추게 된다.

연민이라는 말은 다른 사람의 아픔과 슬픔, 고통을 같이 안타까워한다는 뜻을 가지고 있다. 사람이기 때문에 가질 수 있는 따스한 마음이다. 연민은 보여주기식 태도가 아니라, 진심으로 상대방의 고통에 함께하려는 순수한 감정인 것이다.

감정은 좋은 감정과 나쁜 감정으로 나눌 수 없다. 그저 어떤 현상과 일에 대해 일어나는 마음이나 느낌인 것이다. 기쁨이나 즐거움은 긍정적인 것처럼 느껴지고, 화나거나 슬프고 우울한 감정은 나쁜 것처럼 생각되는 이유는, 우리가 살아오면서 사회적 영향에 의해 학습되었기 때문이다. 인간의 모든 감정은 다른 사람을 향해서만 일어나지 않는다. 가장 기본적으로는 자기 자신에게 먼저 느끼게 되어 있다. 타인을 향해 느끼는 분노가 자신에게서도 느껴질 수 있고, 다른 사람을 향한 안쓰러움이 자신의 처지에서도 느껴질 수 있다. 이처럼 연민이라는 감정도 다른 사람에게만 열려있는 감정이 아니라, 자신에게도 충분히 있을법한 감정이자 있어도 되는 감정이다.

자기 연민이라는 것은 한 마디로 '자기 자신에게 친절하기'이다. 자기 연민을 통해 자신의 실수나 부족함을 너그럽게 봐줄 수 있다. 그 누구보다 자신을 안쓰러워하고 안타까워하는 마음이다. 때로는 실망스럽고, 바보스러운 순간에도 자신을 소중하게 돌보는 세심한 노력이다.

우리는 어쩌면 자신에게 가장 혹독한 잣대를 들이밀고 구석으로 내모는 행위가 더 익숙하고 더 자연스러울지도 모르겠다. 어떨 때 우리는 자신의 그 냉철한 자기비판적 행위에 대해 스스로 자부심을 느끼고 있는지도 모르겠다. '적어도 나는 양심적이야.' '나는 절대 거만하거나 이기적이지 않아.'라는 엄격한 자신을 응원하고 있을지도 모르겠다. 하지만 자기를 세차게 몰아붙이는 행위는, 일에 대한 흥미를 떨어뜨리거나 삶의 목표에 다가가기에 방해꾼이 될 수 있다는 사실을 잊지 말아야 한다.

크리스틴 네프 텍사스대 교수는 '우리 모두가 인생에서 자기 자신을 무조건적으로 지지하는 좋은 친구'이며, 자기 연민을 통해 그러한 친구가 되는 것이라고 말했다. 자기 연민에는 나를 부드럽게 안아줄 수 있는 포근함이 있다. 자신에게 부족함과 연약함이 있음에도 불구하고, 자기를 존중하고 자신을 지키며 자신을 돌볼 수 있게 해 준다. 완벽함과 완전함을 추구하다가는 결코 자신에게 친절할 수 없다. '완벽한 나'이기 때문에 자신에게 친절한 것이 아니라, '부족한 나'이지만 자신에게 친절할 수 있다면 진정한 자기 존중이 시작된다.

자신을 벌주는데 익숙한 사람들은 자기 연민이라는 친구를 얻는 데 익숙하지 않다. 한 번도 자신을 친절하게 대해주지 않았기 때문에 스스로에게 친구가 되어주지 못한 채 살아가고 있는 것이다. 자신을 향한 자기 연민을 발달시키지 못한 사람은, 자기 연민이라는 감정을 나약한 감정으로 치부하여 자신에게 있는 연민의 감정을 없애버리려고 한다. 힘들 때는 무조건 정신 차리고, 견디려고 애쓰고, 참으며 버틴다. 때로는 다른 사람을 향한 원망과 분노로 처리하려 한다. 이렇게 자신과 타인과의 치열한 싸움이 지속되다 보면, 결국 지나친 자기혐오의 수렁에 빠질 수 있다. 온 우주에서 자신이 제일 불행하게 느껴지고, 아무도 자기 주변에 없는 것 같은 느낌 속으로 빠져든다.

자기 연민은 결코 연약한 감정이 아니다. 그리고 없애버려야 하는 감정도 아니다. 자기 연민은 인간의 연약함에 대한 따뜻하고 너그러운 마음이다.

사람은 누구나 실수할 수 있지 않은가?
사람은 누구나 부족할 수 있지 않은가?
나도 그러하고, 당신도 그러하지 않은가?

자기 연민은 자기 돌봄이다. 자기 연민이 가능한 사람은 지나치게 자신을 처벌하지 않으며, 자신을 그 누구보다 친절하게 대하는 태도를 가진다. 결국 이러한 태도는 삶의 순간, 가장 현명한 선택을 할 수 있는 나침판이 되어준다.

제 5 장

마음이 놓이듯이

감정을 존중하면
삶의 단서를 찾을 수 있어요

한동안 자기계발서에 빠져 하루의 대부분의 시간을 보내곤 했다. 나보다 잘 난 사람, 나보다 성공한 사람, 나보다 똑똑한 사람, 내가 보기에 멋진 인생을 산 것 같은 사람들의 이야기가 궁금했기 때문이다. 나도 그들처럼 되고 싶었고. 그들처럼 되려면 어떻게 해야 하는지를 알고 싶었다. 알게 되면 실천하면 될 일이고, 실천하면 그들처럼 될 것 같았다. 자기계발서를 한 권, 두 권 읽어낼 때마다 중요한 부분에 밑줄을 그었고 가슴에 품었다. 그렇게 한동안 시간이 흐르고 나니, 자기계발서의 내용이 그들이 경험한 것 안에서 찾아낸 것들이며, 나와는 거리가 있는 내용이 많다는 생각이 들었다. 같은 내용이 반복되는 것처럼 느껴졌고, 같은 음식을 먹는 것처럼 물리기 시작했다.

'왜 이러지? 예전처럼 감흥이 없어'

    자기계발서 중에 베스트셀러가 된 책들을 보면, 대부분 힘든 역경을 이겨내고 드디어 성공하여 삶의 변화를 이뤄낸 주인공들의 이야기가 많이 있다. 그러한 책을 읽으면 읽을수록 첫 장 어느 부분까지는 '아 나도 저렇게 한번 해볼 수 있겠다.'라는 생각이 들지만, 책장을 덮고 한동안 시간이 흐른 다음부터는 '나는 왜 저 사람처럼 안 되는 거지?'라는 자괴감을 경험한다.

    그때 내가 깨달은 것은 나와 책 속의 주인공들이 같은 점은 무엇이고, 다른 점은 무엇인지를 찾는 것이었다. 그들이 산 삶의 이야기를 내가 내 인생에서 다시 쓸 이유가 없고, 나는 오직 내 이야기를 써 내려가는 삶을 살아야 한다는 것을 알았다. 그들의 이야기를 필터링 없이 적용하기보다는 내 삶과 결이 비슷한 부분을 찾는 데 집중했다. 한 권의 책 전체가 내게 감동을 준다는 환상은 버려야 한다. 책 한 권 중에 내 삶에 초대될 감동의 한 문장이 있다면 그것만으로도 족하다.

    관심분야가 사람의 마음인지라 심리에세이에 관한 책들을 자주 찾아 읽는다.

    읽다 보면 '있는 그대로 자신을 수용해라.' '지금 자신의 모습에 만족해라.' 등 아름다운 말들의 풍년이다. 그러나 그 메시지에 거리감이 느껴진다면 그만한 이유가 있다. 아직은 내 삶에 녹아

내리지 못한 이유가 있다는 말이다. 좀 더 잘 스며들게 하기 위한 전 단계가 필요하다. 각자 자신이 원하는 그 무엇을 하지 못하는 이유가 무엇일까? 하는 방법을 몰라서일까? 그것도 아니면 하는 방법을 모른다고 그마저도 착각하고 있는 것일까?

어느 방송에서 들은 것인지 기억은 흐릿하지만, 다이어트를 주제로 하는 프로그램에서 의사들의 조언들이 쏟아졌다. 그중에 인상 깊은 내용이 있다.

"사람들은 평생 다이어트를 하고 있다고 생각하지만, 그들은 결국 다이어트를 해야지라는 다짐만 반복하고 있다. 이것은 다이어트 중독도 아니다. 결국 '이번엔 꼭 다이어트를 해야지'라는 각오 중독 속에 빠져있는 것이다."

맞는 말이다. 다이어터들의 말과 마음은 다이어트를 외치고 있지만, 그들의 행동은 결코 다이어트와는 거리가 멀어 보인다. 그러면서 '나는 다이어트를 하고 있어.' '다이어트를 하기 위해 애쓰고 있어.'라며 스스로 열심히 다이어트를 위해 노력하고 있다며 위로한다. 이러한 억지스러운 위로는 다이어트의 적이다. 다이어트는 하지 않으면서 다이어트를 하고 있다는 착각만 일으킬 뿐이다.

내게는 매년 일정 기간 안에 해내야 하는 반복 일정이 있다.

작년에는 어찌어찌 잘 버텨서 마무리되었는데, 올해 다시 그 일을 시작하려 하니 심한 저항감이 몰려왔다. 떨어진 사기를 올리기 위해 '작년에도 잘했는데 뭘 그래.' '넌 잘할 수 있어.'라는 말을 읊조리곤 했다. 그런 말이 나에게는 응급 처방으로 익숙하고, 그렇게 해서라도 어떻게든지 낮아진 텐션을 올리려 노력했다.

그러나 하루하루가 갈수록 저항은 심해졌고, 할 일은 손에 잡히지 않았다. 해야 할 일들은 과제처럼 느껴져서 흥미가 사라졌고, 마지못해 해내는 수동적인 하루가 계속되었다. 바로 잡아야 했다. 더 이상 이 문제를 방치하지 말아야 한다는 생각이 간절해질 즈음 '넌 잘 해낼 거야.'라는 그런 형식적인 말은 더 이상 내가 듣고 싶지 않다는 것을 알아차렸다. '내가 듣고 싶은 말은 무엇일까?' 끊임없이 질문했다. 사람의 마음을 다루는 마음전문가들은 하나 같이 입을 모아 말한다.

느껴지는 감정을 피하지 마세요.
느껴지지 않은 척 애쓰지 마세요.

감정은 조절이 중요하다고 말한다. 내가 해내야 하는 업무로 인해 느끼는 감정은 '두려움'이었다. 그렇다면 이 두려움을 어떻게 하면 조절할 수 있을까? 뇌과학에서는 감정을 조절하려면 모른 척하지 말고, 도망가지 말고, 그 느낌을 말로 표현해 보는 방법이 좋다고 말한다. 내가 느끼고 있는 것을 언어로 표현을 하면 전두엽의 한 부분인 안와전두피질이 활성화되기 때문이다. 이성의 뇌, 전두엽에게 할 일을 주면 그저 생각이나 감정에 머물렀던 것들이 조절되면서 행동으로 옮겨질 준비가 되는 셈이다. 안와전두피질은 우리의 양심의 영역도 관장하고 있는데 안와전두피질의 도움을 얻어 내가 두려워하고 저항하는 일을 해내기 위한 언어표현이 필요하다. 이때 표현하는 말은 나를 책망하는 말이 아니라 내 내면에서 나오는 진정한 내 목소리가 효과적이다.

'내가 과연 그 일을 또다시 잘해 낼 수 있을지 많이 걱정이 돼. 잘 못하게 되면 나는 창피함을 느낄 것이고, 나를 신뢰했던 사람들이 나에게 실망감을 느낄까 봐 두려워. 그래서 용기가 안 나고 그만두고 싶을 만큼 소심해졌어. 이런 마음을 누군가에게 말하면 약해빠졌다는 소리를 들을까 봐 말도 잘못하겠고 겁이 나. 무엇인가를 잘 해내려고 할 때는 누구나 두려움이 생기고, 걱정이 생기는 것은 당연해.'

나에게 있는 감정을 가감 없이 표현하며 여러 번 나 자신에게 말해주었다. 내가 느껴지는 감정을 충분히 찾아보았고, 언어로 표현해 보니 비로소 큰 숨이 쉬어졌다. 내 감정을 구석구석 찾아서 제대로 알아주고, 구체적인 말로 표현해 준다면 자신에게 충분한 위로자가 될 수 있다. 누군가가 나에게 격려해 주고 위로해 주면 더할 나위 없이 좋겠지만, 나처럼 누군가에게 위로를 청하는 것이 서툰 사람에게는 제법 효과적이다.

한 여성이 상담실에 왔다. 그녀가 상담받기를 원하는 이유는
열심히 살았던 자기 모습으로 돌아가고 싶다는 것이다. 지금은
너무 나태하고 아무것도 하지 않은 것처럼 느껴져서 불안하다고
했다. 이대로 살면 뭔가 안 될 것 같은 느낌 때문에 괴롭다는 것
이다. 한참을 듣고 보니 그녀는 그동안 그 누구보다도 열심히 살
았고, 힘든 고비를 잘 이겨냈으며, 앞으로도 잘 이겨낼 것 같았
다. 중고등학교 시절에 우여곡절을 많이 겪었고, 치열하게 헤쳐
나갔으니 이러한 소중한 경험은 앞으로 그녀의 삶에 자양분이
될게 분명했다. 그녀의 삶은 인정받을만했다. 그녀 스스로도 '저
도 그런 거 같아요. 저도 제가 잘 살아왔고 앞으로도 그렇게 잘
살 것 같긴 해요. 근데 문제는 지금이에요. 지금 저는 너무 나태
해요. 하루 대부분을 아무것도 안 하고 보낼 때도 많고, 쓸데없이
친구들을 만나면서 놀아요.'

숨이 턱까지 차오르게 열심히 살았던 자신만이 진짜 자기라
고 생각했다. 현재 자신이 느끼는 이 불안감이 싫어서 빨리 떼어
버리고 싶다 말했다. 상담을 진행하면서 그녀는 '열심히 살아온
모습만이 가치 있다고 느끼고 있었구나.' 하는 진실을 알게 되었
다. 잠시 휴식을 가질 수 있고, 놀 수 있으며, 놀아도 될 만큼 열심
히 살아온 사람임을 받아들이게 되었다. 주어진 이 휴식기를 충

분히 누리고, 열심히 걷고 뛰어야 할 때 다시 일어서면 되었다. 열심히 살았던 나와 휴식기를 누리고 있는 내가 한 사람이라는 것을 알고 난 이후, 그녀는 진심으로 휴식기를 누리겠노라 했다.

감정은 내가 어떠한 사람인지 알게 해 주고 무엇을 해야 하는지도 알려 준다. 자신이 위험한 상황인지, 도망가야 하는지, 아니면 좀 더 참고 버텨야 하는지도 알려준다. 감정은 자신을 보호하며 자신을 성장시키는 원천이 될 수 있다. 감정을 존중하면 자신에게 주는 삶의 단서를 찾을 수 있다. 닥쳐올 일에 대한 두려움이 컸던 내가 알아차린 단서가 있다. 지금부터라도 할 수 있는 일을 천천히 해보는 것이다.

생각해 보니, 방대한 자료를 다시 세팅해야 하는 것이 스트레스였다. 내가 다룰 수 있을 만큼만 자료를 재구성하는 것은 할 만해 보였다. 두려움과 걱정에 움직이지 않았던 내 몸이 작게나마 움직임일 수 있게 되었다. 큰 덩어리를 잘게 부수고 내가 들 수 있는 것들 위주로 다룬다면, 두려움은 한결 가벼워질 것이다. 감정을 안다고 해서 뭔가가 마술처럼 바뀌고 달라진다는 오해는 말자. 감정을 알아차리면서 지금 이 순간 내가 해야 할 것들이 보인다. 보이는 것들을 내가 다룰 수 있는 만큼 떼어내어 시작하면 된다. 안 보이면 보일 때까지 질문에 집중해 보자.

감정이 느껴지면 이제는 묻자. 그리고 그 물음에 성실히 답해
보자.

두려움, 걱정, 우울…, 불안아.
지금 나에게 무슨 말을 해주고 싶은 거니?

기대의 뒷모습에
상처가 있어요

남녀가 사귀기 시작할 때는 목소리와 눈빛 등 온 몸과 마음에 기대가 차있다. 뭔가 기분 좋은 일이 생길 것만 같은 그런…. 그런 기대를 겁도 없이 품는다. 사랑의 결실로 결혼에 이른다. 만약 결혼과 동시에 결혼 증명서를 발급받는다면 사랑의 유효기간은 언제까지일까?

사랑하는 대상이 생기면 호르몬 변화와 도파민 생성으로 인해 상대방에게 미친듯이 빠져들게 된다. 그러나 2년 후부터는 항체가 생겨 이러한 화학물질이 생겨나지 않아 사랑의 감정에 변화가 생긴다는 연구결과가 있다. 그러나 또 다른 연구에서는 21년 된 커플에서도 여전히 사랑의 화학물질이 그대로 분비된다는 결과도 있다. 한편, 정신과 전문의들은 사랑의 유효기간이 2년이든 21년이든 간에 이러한 연구결과가 모두 가설일 뿐이라고 말한다.

바라는 게 많다는 건 그만큼 실망할 거리도 많다는 것이다.

너만은 내 맘을 알아줄 줄 알았어.
어떻게 너는 나를 그렇게도 모르니?
우리 사이에 그 정도도 못 바래?

친밀한 사이일수록 기대감은 높아진다. 지나가는 사람이 새롭게 변신한 자신의 헤어스타일을 지나쳤다고 해서 서운하지는 않을 것이다. 다만 남편이 아내의 바뀐 모습을 몰라줄 때 아내 입장에서는 서운할 수 있다. '남편이라면 이 정도 관심을 가져줘야지.'라는 기대에 부응하지 못했기 때문이다. 기대가 무너질 때 괜히 자신이 한심하게 느껴지고 하찮은 사람처럼 여겨진다.

70대에 접어든 A 씨는 오래전 남편이 사망한 후 두 딸을 홀로 키웠다. 두 딸은 결혼 후 각자의 가정을 꾸렸고, 자신의 가정을 돌보느라 친정어머니를 돌아볼 겨를이 없다. 빚을 얻어 집을 장만했기에 이자 부담에 형편이 빠듯했고 어린 자녀들을 키우느라 주변을 돌아볼 여유가 없어 보였다. 딸들의 형편을 이해하면서도 내심 서운하다. 두 딸이 다 커서 이만큼 자리를 잡게 하기까지 노모의 힘이 컸다. 늙고 병든 자신을 돌보지 않은 딸들을 향해 작은 기대마저 미안한 마음이 드는 현실이 야속하다. 바라는 마음이 채워지지 않으니 자꾸만 마음이 아파온다. 인간관계라는 게 어디 마음먹은 대로 되던 일이던가.

"따님에게 한 달에 얼마라도 좀 지원해 줄 수 있는지 한 번 물어보시는 건 어떠세요?"

주위에서 조언을 해보지만 차마 입이 떨어지지 않는다고 한다. 자신이 초라하게 느껴지는 건 둘째고 그런 말을 하는 자신을 자식들이 싫어할 것 같아서라고 한다. 만약 당신이 누군가에게 자그마한 것이라도 기대한다면 용기를 내야 한다. 정확하게 무엇을 원하는지 말을 해야 상대도 정확하게 알 수 있다.

유학생 B 양은 한국에 와서 이해가 안 되는 상황을 목격했다고 한다.

친구 1 : 너무 속상해, 이번 내 생일에 남자 친구가 인형을 선물했지 뭐야.

친구 2 : 어머나, 인형? 너무 서운했겠다.

친구 1 : 맞아. 내가 무슨 어린애야? 나 닮고 귀여워서 샀다고 하는데, 나는 다른 선물을 기대했단 말이야.

유학생 B : 그렇다면 네가 원하는 선물이 어떤 건지 말해주지 않았던 거야?

친구1 : 당연하지. 그걸 꼭 내 입으로 말해야 아나? 내가 이런 인형 선물을 받고 좋아할 줄 안다는 게 정말 더 이해가 안 돼.

유학생 B 양는 한국사람들은 자신이 원하는 걸 말하지 않고, 누군가가 알아주기만을 기다리는 모습이 이상하다고 한다. 자신의 나라에서는 원하는 선물이 있으면, 그것을 남자 친구(여자 친구)에게 이야기를 해서 되도록 원하는 선물을 받는다는 것이다. 그렇게 되면 선물을 해주는 사람도, 받는 사람도 진심으로 서로에게 고마워하게 된다는 것이다.

표현해야 하는 것에는 위로의 말, 경제적인 것, 배려하는 마음 등 자신이 원하는 그 무엇이어도 좋다. 당신이 입을 다물고 상상 속에서 기대를 채우려 한다면, 절대 상대방은 당신의 진심을 알 수 없다. 자신이 했던 헌신, 자신이 베푼 선한 마음, 친절함은 상대방과 당신 자신에게 상처로 돌아온다.

상대가 원하지 않는 친절을 삼가하자. 동의하지 않는 친절을 계속 베푸는 것은 상대방을 위한 행동이 결코 아니라 본인 스스로가 원해서 한 행동일 뿐이다. 베풀지 않으면 불편하기 때문에 하는 행동인데 베푸는 것처럼 보일 뿐이다. 더 곪기 전에 당신만의 일방적인 노력은 그만해야 한다. 홀로 외롭게 베풀던 친절은 누군가에게는 이기적인 것이다. 그러니 멈춰도 된다.

당신의 이별은 안녕한가요?

    인간관계에서 헤어짐을 선택하는 순간은 언제일까? 사랑을 많이 베푼 사람일까? 사랑을 많이 받은 사람일까? 인간관계를 맺을 때 유난히 많이 베푸는 사람이 있다. 그래야 마음이 편하기 때문인데 자신은 그 진실을 모르고 행할 때가 많다. 상대방이 더 많은 사랑을 달라고 요구한 것도 아니지만, 베풀어야 마음이 가볍다. 그러나 더 많이 베푸는 사람은 억울함에 취약하기 때문에 주의해야 한다.

    내가 이만큼 했는데 몰라준다고?

    내가 저를 어떻게 생각했는데 나를 무시해?

    내가 이 정도 했으면 나를 좀 챙겨주는 게 있어야지.

    너무 이기적이야. 정말 해도 해도 너무해.

배려의 여왕이라 불리는 A 씨는 관계를 정리할 때 과감하다. 서운함이 점점 쌓이다가 폭발하게 되는데 서운함이 쌓이는 동안은 상대방이 눈치채지 못하기 때문에 정리대상자 입장에서는 황당하기 그지없다.

"말이라도 좀 하든가…."

정리대상자가 억울해 하면, A는 이렇게 받아친다.

"내가 그동안 그렇게 사인을 보내도 모르더라."

A만의 방법으로 표현을 했을지 모르지만 아무도 알아채지 못했다. 배려심 많은 A는 연애를 할 때 늘 최선을 다한다. 데이트 스케줄, 먹는 것, 취향까지 가급적이면 맞춰주는 게 편하다고 한다. 그러나 왜 그녀는 점점 이런 사랑이 힘든 걸까? 편하다고 말하는 그녀의 말은 진심일까? A가 가장 화났던 순간은 상대방의 이기심에 맞닥뜨렸을 때이다. 자신이 상대방에게 철저히 맞춰줄 때에만 관계가 유지된다는 사실을 아는 순간 과감히 관계를 끝낸다.

상대에게 끌려 열렬히 좋아하거나 애착을 느끼는 감정상태를 사랑이라 칭한다. 사랑하는 대상이 생기면 자기도 모르는 사이 빠져들어 열정적으로 호감을 표현하고, 깊은 애착을 경험한다. 사랑에 빠진 연인들의 행동을 살펴보면, 강박관념에 빠진 이들과 유사한 증상을 보인다는 연구결과가 있다. 사랑에 빠진 연인들의 뇌에 발생하는 세로토닌이라는 신경전달물질이 강박장애 환자들의 세로토닌 양과 비슷하다는 것이다.

사람을 흥분시키는 사랑의 열기는 유효기간을 지켜야 하는 이유라도 있는 듯 때가 되면 막을 내린다. 연인들의 열정적인 사랑은 도리어 심한 스트레스와 피로감이 동반되기도 하는데, 자신을 지킬 수 없는 지경에 이르면 놓아버릴 수밖에 없다.

사랑도 에너지다. 에너지를 사랑에 쏟아붓고 나면 이별을 통해 에너지 회수에 들어간다. 고갈된 에너지가 충분히 차오르기까지는 시간이 필요하다. 20대 여성 B 양은 며칠 전 6개월 사귀던 남자 친구와 헤어졌다. 헤어짐 뒤에 찾아오는 공허감은 견딜수 없이 슬프다. 주위 친구들이 앞다투어 새로운 남자를 소개하느라 바쁘다. 3개월 전, 친정엄마를 떠나보낸 K는 아직도 엄마가 살아계실거라는 상상을 사실처럼 믿으며 아무렇지도 않은 듯 생활하고 있다. 가끔 찾아오는 상실감이 두려워 바쁜 일정으로 하루를 꽉꽉 채워놓는다.

애도(哀悼)는 죽음과 상실 같은 심리적 고통을 가진 이들을 위해 안타까워하고 슬퍼한다는 표현이다. 사람과의 관계에서도 애도의 시간이 필요하다. 친밀한 관계를 맺은 대상과의 이별에서 상실감을 추스르는 시간을 충분히 가져야 한다. 모든 흐름이 빠른 시대여서일까? 애도의 과정이 생략되는 경우가 많다. 연인과 헤어진 뒤에도 곧바로 다른 대상을 찾아 떠난다든가 이별 후에 찾아오는 슬프고 공허한 감정을 억압하는 행동을 하느라 급급하다.

인생을 살다 보면 다양한 감정을 경험한다. 기쁘고, 슬프고, 외롭고, 우울하기도 하다. 그중에 슬픈 감정 즉, 애도의 감정은 상실과 이별에 대한 감정 단어이다. 죽음을 통해 사랑하는 누군가를 떠나보내는 과정에서의 애도 반응이 있듯이, 현실적인 실제 관계에서의 애도 반응도 필요하다. 영국의 정신과 의사 존 볼비 John Bowlby는 이별 후의 심리과정을 4단계로 설명하였다.

첫 단계 : 충격과 무감각의 시기(수일~수주)

두 번째 단계 : 그리움의 시기(수주~수개월)

세 번째 단계 : 와해와 절망의 시기(수주~수개월)

네 번째 단계 : 재조직과 회복의 시기(수개월~수년)

처음에 이별을 경험하게 되면 부정하고 회피하려는 경향이 많다. 이후에는 대상에 대한 그리움이 몰려와 다시 만나고 싶은 강렬한 마음이 생겨는 혼란과 방황의 시간이 있다. 이 시기를 버터내면, 사랑하는 이가 떠났다는 것을 현실로 받아들이는 단계가 오고, 결국에는 이별의 대상과의 추억을 회상하며 슬픔과 더불어 긍정적 감정을 느낀다. 회복을 거쳐 다시 새롭게 삶에 대한 희망을 갖게 되는 과정이다.

애도의 시간은 한 사람을 떠나보낸 후 다시 내 삶으로 회복되는 시간이다. 충분한 애도 시간을 확보하지 못하고 서둘러 잊으려하면, 수일, 수년의 시간이 흐른 뒤에 우울감, 불안감, 고립감, 공허함 등을 만성적으로 경험할 수 있다.

사랑하는 연인과의 이별, 오랫동안 근무했던 직장에서의 퇴직, 성장한 자녀의 독립, 심지어 소중히 기르던 애완동물의 죽음, 신체 일부를 절제해야만 하는 수술 등을 경험했다면 충분히 슬퍼하는 애도의 시간을 갖도록 하자. 사람에 따라 기간을 다르겠지만, 이 기간을 무시하다가 만성우울감에 시달릴 확률이 7% 정도 된다고 한다. 많은 경우 자연스레 좋아지기도 한다.

'어머니를 떠나보냈으니 우울할만하지.'라고 하며 가볍게 지나치지는 말자. 가까운 지인들의 위로도 도움이 되지만, self help group에 가입하여 정보를 나누고 소속감과 보살핌 경험을 해보는 것도 좋다. 미국과 아마존닷컴에서 베스트 셀러였던 『The Lovely Bones』라는 책이 있다. 14살 소녀가 성폭행으로 살해당한 뒤 죽은 그 소녀가 이 세상을 바라보며 스토리를 전개하는 형식이다. 이 책은 슬픔과 회복, 희망의 메시지를 통해, 죽음이 일어나는 일은 좋은 일은 아닐지라도 그런 일이 일어난 사실을 바꿀 수 없으며, 그 이후 어떻게 대처해야 하는지에 대해 도움을 받을 수 있다.

회복기간은 사람마다 다르지만, 길게는 인생의 대부분이 소요될 수 있다. 이별은 누구나 경험하지만, 이를 어떻게 받아들이고 보내는가에 따라 남은 삶의 길을 바꿔놓는다.

사랑하는 이를 떠나보냈거나, 친밀한 상황에서 떠날 수밖에 없었던 당신이라면 애도의 시간을 충분히 갖자. 바로 상처받은 당신을 위한 치유의 시간이다.

당신을 통해 내가 보여요

사람은 다른 사람 속에서 자신을 발견할 때, 자신이 존재한다는 것을 알기 시작한다.

J.W. 괴테

그녀는 오늘 기분이 몹시 좋지 않다. '그 사람을 정말 이해할 수가 없어요.' 그녀는 매우 화가 난 듯 보였다. 남자 친구로부터 적극적인 관심과 사랑을 받는 연애를 원하지만, 좀처럼 남자친구는 여자친구의 기준에 미치지 못하는 모양이다. 그녀의 부모님은 장녀인 그녀에게 '동생들을 잘 돌봐라.'는 요구를 많이 했다고 한다. 동생 두 명은 그녀와 나이 차이가 좀 있다. 그래서 동생들과 즐겁게 논 기억보다는 동생들을 챙기느라 바빴던 기억이 대부분이다. 동생들을 돌보느라 친구들과의 약속도 제대로 잡지 못해 속상했던 경험도 많았다. 바쁜 부모를 대신해야 했고, 그 역할에 충실해야만 부모님의 사랑을 받을 수 있을 것이라 여겼다.

분석심리학자 칼 융은 '어떤 대상이 이유 없이 거슬리는 이유를 살피다 보면, 자기 자신을 이해할 수 있는 기회가 주어진다'고 하였다. 자신과 맺고 있는 인간관계를 탐색하는 과정에서, 내 안에 있는 심리 내적 요인이 상대방과의 관계를 어긋나게 하는 근본적인 이유라는 것을 발견하게 된다는 말이다. 그녀는 부모님이 자신이 동생들의 보호자 역할을 하기를 원한다고 생각했을 것이다. 그 역할을 거절했을 때 '너는 나쁜 아이' '이기적인 아이'라는 말을 할 것만 같았다고 한다. 실제로 그런 말을 들었던 기억이 없는데도 말이다. 그녀의 경험 속에 부모는 자녀로서의 자신이 아닌, 역할 기능자로서의 자신의 역할을 원했다고 말한다.

그녀는 자신을 좋아해 주는 남자친구를 만나 사귀기 시작했을 때 자신이 주인공이 된 듯 기뻤고, 자신을 존중해주는 태도에 고마움을 느꼈을 것이다. 그러나 관계는 일방적이지 않다. 사랑을 주기도 하지만, 사랑을 받고 싶은 마음이 공존하기 때문이다. 그녀는 남자친구에게 사랑받을 때는 기뻤지만, 남자친구가 자신에게 사랑을 달라는 태도를 보일 때면 긴장했다. 남자친구에게 자신이 뭔가를 해주어야 한다는 부담감에 지쳐만 갔던 것이다.

"사랑하는데 왜 뭔가를 해주기를 바라죠?"

그녀는 도무지 이해할 수 없다는 표정이다. 그녀는 아직 부모님에 대한 기억 속 메시지로부터 독립을 하지 못한 듯 보인다. 부모가 자신에게 보모 역할을 요구했듯이, 타인이 자신에게 어떠한 역할을 요구하는 것 같은 느낌이 들었던 것이다.

만약에 다른 사람에 대한 불만이 생기기 시작한다면, 자신이 경험했던 가족과의 패턴을 살펴보자. 어린 시절 자신을 힘들게 했던 '요구적인 부모상'이 관계를 통해 드러나기 시작했다는 증거이기 때문이다. 자신의 마음을 지배해버린 내면화된 부모의 메시지가 그녀가 관계를 맺는 모든 대상을 통해 재연되고 있으며, 그 순간 그녀 본연의 모습은 모두 추방된다. 내 모습이 추방된 채 관계를 맺다 보면, 상대방에 대한 거부감이 올라오기 시작한다. 이러한 거부감과 불편함을 방치하다가 결국 관계를 끝내야겠다는 생각에 다다른다. 관계를 단절하고 싶어지면, 타인의 목소리를 잠시 차단하고 자신의 목소리에 귀기울여야 할 때이다.

그녀는 역할 요구에 익숙하다. 부모가 늘 그랬던 것처럼, 남자친구가 요구하는 모습에 마음이 걸린 채 답답해한다. 어쩌면 남자친구의 모습은 그녀가 느끼는 것에 비해, 그다지 큰 요구를 하지 않았을지도 모른다. 연인관계에서 있을법한 흔한 모습이었을 수도 있다. 단지 그녀가 부모로 인해 내면화된 미해결 된 마음이 남자 친구와의 관계에서 드러났을 수도 있다. 남자친구로 인한 불편함이 객관적으로 볼 때 타당한 감정인지, 유독 자신에게만 드러나는 감정인지 살펴보면 도움이 된다.

남자친구와 헤어져 버린다면, 더 이상 이 불편한 관계를 지속하지 않아도 되기 때문에 좋다고 생각할 수 있다. 끝내면 그만일 거라는 태도는 '자신도 어찌할 수 없었던 어린 시절 경험'을 반복하게 된다. 장녀의 역할을 거부할 수 없었던 무기력감을 남자친구에게도 똑같이 재연하게 되는 것과 같다. 남자친구를 향한 솔직한 마음을 표현하고 남자친구 입장에서는 어떤 마음이었는지 확인하는 과정에서 둘의 관계는 얼마든지 성숙해질 수 있다.

어릴 때 그녀는 '너는 장녀로서 책임을 다하는 착한 아이가 되어야 해.'라는 암묵적인 메시지를 받아들일 수밖에 없었던 이유가 있을 것이다. 추측해보면 '싫어.'라고 말하는 것 자체가 죄책감을 불러들였기 때문이다. 그녀가 차마 하지 못하는 있는 일이 있다. 있는 그대로의 자신의 마음을 표현하지 못하고 있다. 조금 더 용기를 내어 표현할 수 있다면 '내 마음을 표현해도 되는거였구나.'라는 새로운 긍정적 경험이 가능하다.

많은 경우, 굳이 어떤 상황에 휘둘리지 않아도 되는데도 불구하고 자기에게 있는 힘의 크기를 과소평가하는 경향이 있다. 해결할 수 있는데도 불구하고 상황을 바꿔볼 시도조차 하지 않는다. 그래서 결국 관계를 끊어버리는 극단적인 태도가 나타난다.

시도하는 행위가 너무나도 힘든 일처럼 느껴질 것이다. 그러나 지금은 어릴 적 힘없던 아이가 아니다. 그만하고 싶은 느낌이 강력하게 올라올 때, 또 다른 나를 경험할 수 있는 기회로 삼자.

지금 당신이 이 허들을 넘어가지 못하면, 다른 관계에서도 또다시 허들을 맞게 될 것이다. 다른 사람과의 관계에서 드러나는 나의 태도, 느껴지는 감정은, 당신이 새로운 경험으로의 초대에 응한다면 기꺼이 바뀔 것이다.

다른 사람을 바라볼 때 불편한 마음이 스멀스멀 올라온다면 바로 직감해야 한다. '아, 지금 내 안에 있는 무언가가 올라오고 있구나. 뭘까?' 이러한 감지센서를 민감하게 알아차린 사람은 관계 경험을 더 이상 두려워하지 않아도 된다. 하나의 허들을 넘고 나면 그다음 허들을 앞에 두고 '이 정도면 넘을 수 있어.'라는 자신감이 생기기 때문이다. 지금 내 눈앞에 놓인 작은 허들을 피한다면, 다음 번에 똑같은 허들을 경험해야 한다. 새롭게 시작된 연인관계, 동료관계, 친구관계, 자녀관계 등을 통해 반복적으로 드러나기 때문이다.

상대방을 향한 마음이 편치 않다면 그 마음을 표현해 보자. 조심스럽고 정중한 당신의 이러한 태도를 마다할 사람은 없을 것이다. 오히려 '아 이 사람은 진정성이 있는 사람이구나.'라는 생각을 하게 함으로써 매력적으로 어필될 수 있다. 자신이 느끼는 감정에 충실하고, 표현하고, 상대방에게 전달하는 과정을 따라가다 보면, 당신이 넘을 수 없을 것이라고 여겼던 어릴 적의 미뤄둔 과제가 해결되는 것이다. 해결 과정은 용기 있는 당신만이 맛볼 수 있는, 당신 자신이 되는 경험이 된다.

내 성격으로도
충분히 살만해요

어릴 때 나는 '내성적인 아이'라 불리웠다. 같은 동네에 있는 큰아버지 댁에서 밥 먹으러 오라고 하면 창피해서 가지 않으려 했고, 사촌들을 보면 낯설고 어색해서 피했던 이야기를 앞서 적은 바 있다. 부끄러움이 많은 나에게 친척들을 만나는 일은 여간 곤혹스러운 일이 아니었다. 가족 외 다른 사람 앞에서는 거의 말을 하지 않았고 존재감 없이 조용히 있는 게 편했다.

사춘기 시절 진지하게 성격에 대한 고민을 했다. 내성적인 모습이 싫었고 외향적인 친구들이 부러웠다. '어쩌면 저렇게 활발하게 말도 잘하고 사교성이 좋을까?'하는 생각에 그 친구들처럼 되고 싶어서 흉내 내고 싶었다. 한 살 많은 친한 언니를 보니 좋아보였다. 사람들로부터 사랑을 받는 것 같아서 언니처럼 되어보고 싶다는 목표를 세웠다. "언니! 나도 언니처럼 성격을 활발하게 바꾸고 싶어."라고 했더니, "그러면 나를 따라다녀."라고 했다. 지금 생각해보면 웃음 나는 일이지만 그때는 무척이나 심각한 고민거리였기에 언니를 열심히 쫓아 다녔다. 흉내 낸다고 해서 내 고유한 성격이 바뀔 리 없는데 그때는 그게 최선이었다. 예상했다시피 결과는 처참했다. 한참을 언니를 쫓아 다녔지만 효과는 없었다. 오히려 '나는 왜 이럴까?'라는 자책만 늘어 성격에 대한 불만만 늘었다.

외향적인 성격으로 바꾸기 위해 노력한 것을 보면, 외향적인 사람들인 사람들이 가지고 특성들이 좋아 보였던 모양이다. 사람들과 살갑게 이야기하고, 인간관계를 맺는데 어려움이 없어 보이는 그들이 나보다 더 가치 있게 보였다. 내 성격은 내세울 게 없다고 여기다 보니 점점 더 자신감이 떨어졌다.

외향적인 사람은 사람들과 쉽게 친해져서 서로 즐거운 느낌을 주기 때문에 인간관계에서 활력소 역할을 한다. 때문에 다양한 곳에서 환영을 받고 관심을 받을 수 있다. 이러한 사회적 분위기를 목격한 내성적인 성격의 소유자는 일찌감치 자신의 성격을 고쳐서 외향적인 사람들처럼 되어야 한다는 생각이 들게 된다. 그런 생각이 들면 내가 가진 성격에 불만이 쌓여, 남들 앞에서 한없이 쪼그라든다.

성격에 대한 정의는 학자마다 다르지만, 이곳에서는 타고난 기질로 이해해주기 바란다. '이러한 성격은 좋고 저러한 성격은 나쁘다.'라는 개념이 아닌데도 불구하고, '진짜 저 사람 성격 이상하네.' '이런 성격으로 사회생활하기 힘드니까 바꾸세요.'라는 말을 쉽게 한다. 성격은 흑백논리처럼 정확히 구분되는 것이 아니라 우리가 이해하기 편하기 위해 구분해놓는 것일 뿐이다. 내향적 성격과 외향적 성격을 정반대로 바라보는 것은, 어느 한쪽이 고쳐져야만 한다는 불리함이 느껴질 수 있다.

사람은 누구나 타고난 기질이 있다. 이러한 기질은 웬만해서는 후천적으로 바뀌기가 어렵다고 한다. 간혹 자신에게 닥친 예기치 못한 사건이나 사고를 당한 경우에는 타고난 기질에 어느 정도 영향을 줄 수도 있지만, 그렇지 않은 대부분의 경우 타고난 기질을 그대로 가지고 삶을 살아간다. 성격에 대한 공부를 하게 되면서 나의 내성적인 성격에 대한 오해가 풀렸다. 나는 내게 있는 내성적인 성격이 사람들과 교류하고 외적인 일들을 처리하는 데 장애물로 여겼다. 그러나 이제는 안다. 내가 내향적이든 외향적이든 상관없이, 얼마든지 다른 사람들과 교류하고, 즐기며, 하고자 하는 일을 해낼 수 있다는 것을 말이다. 내게 제한하지 않는 한 내 성격은 내게 장애물이 아니었다.

사람 만나는 것을 꺼려하던 내가 매번 새로운 사람을 만나는 직업을 갖게 되었고, 남 앞에서 서는 걸 공포스럽게 생각했던 내가 사람들 앞에서 이야기를 한다는 사실이 그 증거다. 나는 내 직업에 무척이나 만족하고 그 일을 무난히 해내고 있으니 성격을 핑계로 무엇을 못한다는 말은 통하지 않는다. 사람의 성격에 대해 더 알아갈수록 내성적인 성격은 그저 기질일 뿐, 그 기질이 내 삶의 훼방꾼은 아니다. 방해물을 따지자면 오히려 내가 내 자신의 성격을 싫어하고 밀어내려 하는 태도였다.

내가 가진 성격은 버려야 할 것이 아니었다. 내게 소중한 보물 같은 것이었다. 내가 이 세상을 살아가기에 걸림돌이 되라고 허락된 것들이 아니라 충분히 누리고 살 수 있도록 해주는 도구였다. 쓸모없는 성격은 없다. 그렇다고 나의 성격이 늘 편하거나, 옳다는 뜻은 아니다. 가끔은 불편하고 답답하기도 하지만, 그 이면에 있는 장점은 무궁무진하다. 자신의 성격을 받아들이고 소중히 여기는 사람은 성격이 가진 특징을 살릴 수 있는 사람이다.

사람들은 자신의 성격을 구분하고 평가하는데 능숙하다. 성격에는 그저 이러한 면이 있고 저러한 면이 있을 뿐이다. 옷장을 열어보면 빨간색, 파란색, 검은색, 흰색 등 다양한 색깔의 옷과 봄, 여름, 가을, 겨울 사계절 옷들을 구비 해두고 필요할 때마다 꺼내 입듯이 성격도 그렇다. 쓰기 편한 대로 때에 맞게 꺼내 쓰면 된다. 원색을 좋아하는 사람은 그 색을 통해, 파스텔 톤을 선호하는 사람은 파스텔 톤으로 자신의 매력을 뽐내면 된다. 계절 옷이 충분하지 않다면, 추위와 더위를 대비하여 더 구비하면 된다. 자신에게 있는 성격을 받아들이고, 장점과 단점을 잘 인식한 다음 자신의 삶 속에 적용해야 한다. 장점만 있는 사람이 없듯이 단점만 있는 사람도 없다. 상황과 사고에 따라 장점이 단점이 되고, 단점이 장점이 되는 것뿐이지 않은가. 남들이 가진 장점도 당사자에게 물어보면 단점이라 말하는 이유도 바로 이 때문이다.

나에게 있는 것에 감사하고 나에게 있는 것들을 활용하여 내가 원하는 삶을 살 수 있는데 굳이 나에게 싸움을 걸 필요는 없다. 우리가 가진 성격은 조금씩 다를 뿐이다. 내게는 수없이 많은 다양한 성격들이 존재한다. 내가 지금 이 순간 드러내는 성격은 그 많은 성격 중 하나일 뿐이다. 생각해 보면 어릴 때 좋아 보였던 외향적인 모습이 내게도 이미 있었다. 사람들과 이야기하고 사람들과 웃으며 서로에게 관심을 갖고 서로에게 사랑을 주고받을 수 있는 소양이 그때도 존재했고 지금도 존재하고 있다. 우리가 가진 다양한 성격은 그 무엇이든 나를 빛나게 해 줄 수 있기에 소중하다.

조장하려는 자가 되거나
의존하려는 자가 되거나

희생적이고 헌신적인 사람들은 주변 사람이나 사회로부터 칭찬을 받는다. 어려운 사람들을 돌보고 부족한 것을 채워주는 등 상대방이 필요로 하는 그 어떤 것들을 제공해주는 사람은 타인을 배려하는 '마음이 따뜻한 사람'으로 평가받는다. 우리가 일반적으로 생각하고 있는 '희생정신'이나 '헌신'이라는 단어는 어쩌면 누군가에게는 의존성을 불러일으키는 즉, 조장하는 행위일 수도 있다. 인간은 누구나 성장하기 위해 고군분투해야 한다. 이러한 삶이 '좋다.' 또는 '나쁘다'라는 의미로 해석되거나. '겪어야 한다.'나 '겪지 말아야 한다'는 의미로 해석하지 말자. 삶 자체가 원래 그런 것이다. 그러나 어떤 일에서 어려워하는 사람이나 상황을 보면, 도와줘야 마음이 편한 사람이 있다. 의존적 성향을 지닌 사람들이 보이면, 그 사람들의 필요성을 재빨리 간파하여 문제를 신속하게 해결해주고 필요를 제공해주는 조장자 역할을 하는 사람들이다.

누구나 사람은 독립적인 존재이다. 그러나 독립적인 존재로서의 인정이 되지 않고 누군가에 의해 지속적으로 방해를 받게 되면, 자신도 모르게 의존적 성향(의존자)으로 바뀌게 되는 경우가 있다. 왜냐하면 우선은 편하기 때문이다. 힘들게 뭔가를 하지 않아도 되고, 해결하려고 노력하지 않아도 되니 쉽게 상대방에게 의존이 된다. 의존적 성향을 지닌 사람들도 처음부터 그렇지는 않았을 수도 있다. 한두 번 조장자들의 재빠른 헌신을 누리다 보니, 자신이 독립된 존재이며 책임질 수 있는 힘이 있는 사람이라는 사실이 무뎌지게 된 것이다. 사람은 누구나 새로운 도전을 통해 실패와 좌절을 느끼면서 조금씩 성장하게 되며, 경험을 통해 학습한다. 그러나 조장자가 나타나 의존자 앞에 있는 장애물을 신속히 제거해 버리면, 의존자는 더 이상 애써 무언가를 할 필요성을 잊게 된다.

사람은 불완전한 존재로 태어난다. 생후 1년 동안은 걷지도 못하는 미숙한 상태이기 때문에 부모의 도움이 필요하고, 성인이 되기 전까지도 부모의 보호를 받을 필요가 있다. 그러나 각 발달단계에는 단계에 맞는 능력이 분명히 존재한다. 완벽하지는 않더라도 스스로 할 수 있는 수준의 능력이 있음에도 불구하고 조장자는 그 모습을 지켜보는 것을 견디지 못한다.

뭔가 힘들어하는 기색이 보이거나 고통스러워하는 모습이 포착되면 즉시 출격할 준비를 한다. 기꺼이 의존자의 과제를 대신해주게 되는 것이다. 인간은 누구나 열등한 기능이 있다. 그러한 열등 기능을 받아들이고 성장의 밑거름으로 삼아야 성숙해질 수 있다. 자신에게 닥친 어떠한 문제를 스스로 해결해 감으로써 유능해지기를 원한다. 시간을 주지 않고, 재빨리 해결사를 자처해서 도움을 주는 사람이 조장자이다. 조장자의 역할은 의존자에게는 필요악이 된다. 도전하려는 마음, 해결하려는 용기, 미래에 대한 계획, 행동에 대한 책임감이 조장자에 의해 제거된다. 조장자는 자신이 괜찮은 사람으로 인식되기를 소망한다. 이러한 소망은 끊임없이 의존자를 생산해내게 되는데, 스스로 의식하지 못하는 사이에 벌어질 수 있다.

조장자의 착각

첫째, 타인에게 베푸는 행위가 그 사람에게 도움이 된다고 생각한다. 이러한 착각은 자신을 당당하고 의기양양하게 만들어 조장자의 유능함을 고양시킨다. 이럴 때 느끼는 유능감은 가짜 유능감이다.

둘째, 상대방도 자신에게 도움받기를 원한다고 생각한다. 이러한 착각은 상대방이 자신에게 부탁하지도 않은 일을 기꺼이 해주는 모습으로 나타난다. 그리하여 타인에게 있는 자율권을 침해하고 있음에도 불구하고 자신으로 인해 의존자가 더 나은 삶을 살게 된 것이라 여기게 된다.

셋째, 다른 사람에게 선의를 베풀지 않으면, 자신이 나쁜 사람이 되는 것이라 생각한다. 이러한 착각은 자신의 죄책감을 덜어주어 '나는 꽤나 좋은 사람이야.'라는 것을 증명하기 위해 조장적 행동을 더 열심히 하게 한다. 타인에게 도움을 줄 때만 자신이 가치 있는 사람으로 여겨지기 때문에 조장적 행동을 그만두기란 쉽지 않다.

의존자의 착각

첫째, '내가 받는 것은 당연해.'라는 태도를 취한다. 의존 성향이 강한 사람은 조장자가 자신에게 필요한 부분을 채우고 도움을 주는 행위를 당연하게 여긴다. 이러한 도움을 습관적으로 받게 되면, 만성화되어서 의존자 역시 자신의 태도가 건강하지 않다는 사실을 인식하지 못한다. 자신도 모르는 사이에 타인의 베풂을 자신의 권리로 생각하고, 베풀지 않는 태도를 비난하게 된다.

둘째, 조장자가 자신에게 도움을 주려할 때 거절하는 것에 죄책감을 느낀다. 충분히 자기 스스로 할 수 있는 일임에도 불구하고, 조장자가 그 일을 해주려고 할 때 과감히 '제가 할 수 있는 일이니 사양합니다.'라고 표현해도 되지만, 미안해서 차마 입이 떨어지지 않는다. 이러한 마음은 조장자와 의존자 양쪽 모두 병들게 한다.

셋째, 조장자에게 도움을 받지 못하면, 자신은 아무것도 해내지 못할 것이라는 인지적 왜곡이 일어난다. 이러한 개인으로 하여금 불안감을 조성하고 삶을 무기력하게 만든다.

다른 사람을 챙기고 베푸는 것을 멈출 때 뭔가 무가치한 사람처럼 여겨진다면 자신이 조장자일 가능성이 높다. 아이가 어릴 때는 양육자가 물심양면으로 돌보는 것이 필요한 행위이지만, 한 사람의 인생은 그 사람의 선택적 삶에 의해 방향성이 갖춰진다. 그 방향성이 다소 불안정하고 실패할 확률이 높더라도 자신이 선택했다면 책임 또한 자신이 져야 하는 것이 성숙한 사람의 태도이다. 누군가가 일을 잘 해내지 못하거나, 힘겨워서 비틀거리는 상황이 발생하더라도 함부로 도와주는 행위는 지양해야 한다.

사람은 누구나 스스로 역경을 헤쳐 나갈 때 카타르시스를 느낀다. 카타르시스를 느끼는 사람이 자기 삶의 의미를 찾아낼 수 있다. 지금은 힘들지라도 조금만 더 골목길을 돌아 걷다 보면 큰 길이 보이게 된다는 사실을 터득하게 된다. 이러한 버팀의 과정이 생략되면, 작은 고된 일에도 쉽게 포기하고 빨리 좌절한다. 더 심각해지면 '왜 나에게만 이런 일이 생기는 거야?' '왜 아무도 나를 도와주지 않는 거야?'라며 타인과 환경을 탓하는 비관적 태도가 생긴다. 조장자에 의해 버팀의 과정을 상실한 의존자는 스스로 자신의 유능함을 찾을 기회를 놓친다. 의존자의 힘든 모습을 지켜보지 못하고 대신해주거나 너무 일찍 도움을 주려는 조장자는, 의존자에게 주체적으로 살 수 있는 학습의 기회를 박탈하는 주범이 된다. 도움을 주려는 선한 의도가 오히려 독이 되는 것이다.

어떻게 하면 이런 패턴을 그만둘 수 있을까? 조장자와 의존자 모두에게 도움이 되는 방법은 무엇이 있을까. 조장자의 역할에 익숙한 사람의 경우 자기 돌봄의 시간을 늘려야 한다. 자신만의 시간을 충분히 갖고, 자신으로서의 존재감을 확인할 수 있는 시간이 필요하다. 자신이 좋아하는 장소에 가서 주변에서 들려오는 소리, 자신을 향해 쏟아지는 햇볕, 지나가는 바람소리에 집중하며 오롯이 자기로서의 존재감을 확인하는 시간을 갖자. 다른 사람을 바라보느라 할애했던 많은 시간을 줄이고, 줄인 시간만큼 자신과 자신을 둘러싼 그 무엇에 집중해 보자. 혼자 덩그러니 남겨진 고립된 삶을 말하는 것이 아니라, 자신과 자신의 내면과의 존재론적 만남의 시간이 필요하다.

의존자의 입장에서 생각해 보자. 그동안 도움과 배려의 손길에 익숙해졌다면, 단번에 끊어내는 게 불안할 수 있다. '이렇게 안 살아봤는데, 내가 스스로 잘할 수 있을까?'라는 두려움이다.

술이나 담배를 끊으면 금단현상이 오듯이, 관계에서도 금단현상이 있다. 상대방이 베푸는 선한 의도를 '내가 거절해도 될까?' '나로 인해 상대방이 곤란해지지 않을까?'하는 걱정이다. 고민될 때는 '내가 좀 더 해보고 나서 잘못할 거 같으면 도움을 청할게요.'라고 말해도 좋다.

더 용기가 생긴다면 '스스로 해보겠다. 도움은 감사하지만 마음만 받겠다.'라며 정중히 거절해도 좋다. 표현을 제대로 하지 않고 멈칫하다가는 자기도 모르게 끌려다니는 삶이 될 수 있다. '지금은 싫다.'라는 말이 입 밖으로 튀어나오기까지 어려울 수 있다. 하지만 한 번만 용기 내어 시도해보면 두 번째, 세 번째는 훨씬 더 수월할 것이라 장담한다.

사람은 누구나 선택할 자유가 있다. 그 선택이 옳고, 그른 것은 별개의 문제다. 각자 자신이 원하는 대로 선택하고 선택에 대한 책임을 져야 한다. 자신의 선택에 대한 평가를 꾸준히 함으로써, 다시 선택을 할 때가 오면 이전과는 좀 더 나은 선택을 하게 된다. 지금 당장 완벽한 선택을 할 필요는 없다.

실존주의 철학자들은 자유와 선택에 대해 이야기 한다. 선택해야 하는 인간의 삶이 좋거나 즐거운 것만은 아니다. 선택은 두렵고 불안한 그 무엇이기 때문이다. 선택을 두려워하게 되면 타인에게 선택권을 줘버리게 되고, 그렇게 되면 본인은 결과에 대한 책임을 지지 않아도 되는 이득이 있다. 바로 책임회피이다. 스스로 책임질 마음가짐을 단단히 장착한다면, 우리가 누릴 수 있는 자유는 셀 수 없이 많다. 책임지는 것에 대한 두려움을 잠시 내려놓고, '책임질 수 있는 나'가 될 수 있음을 기꺼이 믿고 선택하기 바란다.

결혼하고 나서 얼마 되지 않아 큰 아이를 임신했다. 육아에 대한 경험이 없어서 아이가 태어나자마자 육아백과를 지침 삼아 아이를 키워보려 했지만 직접 아이를 양육하는 것은 실제로 많이 달랐다. 육아 경험이 있는 지인들에게 자주 자문을 구했고 이럴 때는 어떻게 해야 하는지, 저럴 때는 어떻게 대응해야 하는지에 대해 물었다. 그때마다 육아선배들은 다른 답변을 내놓았다. 많은 정보를 얻으면 얻을수록 아이를 어떻게 키워야 하는지 판단이 흐려졌다. 결국 많은 정보가 혼란을 부추기게 된 셈이다. 내가 낳은 아이는 그들이 낳아 키웠던 자녀와는 다른 아이였는데 그들의 방법을 고수하며 키우려 했다니 어리석었다.

조장자가 상대방에게 도움을 주려는 생각이 들면, '내가 이런 부분에서 도움을 주고 싶은데 당신은 어때요?'라고 물어보자. 의존자는 조장자가 도움의 손길을 건네면, '이번에는 제가 한 번 해보고 정 못하겠으면 도움 요청 드릴게요.'라고 표현해보자. 이러한 자기표현은 상대방에 대한 진정한 돌봄이며 배려이다. 너무 빠른 배려의 손길로 인해 상대방이 스스로 해낼 수 있는 시간을 기다려주지 못하는 조장자라면 '잠깐 멈춤'을 해보자. 자기 혼자 뭔가 해내는 데 불안한 의존자는 자신이 할 수 있는 만큼의 최소한의 것들을 정해서 '한번 해볼까?'라며 작은 용기를 내보자. 이것만으로도 충분히 해낼 수 있다.

타인의 반응까지
책임질 필요는 없어요

＊

어릴 적부터 내 성격이 내성적이라는 것을 이전 글에 적었다. '조용하다.' '침착하다.' '내성적이다.'라는 말은 주변 사람들이 나에게 붙여주는 단골 멘트였다. 말없이 무언가를 묵묵히 해낼 때 칭찬을 받았다. 원했던 반응이 아니였음에도 기분은 좋았다. 기질적인 성향도 있었지만 외부 반응의 강화로 조용히 할 일만 하고 마음은 표현하지 않는 성격으로 굳어진 것 같다. 어쩌면 나는, 말하기 싫어하거나 감정에 무딘 사람이 아니라 표현에 서툰 사람이었던 것 같다. 그 누구보다도 궁금한 것들이 많았고, 느끼고 있었다.

상담에 오는 사람들 다수가 나와 비슷한 경험을 말한다.

'이 정도는 참아야 하는 거 아닌가요?'

자식이라면 부모의 말에 수긍해야 하고, 부모라면 자녀에게 서운함이 있어도 내색하지 않아야 하며, 사랑하는 사이라면 상대방을 향한 불편한 마음쯤은 감수해야 한다고 믿는다. 어설프게 표현했다가는 관계가 망가지고 갈등이 생길 것이 뻔하기 때문에 차라리 그냥 표현하지 않는 편이 낫다고 믿는다.

대학생 커플이 있었다. 공부도 같이 하고, 밥도 같이 먹고, 모든 대학생활에서 서로가 있어서 행복했다. 몇 년이 지나 남자친구는 중요한 시험을 준비하기 시작했고, 이전처럼 여자친구와 함께 보내는 시간이 편하지만은 않았다. 시험이 점점 가까이 오고 있는데, 한가로이 여자친구와 연애를 즐기고 있는 자신이 한심하게 느껴졌다. 그러나 여자친구는 연애시간이 줄어들어 서운해했다. 여자친구가 서운해 하는 모습을 보니 남자친구 입장에서는 괜히 미안해졌다. 이러지도 저러지도 못하니 공부에 집중을 할 수가 없었다. 여자친구는 자신과 함께 지내는 시간이 줄어드는 것을 '관계가 멀어졌다.'라고 받아들였다. 남자친구는 자신의 처지를 이해해주지 않는 여자친구에게 서운했지만, 최대한 맞춰주는 게 맞다고 여겼다.

사람들의 마음을 들여다보면, 자신이 옳다고 여기는 것까지도 포기하는 것 같다. 마음은 A를 하라고 말하는데 행동은 B를 하고 있으니 말이다. 실제로는 나를 좀 이해하고 공감해주기를 바라면서 말이다. 그러나 매번 표현을 포기한다. 공부에 대한 압박은 심해지고, 연애시간을 유지하려다 보니 결과는 좋지 않았고 연애도 실패했다.

상대방에게 '내 마음을 표현한다.'는 것은 '상대방을 불편하게 한다.'라고 오해하는 것 같다. 표현은 그저 표현일 뿐인데도 말이다. 표현한다는 것이 부정적으로 평가되는 사회 분위기 때문이기도 하지만, 꼭 그것만은 아닌 것 같다. 참고 받아들이는 자세가 나쁘다는 것은 아니다. 상황에 따라서는 어쩔 수 없는 경우도 많기 때문이다. 다만 한 가지만 유의하자.

체념하듯 받아들이지 말고, '나는 이랬으면 좋겠어.'라는 의견을 전달한 이후에 받아들여도 늦지 않다는 것이다. 한 번이라도 표현을 해 본 후에 받아들이는 것은 전혀 표현하지 않고 받아들이는 것과는 무게감에서 차이가 난다. 상대방에게 자신의 의견을 드러내는 것이 익숙지 않기 때문에 어느 정도의 훈련은 필요하다.

자신을 표현하는 횟수를 늘리고, 그렇게 해도 관계가 나빠지지 않는다는 경험이 쌓이면 자신감이 생긴다. '표현해도 괜찮구나.'라는 확신이 들면, '관계가 무너질지 모른다.'는 두려움은 힘을 잃기 때문이다. 자신의 욕구를 적절히 표현하기 위한 탄력이 붙어가면, 나빠질까봐 염려했던 관계가 해결되고 끊어질 줄 알

272

았던 관계가 연결될 수 있다.

　참는데 익숙한 사람들의 특징은 타인의 반응에 신경을 많이 쓴다는 것이다. 자신은 실제로 그렇게 생각하지 않지만, 상대방의 마음이 상할까 봐 그대로 말하지 못하고 상대방이 듣기 좋을 만한 말을 골라 말하기에 바쁘다. 그런 말을 계속하다 보면 더 이상 말하고 싶지 않게 되거나, 그 사람과 마주하는 게 버거워지게 된다. 결국 관계의 단절로 이어지게 된다.

　괜히 이 말을 했다가 저 사람이 기분 나빠하면 어떡하지?
　이 말을 하면 저 사람이 나를 나쁜 사람이라고 생각하면 어떡하지?
　내 속마음을 표현하려다가 좋은 관계가 틀어지면 어떡하지?

　내 마음을 표현했을 때 상대방이 잘 받아주면 다행이지만, 예측하지 못한 부정적 반응이 나오면 서로 불편해질 가능성 때문에 자기표현을 하지 않는 편이 낫다고 생각할 수도 있다. 사람들은 나와 다른 생각을 할 수 있고, 반응도 다를 수 있다. 화를 낼 수도 있지만, 그렇지 않을 수도 있고, 기분이 나쁠 수도 있지만, 아닐 수도 있는 것이다. 대상을 바라보는 방식이나 가치관이 다르면 이견이 생길 수도 있고, 갈등도 생길 수 있다. 이러한 과정이 이상하거나 틀린 게 아니라 당연하다는 것이다.

어떤 의견을 제시했을 때 상대방이 잘 받아줄 수도 있고, 이견을 제시할 수도 있다. 이러한 선택지를 자연스럽게 놓아두고 누구나 내 생각과 다를 수도 있다는 사실을 허용해주자.

저 사람은 나와 생각이 다를 수도 있어.
나와 생각이 다르다고 해서 관계가 끝나는 것은 아니야.
나는 내 마음을 표현한 것 자체만으로도 괜찮아.

자기표현을 할 때 망설이는 이유는 상대방의 부정적 반응을 예측하기 때문이다. 지레짐작해서 겁먹지 말고 자신이 생각하는 것을 진솔하게 표현하는 용기를 내보자. 일단 자신의 마음을 표현해본 다음, 상대방과 조율해나가면 원활한 소통은 얼마든지 가능하다. 자기표현의 기본은 상대방의 반응을 잠시 내려놓는 것이다.

내 마음을 그대로 표현하자. 그 이후엔 상대방의 반응을 보면서 조금씩 소통해 나가자. 상대방은 상대방의 스타일대로 반응할 것이다. 내가 그 반응까지 신경 쓰면 그 어떤 표현도 하지 못하게 된다. 나는 나의 마음을 표현하고, 상대방은 상대방의 마음을 표현하도록 허락하는 자세야말로 소통의 출발선이 아닐까.

제 6 장

마음이 머물듯이

당신이 아직도 주저하는 이유는
핵심신념 때문이에요

사람들은 각자 하고자 하는 일들이 있다.

공부를 더 열심히 하고 싶다.
살을 빼고 싶다.
배낭여행을 하고 싶다.
자격증을 취득하고 싶다.

몇 달 전에 세운 계획이 있고, 1년 전에 세운 계획이 있을 것이다. 지금도 여전히 같은 계획은 세우지는 않는가. 분명히 행동으로 옮겨야 함에도 불구하고 미루다보니 지금도 같은 계획을 만지작 거린다. 계획은 늘어가는데 이룬 것이 없는 이유는 무엇일까?

예를 들어 살펴보자. 이번에 ○○○자격증 취득을 하고 싶어서 관련된 책과 동영상을 구입했다.

현수 : 내가 이렇게 불필요한 짓을 해야 할까? 돈이 아깝다(찝찝함).

영희 : 나에게는 너무 어려운 분야야. 이걸 해낼 수 없을 거 같다(포기).

민수 : 잘 이해가 안 가지만 조금씩 더 공부를 해볼까? 그러면 내가 해낼 수도 있을 거야(기대감).

아론 벡은 인지치료에서 개인의 정서를 결정짓는 것은 사건 자체가 아니라, 그 사건이나 상황에 대한 자신의 해석 방식에 달려 있다고 말한다. 자신이 인식하지 못하더라도 무의식적으로 자동적인 사고가 일어나기 때문이다.

자격증 공부를 하고 싶어서 책을 구입했지만, '나는 무능력해.' '나는 완벽하게 해내지 못할 거야.'라는 핵심 신념이 작용하여 좌절감, 무기력, 두통 등의 반응이 나타난다. 핵심 신념에 영향을 받는 자동적 사고는 '이 책은 너무 어렵다, 그래서 나는 이걸 이해하지 못하고, 결국 자격증 취득을 할 수 없을 거야.'라는 생각이다.

우리의 행동과 감정, 사고를 일으키는 요인으로는 중간 신념과 핵심 신념이 있다. 이러한 과정을 '스키마schema'라고 부르는

데, 스키마는 한 사람의 지각과 반응을 결정하는 인지구조를 말한다. 결국 이러한 스키마를 통해 '세상을 바라보는 틀'이 생기는 것이다.

스키마의 중심인 핵심 신념에는 건강한 신념과 그렇지 못한 신념이 있다. 각자 자신에게 있는 건강하지 못한 부분을 들여다볼 필요가 있다. 이러한 부정적 신념은 과거 어린 시절에 경험했던 것들로 형성되지만, 성인기의 다양한 경험들을 통해서도 가능하다. 점점 나이가 들수록 이러한 신념들은 경직되고 굳어진 채 한 개인의 삶을 조정하게 되는 것이다.

그렇다면 이러한 신념은 어떻게 변화시킬 수 있을까? 나이가 들수록 이러한 신념은 변화하기 어려워지는 게 사실이다. 그러나 변화하고자 노력하는 사람에게는 얼마든지 가능하다. 이러한 변화는 거저 얻어지는 것이 아니다. 그만큼 확고한 의지가 필요하다. 그동안 굳어진 신념이 조금씩 건강한 방향으로 변화되기 위해서는 대가가 필요하다는 뜻이다. 변화가 어려울지라도 변할 수 없는 것이 아니라면 도전해볼 만하다.

핵심 신념을 변화시키기 위한 Tip

변화를 위한 첫걸음은 왜곡된 신념이 발생한 가장 최근으로 가보는 것이다. 그리고 그러한 신념이 건강한 신념인지, 객관적으로 봐도 정당한지 가늠해 보아야 한다. 자신의 왜곡된 신념을 발견하는 과정은 회피하고 싶은 작업이다. 그러나 분명히 마주해야 할 순간이 온다. 그 순간을 맞이할 용기 있는 자만이 자신의 삶을 변화시킬 수 있다. 이러한 과정을 홀로 감내하는 것은 지독한 고통이 따르고 힘겹기 때문에 외부 도움을 받는 것이 좋다.

- 나는 가치가 없다.

내가 가치가 없다는 근거는 무엇인가?

- 나는 실패할 것이다.

내가 실패할 거라는 증거가 있는가?

내가 성공하기 위한 노력은 하고 있는가?

- 완벽하지 못하면 실패한 것과 같다.

완벽하지 못해도 실패한 건 아니다.

꼭 완벽할 필요는 없다.

- 나는 거절당할 것이다.

거절당할 수도 있지만 그렇지 않을 수도 있다.

거절당한다고 해도 큰일이 일어나지는 않는다.

누구에게나 거절당하는 일은 일어날 수 있다.

- 나는 언제나 성공해야 한다.

성공하면 좋겠지만 성공하지 못할 수도 있다.

언제나 성공할 수는 없다.

나는 성공하기 위해 노력하는 과정에 충실할 뿐이다.

- 나는 모든 사람들로부터 인정받아야 한다.

나를 모든 사람들이 인정해주지 못할 수도 있다.

나를 인정해주는 사람이 있을 수도 있고, 그렇지 않을 수도

있다.

성취감의 친구는 불안이에요

공허하다, 허무하다는 느낌을 표현할 때 공허감이라는 단어를 사용한다. 아무것도 없이 텅 비어있는 상태, 무가치하고 무의미하게 느껴지는 허전하고 쓸쓸한 마음이다. 심리학에서 바라보는 '공허하다.'는 말은 부정적인 경향이 있는 반면, 불교, 도교 등 동양 철학에서는 독립된 본성이 드러나는 것을 말한다.

공허감을 채우기 위한 방법에는 성취감이 있다. 뭔가 이루지 않으면 불안하다. 뭔가 하고 있지 않아도 불안하다. 왜일까? 의미 있는 하루를 알차게 보내려는 노력이 공허함을 채우기 위한 경우도 있다. 이것도 해야 하고 저것도 해야 하는 조급한 마음은 성취감으로 대체된다.

공허함이 진할수록 뭔가 해야 하는 성취욕구는 극대화된다. 공부, 자격증, 여가활동, 성(性) 등에 집착하는 경우라면, 공허감을 채우기 위한 불편한 성취감은 아닌지 주의해야 한다.

플라토 신드롬Plateau syndrome이란 것이 있다.

플라토plateau는 무엇을 연습할 때, 처음에는 진도가 빠르지만 어느 단계에 도달하면 정체가 되고, 그 이후에는 연습을 지속적으로 해야 진도가 나간다는 의미이다. 플라토 신드롬은 한 개인이 목표를 향해 노력하는 동안에는 목표가 있기 때문에 어려움을 극복하고 결국 원하는 바를 이루지만, 목표를 달성한 후에는 공허감을 겪게 된다는 뜻이다. 어떤 일을 준비하는 동안에는 느끼지 못했던 긴장감이 목표가 이루어진 다음에는 신체적, 심리적으로 다양한 증상을 경험하는 경우가 그러하다.

민영 씨는 대학원에서 논문을 통과하고 나서 플라토 신드롬 경험하였다. 그녀는 깊은 우울감을 호소했는데, 그동안 자신이 무엇 때문에 이렇게 살아왔는지 무망감에 휩싸였다. 몇 년 동안 논문을 쓰는 과정이 고통스러웠지만, 논문이 통과한 이후에는 기쁨이 아닌 우울감이 찾아온 것이다. 그 당시 그녀의 내면에서 들려왔던 내적 언어는 이러했다.

내가 그동안 무엇을 한 거지?
이걸 하려고 몇 년을 고생한 건가?
너무 덧없다.
아무것도 하기 싫다.

논문을 쓰던 몇 년 동안의 힘든 시기가 드디어 막을 내렸음에도 불구하고, 기쁨은 온데간데없고 허무함만 남았다. 왜일까?

매사에 불안감을 자주 마주하는 사람들은 일, 여가, 성생활, 취미생활조차도 성취의 대상으로 인식한다. 그들에게는 그 어떤 것도 이뤄내야 하는 목적일 뿐이다. 이들은 목적을 이루지 못한 행위를 시간 낭비로 여기기 때문에 성실함, 책임감과 열정은 부지런함과는 거리가 멀다.

공허감에 휩싸이는 이유를 단적으로 정의하기는 어렵다. 심리학에서는 불안이 억압의 결과라고 말하는데, 자신의 자연스러운 감정을 그대로 인식하기를 억누르고 인위적인 감정으로 채워넣기 때문에 공허감이 가중된다고 해석된다. 이들에게 성취를 그만둔다는 것은 삶의 의미를 상실하는 것과 같다.

커리어우먼으로 열심히 살아온 여성 A, B가 있다. 30대 후반이 될 때까지 결혼을 미루고 일에 매진하며 살아왔던 그녀들이기에 단 하루만이라도 자신들을 위해 휴식시간을 갖자고 결의를 다졌다. 몇 달 동안 노력을 쏟아냈던 프로젝트가 끝나고 결산을 앞둔 어느 날, '호캉스'를 즐기며 하루 쉬자는 아이디어를 냈다. 두 여성은 대망의 그날이 되자 M호텔에 도착을 했는데, 서로를 보고 경악을 금치 못했다. 왜냐하면 두 사람의 양손에는 노트북과 서류가방이 여전히 들려져 있었기 때문이다. 휴식시간조차도 일을 놓지 못하는 그녀들의 모습을 볼 수 있는 장면이다.

여유로움이나 여가생활에 대해 불편감을 느끼는 사람들은 의도치 않게 쉬게 될 때에도 죄책감을 느낀다. '내가 이렇게 쉬어도 될까?'라는 생각에 압도당하여 애매모호한 휴식시간을 보내게 된다. 바쁘게 살아왔던 자신에게 정당한 대가로 휴식을 허락했음에도 불구하고, 마음이 편치 않다니 안타깝다.

'하루라도 푹 좀 쉬었으면…'

이렇게 생각하는 당신이라면 아마 지치고 힘든 나날을 보내고 있었으리라. 일을 잠시 놓고 싶지만 그럴 수 없었을 테고, 여유시간을 가져야 한다는 걸 알지만 그 또한 쉽지 않았으리라. 그러나 당신이 성취에 몰두하는 동안 당신 본연의 감정은 뒷전이 된다. 당신의 감정이 어디에 있는지 알지 못한 채 살아간다면, 결국 공허감이 가득한 시간이 대기하고 있을 뿐이다. 그러니 부디 당신의 감정을 다시 찾기를 바란다. 뒤돌아서서 당신이 잊었던 당신의 real감정의 행방을 열심히 찾아내야 한다. 당신이 억압하면 할수록 감정 찾기는 멀어진다. 뭔가 하려고 애쓰기보다는 줄곧 외면해왔던 본연의 감정을 마주하기를 바란다.

목표를 이루기를 위해 지칠 때까지 애쓰는 삶이 과연 보람차다고만 할 수 있을까. 인간관계에서 의미 있는 삶을 되찾고 심리적 안정감을 가지는 것도 진정한 성취에 속한다.

다른 사람 반응에 집착하면
신경증에 걸릴 수 있어요

＊

사람들은 누구나 다른 사람에게 잘 보이고 싶은 욕구가 있다. 이왕이면 인정받고, 칭찬받고, 사랑받고 싶다. 이러한 욕구는 사람을 성장시키고 성숙하게 하는 동력이 되기도 하지만, 지나치게 되면 자신을 잃고 만다. 자신에게 중요한 사람이 아닌데도 불구하고 신경을 쓰는 사람이 있다. 한번 보고 말 사이를 무시하라는 의미는 아니다. 돈독한 관계가 아님에도 매사에 상대방을 신경 쓰고, 그 사람의 반응에 안절부절못하는 사람은 신경증에 걸리고 말 것이다. 자기 안에 건강한 자기애를 갖고 있는 사람은 다른 사람이 자신을 어떻게 보든 크게 요동치지 않는다. 좋게 봐주면 봐주는 대로 고맙고, 충고를 해주면 해주는 대로 받아들이며 균형 잡힌 삶을 산다.

자신의 모든 점이 완벽하다고 생각하는 사람은 없지만, 자신에게 있는 좋은 것마저도 부정하는 사람이 있다. 다른 사람에 비해 못나 보이고, 잘 못하는 거 같고, 잘 못 사는 것 같은 비논리적인 기준이 그의 삶을 휘청거리게 한다. 술로 달래고, 음식으로 달래고, 불필요한 관계에 의존한다. 다른 사람에게 '좋은 사람'으로 보이고 싶은 마음을 유지하기 위해 내가 아닌 모습으로 살아간다. 살다 보면 자신이 원치 않는 모습으로 있어야 하는 경우가 있지만, 그러한 경우가 아님에도 불구하고 자신의 본연의 모습을 드러내지 않는 경우를 말하는 것이다.

자신에 대한 불만은 개인의 삶을 황폐시킨다. 자신에게 이롭지도 않는 불필요한 관계를 끊어내지 못하고 유지하거나, 들어주지 않아도 되는 부탁을 거절 못해서 들어주기도 한다. 자신의 삶에 해가 된다는 사실을 자신도 분명히 인지하고 있을 텐데, 무엇이 이토록 이런 행위를 유지시키는 걸까? 바로 애정 욕구 때문이다. 적절한 욕구는 삶을 윤택하게 하고 삶에 활력소가 된다. 새로운 도전으로 안내하고 불안한 상황을 기꺼이 버틸 수 있게 만드는 끈기를 준다. 그러나 과유불급(過猶不及)이라 하였다. 지나치면 결국 그 대가를 치르게 되어 있다. 다른 사람을 의식하는 삶은 마음을 병들게 한다. 술이 몸에 해로운 걸 알지만 계속 찾게 되는 습관처럼 서서히 한 사람의 삶을 곪게 만든다.

다른 사람에게 '좋은 사람' 역할만 하려는 사람은 자기자각능력을 갖춰야 한다. '내가 사랑에 목말라서 그렇구나'라며 빨리 현실을 인지해야 한다. 지나친 허기는 오히려 배고픔을 모르게 만드는 것처럼, 애정결핍이 심한 경우 이미 감각이 무뎌진 상태일 수 있다. 다른 사람의 사랑을 갈구하다가 자신의 몸과 마음을 다치는 일이 없었으면 한다. 사랑하는 사람이 자신을 대하듯이 자신을 소중히 다루는 일은 자기가 해야 한다. 다른 사람이 해주는 사랑은 그 사람이 떠나고 나면 그만이다.

진정으로 사랑받고 싶다면 사랑받을만한 사람이 되어야 한다. 그러한 존재가 되기 위해서는 우선 자기 자신부터 보살펴야 한다. 자신을 따뜻하게 바라보고, 자신을 너그러이 봐줘야 한다. 자기 스스로 자신의 변호인이 되고, 보호자가 되어주어야 한다. 다른 사람의 사랑을 갈구하느라 소중한 당신의 시간을 낭비하지 말자. 다른 사람에게 신경썼던 시간을 자신을 향해 쏟아라. 그렇게 하다 보면 당신의 삶에 싹이 나고, 꽃이 피어 향기가 나게 된다. 그 향기를 통해 그토록 당신이 원하는 사랑은 저절로 찾아오게 된다.

마음을 짓는다는 것은
마음에 난 상처를 돌보는 일이에요

집에 있는 밥통이 말썽이다. AS를 몇 번 받았지만 여전히 마음에 드는 밥을 해주지 않는다. 기능 버튼은 많지만, 나는 그렇게 많은 기능을 원하지도 않는다. 다만 남들이 먹는 수준만큼의 밥만 우리 가족들에게 제공해주면 좋겠다. 어떤 날은 질퍽해서 탈이고, 어떤 날은 너무 설익어서 탈이라 가족들의 불만이 쌓여간다. 아마 조만간 밥통을 교체하게 될 것 같다.

밥을 짓기 위해서는 조건이 있다. 무게감이 있는 쌀, 물의 양, 불 조절 등이다. 씨앗을 심어 싹이 나려면 조건이 있다. 햇빛, 적절한 온도, 물이 필요하다. 이처럼 결정체로 모습을 드러내기 위해서는 선행되는 조건들이 있다. 그 결정체가 되기 위해, 그 결정체만이 필요로 하는 조건이 충족되어야 한다. 우리의 마음도 그렇다.

마음이 제대로 지어지면 봄 햇살에 겨울이 물러가듯 얼어붙은 마음에 따스함이 찾아온다. 마음이 지어지기 위한 조건은 무엇일까? 마음이 온전히 보존되기 위한 안전한 환경이 필요하다. 땅이 수분을 품고 있어야 단단한 씨앗을 품을 수 있듯이 마음이 품어질 수 있는 그 무엇이 필요하다.

마음이 지어지기 위한 조건이 존재하건만 조건을 갖추기가 번거롭다고 여겨질지 모르겠다. 조급함과 욕심을 내려놓고 여유를 가져야 한다.

왜 내 인생은 이 모양이지?
왜 나는 되는 일이 없지?'
왜 사람들은 이다지도 상처를 주지?

자신의 마음을 잘 지어내기 위해서는 스스로 재료를 잘 찾아나서야 한다. 내 마음의 기초석부터 엉성하게 쌓게 되면, 벽돌을 그 위해 올린다 한들 다시 무너지고 말 것이다. 마음 한번 먹었다고 해서 마음먹은 대로 되지 않는 것이 인생이다. 그렇게 호락호락하지 않다는 것쯤은 누구나 안다. 한번 다짐했다고 해서 당장의 결과를 내놓지도 않는다. 변화는 끊임없는 시도를 필요로 한다. 잘 되는 날도 있고, 안되는 날도 있는 법이다.

마음을 담아 요리를 하고

마음을 담아 집을 짓고

마음을 담아 옷을 만들고

마음을 담아 고운 말을 하고

마음을 담아 글을 쓰고

:
:

그림을 그리고

음악을 만들고

:
:

글을 쓰고 있는 나에게 '마음을 담았느냐?'라고 물으면 기꺼이 '그렇다.'라고 대답할 것이다. 마음을 담았다는 말은 어떤 의미일까?

> 해가 저물면 사람들은 집 나간 개나 닭은 찾을 줄 알아도
> 자기의 마음을 찾을 줄 모른다.
>
> 맹자

마음을 어딘가에 두고서는 다시 제자리로 가져오지 못한 모습을 빗댄 말인 듯하다. 그렇다면 사람은 마음을 어디에 두고 사는 걸까. 재물을 좋아하는 사람은 돈 버는데 마음을 쏟을 것이고,

권력을 얻고자 하는 자는 권력을 얻는 데에 온 마음을 다할 것이다. 자신이 원하는 바를 이루기 위해 애쓰는 사람이라면 마땅히 머물러야 할 마음의 자리를 잊은 채 말이다. 목적을 가지고 전력질주하는 열정적인 자세를 탓하는 것은 아니다. 다만 진정한 자신으로서의 마음을 상실한다면 그저 공허함만 남게 된다.

마음이 제대로 지어지기 위한 재료는 나에게 있다. 내게 있는 것으로도 마음이 자리 잡고, 뿌리를 내리고, 싹을 틔우고 꽃을 피우도록 도울 수 있다. 내 마음을 잘 짓기 위해서는 나의 도움이 가장 절실하다.

어릴 적, 마당 한 구석에 작은 텃밭을 가꾸었었다. 봄이 되면 씨앗을 심고, 물을 주고, 어떤 때는 비닐을 씌우며 싹이 트기만을 기다렸었다. 따뜻한 봄볕, 습기를 머금은 씨앗은 며칠이 지나면 어김없이 싹을 틔웠고, 그 과정을 지켜보며 생명의 신비함을 느꼈었다. 싹이 돋은 식물이 잘 자라기를 바라는 마음으로 자잘한 잡초들은 바로바로 뽑아주었다. 어린 생명이 잘 자라기를 바라는 이의 본능적인 행위였다.

마음도 씨앗이다. 어딘가에 뿌려졌다면 잘 자랄 수 있게 보살펴야 한다. 수분이 부족하진 않는지, 햇볕이 너무 강하진 않는지, 주변에 괴롭히는 잡초들은 없는지 살펴보아야 한다. 자연이 그렇듯 마음도 그렇다. 마음을 해치는 것들을 잘라주고, 뽑아주고, 제거해주면, 마음이 지어지는 데에 웬만큼 조건을 갖춘 셈이다. 마음을 짓기 위해 괴롭히고 방해가 되는 것이 무엇인지 알아차리고 제거하기로 마음먹었다면, 그다음 단계는 마음먹은 대로 해보는 것이다. 말다툼 끝에 한 번쯤 나올법한 말이 '나 상처받았다'라는 말이다.

'그까짓 게 무슨 상처야?'
'다들 그렇게 살아. 유난 떨지 마.'

다른 사람이 보기에는 전혀 상처받을 일이 아니지만, 자기의 상처가 제일 아픈 법이다. 그러니 상처받았다고 말하는 사람에게 모질고 차가운 말은 삼갔으면 한다. 어떤 일이든, 어떤 말이든, 어떤 행위로든 받을 수 있다. 상처는 무엇으로든 날 수 있다.

상처를 받은 사람들은 자신만의 방법으로 상처를 드러낸다. 어떤 이는 분노로, 어떤 이는 눈물로, 어떤 이는 혼자만의 공간 속으로 숨는다. 상처 받은 게 분명한데 '괜찮다.'며 아무 일도 일어난 적 없는 사람처럼 묵묵히 삶을 살아가는 사람도 있다. 그렇게 산다고 해서 상처가 없어지는 것도 아닌데도 말이다.

이별을 경험한 사람에게는 이별이 상처다. 이별 후 찾아오는 아픔을 바로 드러내는 사람이 있는가 하면 고통을 회피하는 사람이 있다. 그러다가 문득 한 달, 몇 개월, 몇 년이 지난 그 어느즈음, 과거에 묻어두었던 상처로 다시 힘들어 질 수도 있다.

한번 상처가 나면 그 자리는 늘 아리다. 조금만 스쳐도 소스라치게 놀라고, 조금만 건드려도 통증을 느낀다. 다 나은 거 같지만 그렇지만도 않은가 보다. 잘 아물어서 추후에 아무런 문제가 없는 상처면 다행이지만, 제때에 돌보지 않은 상처는 염증을 일으킨다. 아물지 않은 상처는 언젠가 말썽을 일으킬 수 있다. 고통을 주는 상처 따위는 없애버리겠다는 각오로 자신을 해치는 사람들이 있다. 지나친 음주, 충동적인 자해나 자살 시도, 문란한 성생활, 도박, 약물 투여 등이 그것들이다. 순간의 위안을 위해 자신의 몸과 마음에 또다시 상처를 주는 것이나 다름없다.

　상처가 생기면 자신을 탓하는 사람이 있고, 타인을 탓하는 사람이 있다. 자신을 건강하게 돌보는 성숙한 사람은 상처를 성장의 기회로 삼는다. 상처를 고통으로 끝내는 것이 아니라 더 생산적으로 해결하려는 것이다. 마음 짓기가 잘 안되는 사람은 상처가 주는 의미를 다시 살펴보도록 하자. 상처로 인한 고통은 늘 옳다. 상처였음을 인정하고 수용해주되, 상처로 인해 내 삶을 저당 잡히지는 말자. 상처는 이미 과거에 일어난 일이다. 과거의 상처가 나를 쉽사리 놓아주지 않는다. 하루에 열 번, 수십 번, 백번이라도 말해주어야 한다. 내 마음이 제대로 알아들을 때까지….

　마음을 짓는다는 것은 상처를 돌보는 일이다. 이러한 돌봄이 햇볕이 되고, 물이 되고, 거름이 되어 마음이 자랄 수 있는 환경이 되는 것이다. 오늘부터라도 마음을 짓기 위해 불을 지펴보자.

상처로 얻어진
자기 수용은 없어요

　자기 수용self-acceptance이라는 말은 수많은 심리 관련 분야에서는 단연코 단골 주제이다. 또한 상담을 할 때 성공적으로 흘러가게 하기 위한 필수조건이기도 하다. 이는 자기를 수용하는 데 이르지 않고서는 어떠한 변화도 확신할 수 없기 때문이다. 자신을 그대로 받아들인다는 것이 중요하다는 것은 모두가 다 아는 사실이다. 그러나 자기의 삶 속에서 보여지고 만져지지 않으면 그저 '옳은 말'에 불과하다.

　수용이란 '긍정적이든 부정적이든, 바람직하든 바람직하지 않든, 장점이든 약점이든, 잠재력이 있든 없든 가진 그대로의 모습을 받아들인다.'는 뜻이다. 다시 말해서 자기 수용은 회피하거나 억압하거나 부인하지 않고, 느낌이 들면 느낌이 드는 그대로, 생각이 들면 생각이 드는 그대로, 행동할 때면 행동하는 행동 그대로 그 자체로 존재하는 것이다. 내 느낌이 아닌 것처럼, 내 생각이 아닌 것처럼, 내가 한 행동을 내가 하지 않은 것처럼 밀어내는 것이 아니다. 내가 하려는 모든 것에 나 자체로 함께 존재하는 것이다.

가끔은 내가 했던 생각들이 마음에 들지 않을 때가 있다. 당연히 사랑해야 하는 대상에 대해 미움이 생기거나, 기대했던 대로 되지 않을 때 실망감과 죄책감을 부인하고 싶어 한다. 그러나 실망감이든 죄책감이든 그 무엇이든, 내 안에 있는 것들에 대한 수용은 필요하다. 자기 수용은 자신의 생각이나 느낌, 행동을 숨기지 않는 태도와 같다. 자신에게 일어난 모든 것들을 그대로 보고, 그대로 느끼고, 그대로 받아들이고, 그대로 인정하는 것이다. 불편감, 두려움, 고통, 불안함이 찾아와도 그것을 내 경험으로 인정하고, 그 경험을 내 것으로 받아들이는 것이다.

자기 수용은 나 자신을 존중하는 것이다. 자기 수용능력이 있는 사람은 자존감이 있는 사람으로 볼 수 있다. 자존감에 대한 단어 안에는 '평가'의 의미가 담겨 있다. 그래서 자존감이 높거나 낮다는 말은 곧, 그 사람을 향한 평가적 의미에서 한 말이기도 하다. 자존감과 자기 수용은 연관성은 있지만, 자기 수용은 자존감처럼 평가적인 의미를 포함하지는 않는다. 자기 수용을 위해 무엇을 쟁취할 필요도 없고, 좋은 결과를 얻어내야 한다는 조건도 없다. 그저 있는 그대로를 받아들이는 것이기 때문이다. 자기 수용은 자기 자신을 심판대 위에 올려놓지 않는다. 다른 사람을 의식할 필요도 없고, 다른 사람의 인정을 갈구할 필요도 없다. 자기 수용은 언제, 어디서나 가능하다. 선택하기만 하면 된다.

자기 수용이 되어야만 변화할 수 있고 성장할 수 있음에도 불구하고, 잘 안 되는 이유는 무엇일까. 먼저는 평가 중심의 삶 때문이다. 어린 아기였을 때는 아기인 모습 자체로 사랑을 받았지만, 성장하면서부터는 이야기가 달라진다. 사랑스럽게 굴어야 사랑받고, 사랑받을 행동을 해야 사랑을 받는다. 이러한 사실을 알게 되면서부터 주변을 의식하는 삶에 익숙해진다. '내가 이렇게 해야만 사람들은 나를 좋아해 주는구나.'하는 경험이 쌓이다 보면 다른 사람이 제시한 조건에 맞추기 위한 삶이 시작된다.

다행히 그 조건에 맞출 수 있을 때는 안심이 되지만, 그 조건에 부응하지 못하면 삶의 만족도가 떨어진다. 결국 다른 사람에게 인정받지 못한 사람으로 스스로를 낙인찍고 평가한다. 다른 사람이 내 삶을 좌지우지하게 내버려 두어서는 안 된다는 것은 알지만, 실제로 자신이 행동하는 모습은 그와는 정반대의 삶을 살아가고 있다. 과거에도 그랬던 것처럼 지금도 여전히 그렇게 진행 중이라면 '멈춤'을 선언해야 한다.

자기 수용을 위한 과정 중 긍정적인 부분 외에 부정적인 부분의 수용이 걸림돌이 될 수 있다. 부정적인 생각, 잘못한 행동들은 어떻게 처리해야 할까. 스스로 생각하기에 인정하고 싶지 않은 생각, 하지 말았어야 하는 행동들에 대한 부분 또한 수용해야 할 일부분이다. 그러한 부분들 또한 그대로 인정해 주어야 한다. '내가 했던 이러저러한 생각, 내가 했던 이러저러한 행동, 이 모든 것들은 내가 한 것이다. 그러니 내가 한 것이 맞다, 내가 그때는 그러저러한 이유로 인해 그랬다.'라고 인정하면 된다. 이런 과정을 거치고 나면 신기하게도 과거의 올무에 걸려 있던 자신이 자유롭게 되는 경험을 한다. 과거의 잘못이나 실수를 더 이상 반복하지 않게 된다. 인정하지 않고 부인하는 태도야말로 또다시 같은 실수를 반복하게 하는 주범이다.

자기 수용을 위해서는 자신을 향한 호기심이 있어야 한다.

그때는 내가 왜 그랬을까?

잘못인 걸 알면서도 내가 왜 그와 같은 잘못을 저질렀을까?

그 때는 내가 왜 몰랐을까?

그땐 정말 그렇게 해도 되는 줄 알았는데 그 이유가 무엇이었을까?

자신을 향한 호기심은 자신을 소중히 여기는 관심이다. 겉으로 드러나는 행동이나 사실만으로는 자신에 대한 이해는 부족하다. 나를 잘 이해하기 위해서는 질문을 해야 한다. 어떠한 행동을 하게 된 배경에는 그만한 이유가 있게 마련이다. 이유가 있다고 해서 모든 경우에 정당성이 부여되는 것은 아니지만, 단지 그 행동의 근원적인 동기 정도는 파악할 수 있다. 자신을 수용하기 위한 호기심 어린 질문을 통해 자신의 행동에 책임을 질 수 있다.

자신으로 온전히 존재하려는 욕구만으로 '나'의 모든 것들을 알 수는 없다. 내가 하는 생각, 내가 하는 행동들에서 동의되지 않는 부분이 있게 마련이다. 이런 경우 자신에게 '내가 너에 대해 잘 모르니 좀 알려줄래?'라는 탐색 질문을 해보도록 하자. 자신도 모르게 간과한 부분은 없는지 알 수 있도록 스스로 기회를 주는 것이다. 이러한 기회를 통해 나에 대한 새로운 관계 방식이 탄생한다. 이를 기점으로 나뿐만 아니라 타인과의 관계 방식 또한 자연스럽게 연결될 수 있다. 탐색 질문을 스스로 해봄으로써 자신에 대한 이해는 깊어지고, 어느 방향으로 나아가야 할지 방향이 잡힌다.

자기 수용을 위해서는 자신을 비난하지 말아야 한다. '너 왜 그랬어, 안 그런다고 했으면서 왜 또 그랬어?'라는 말이 아니라, '네가 안 하겠다고 약속했는데 다시 하게 될 수밖에 없었다면 그만한 이유가 있을 거 같은데, 그 이유가 뭐야?'라는 공감 어린 대화가 필요하다. 비난을 통해 자신의 행동이 바로잡아질 수 있다면 얼마든지 비난해도 좋다. 그러나 비난을 통해서는 올바른 행동을 기대할 수 없다. 자신에게 쓴소리를 해주고 싶을 때는 잠시 숨 고르기를 한 후 마음이 다치지 않는 선에서 해야 한다. 자기 내면에 상처를 내면서까지 자신에게 무례할 필요는 없다. 상처로 얻어진 자기 수용은 없다. 진정한 자기 수용은 자신을 존중하는 태도에서 비롯된다.

자신의 일부를 스스로 바라봄에서 대립하는 시선이 있다면 자기 수용은 이루어질 수 없다. 다른 사람이 아닌 나 자신이 스스로에게 적이 되기 때문이다. 자신을 존중하지 않고, 자신의 모습을 좋지 않은 시선으로 보는데 어떻게 서로 아군이 될 수 있겠는가. 누구나 자신의 모습을 되돌아볼 때 거절하고 싶은 부분이 있다. 그러나 용기를 내야 한다. 거절하고 싶은 부분을 제대로 의식하고, 똑바로 바라보며 '모난 부분도 나의 일부분이구나.'라고 안아주자. 그래야 내 안의 나와 통합될 수 있다. '나의 좋은 모습, 나의 좋지 않은 모습'이 자신의 모습임을 받아들이고 끌어안을 때 자기 수용은 가능하다.

자기 수용은 자신과의 새로운 관계 경험을 제공한다. 이러한 경험을 통해 자신에 대한 새로운 자각이 일어나고, 오래되어 낡은 신념이나 행동 패턴을 교정할 수 있다. 지금의 내가 어떤지, 기대하는 대로 하지 않는 자신에 대해 그동안 자신이 해왔던 패턴들과 어떤 점에서 같고 다른지에 대해 자각할 수 있다. 자기 수용은 관심이다. 나를 향한 진솔한 관심이다. 내가 경험하는 것, 그 경험을 어떻게 느끼고 있는지, 좋은지, 싫은지에 대해 스스로 묻고 자각하는 과정을 통해 자신의 전체를 통합적으로 받아들일

수 있도록 하는 경험이다. 자신을 향한 관심은 늘 옳다. 타인의
대한 관심은 물론이거니와 자신을 향한 관심은 더더욱 옳다. 자
신을 향한 진솔한 관심을 통해 자기 수용의 흐름에 올라타자.

불완전한 인간이기에
잘못된 선택을 할 수도 있어요

일어나지 않았으면 좋을 일들, 겪지 말았어야 할 경험들은 누구나 자신에게 상처와 아쉬움으로 남는다.

내가 그때 그러한 선택을 하지 않았더라면…
내가 그때 그곳에 가지만 않았더라면…
내가 그때 그런 말을 하지 않았더라면…

'만약 그랬더라면'이라는 생각은 한없이 자신을 무기력하게 하고 후회와 자책감에 빠져들게 한다. 생각하고 또 생각해봐도 억울하고 속상할 때 참을 수 없는 분노가 일어날 수도 있을 것이며, 어찌할 수 없었던 자신의 태도에 대한 뉘우침으로 우울감에 휩싸일 수도 있다.

하루가 같은 하루인 것 같지만, 우리는 하루에 약 150번의 선택을 한다. 조사 결과에 의하면 작고 사소한 선택까지 모두 포함하면 성인 기준으로 약 35,000번의 의사결정을 하고 있다고 한다. 하루에만 수백, 수만 번의 선택을 하며 살아가고 있다는 것인데, 그 많은 것들을 전부 기억하지 못할 뿐이다. 하루 동안 이렇게 많은 선택의 기로에 서고 결정을 하는 과정을 반드시 의식적으로 하는 것만은 아니다. 의식적이든 무의식적이든, 어떠한 선택을 하느냐에 따라 우리의 삶의 방향은 달라질 수밖에 없다. 한순간의 선택이든 오래 고민하고 내린 선택이든 상관없이, 우리는 불완전한 인간이기 때문에 잘못된 선택을 할 수밖에 없다. 작은 실수는 잠시만 자신을 괴롭히지만, 너무나도 기막힌 현실에 부닥치게 되면 도대체 무엇 때문에 이 지경까지 왔는가에 대한 회의가 생긴다. 이러한 과정은 자신의 과거를 재평가할 수 있는 계기가 된다.

그러나 이러한 반성이 지속된다면 얘기가 다르다. 자신의 삶을 황폐하게 하고 옴짝달싹 할 수 없게 만들기 때문이다. '만약 내가 그때 그러한 선택을 했더라면 달라졌을 텐데…'라는 사고는 지난 기억 속의 자신의 행동을 어리석게 느껴지게 하고, 그러한 자신을 용서하지 못하게 하는 역할을 한다. 이러한 패턴은 과거의 자기가 현실의 자기를 벌을 주는 것이다.

내가 그때 그 남자와 헤어지지 않았더라면, 지금의 결혼생활보다는 더 나았을 텐데…

내가 그때 그 사람을 만나지 않았다면, 속임수에 넘어가 내 모든 것을 탕진하지는 않았을 텐데…

내가 그때 용기를 내서 그곳에 갔더라면, 지금의 나와는 다른 모습으로 살고 있을 텐데…

내가 그때 조금만 참았더라면, 내 소중한 사람을 잃고 슬퍼하지 않았을 텐데…

이렇게 과거를 후회하는 내적 언어가 되살아나는 시기는 현재의 자기 모습이 마음에 들지 않거나 불행하다 여기는 경우이다. 이러한 불행감을 인정하기에는 스스로 감당할 수 없기에 과거로 도망가서 해결의 실마리를 찾겠다는 마음에서 비롯된다. 결국엔 자신의 불편한 현실이 해결되었으면 하는 바람 때문이다. 결론적으로 지금 자신이 마주하고 있는 고통의 무게를 스스로 질 수 없고 해결할 수 없을 것이라는 믿음 때문에 차라리 현실과는 동떨어진 과거의 그때로 돌아가 머물러 잠시나마 편안하기를 원한다.

현실을 인정하려 들지 않고, 인정하고 싶지 않은 마음이 간절하기 때문에 가상세계를 그리게 되는데, 그 안에 안주하려는 모습은 더욱더 현실을 부정하게 만든다. 그때 그런 선택을 하지 않았다면 지금 자신은 지금보다 훨씬 더 많은 것들을 성취했을 것이며, 멋있는 사람이 되었을 것이라며 스스로를 위로하려는 시도이지만, 이러한 위로는 가짜 위로일 뿐이다. 그러한 생각은 착각이며, 책임을 부정하는 것이다. 그때로 돌아가 다른 선택을 해서 지금보다 나은 삶을 누릴 수 있을 수도 있겠지만, 그것은 어디까지나 가설이다. 그럴 수도 있고 아닐 수도 있는 것을 참이라 여기는 것은 부질없다.

나를 포함한 많은 사람들은 '그때 이 사실을 알았더라면 얼마나 좋았을까요?'라는 아쉬움을 갖을 수 있다. 그때 정신을 차리고 부모님 말을 들었더라면, 일에만 몰두하지 않고 가족들과 시간을 더 보냈더라면, 남편(아내)의 마음을 좀 더 일찍 알아주었더라면, 좀 더 젊었을 때 내가 하고 싶은 것을 하고 살았더라면 좋았을 텐데 지금은 후회한다고 말한다. 이러한 생각은 현존하는 자신의 삶을 무기력하고 우울하게 만든다.

앞서 인용했듯이 노자는 '기분이 우울하다면 과거에 살고 있는 것이고, 불안하다면 미래에 살고 있는 것이다.'라고 말했다. 현재에 머물고 있으며 과거에 머물러 있다면, 그 어떤 것도 내 것으로 누릴 수 없다. 과거와 미래는 내가 어찌할 수 없는 통제권 밖의 영역이기 때문이다. 오로지 내가 머문 곳은 지금-여기, 현재이다. 후회는 특별한 사람만이 하는 것은 아니다. 누구나 후회는 할 수 있다. 그러나 과거에 했던 후회를 지금도 반복할 필요는 없다.

지나친 후회는 몸과 마음에 해롭다. 올바르게 보는 눈을 흐리게 하고, 만족과 감사를 모르는 불평만 늘어간다. 결국 삶이 비관적이 되어, 더 나아가 살 가치가 없는 자신임을 증명이라도 하듯 깊은 고통의 삶을 살아갈 수도 있다. 과거 속에 다시 돌아갈 수 있다면 얼마든지 후회해도 좋다. 그러나 그럴 수 없다면 과감하게 '했더라면'의 삶을 멈춰야 한다.

지나간 과거는 자신이 영향력을 행사할 수 없다. 통제권 밖의 영역이다. 과거로 돌아가 그때와는 다른 선택을 할 수만 있다면 얼마나 좋을지에 대해 백 번, 천 번을 생각한다 한들 지금 나에게 어떠한 변화를 줄 수 있는가? 과거는 과거일 뿐, 과거는 과거 영역으로 남겨두자. 과거보다는 현재를 채우고 당신이 원하는 미래를 꿈꾸자.

아들러Adler의 개인심리학적 상담기법 중에 '단추(버튼) 누르기pushing the button'라는 방법이 있다. 단추 누르기 방법은 자신이 선택한 경험으로 일어난 감정을 스스로 창조해 낼 수 있고, 선택할 수 있으며, 책임감 있게 자신의 감정을 선택할 수 있는 사람이 자기 자신임을 경험하게 하는 방법이다.

순서

1. 눈을 감고 단추 누르는 것을 상상한다. 오른손에는 행복 단추, 왼손에는 우울 단추가 있다.
2. 자신의 인생에서 긍정적 경험을 상상한 후, 좋은 감정(행복감)을 경험한다.
3. 부정적 경험(불행한, 굴욕, 실패)을 상상한 후, 좋지 않은 감정(우울감)을 경험한다.
4. 다시 긍정적 경험을 상상하고, 좋은 감정(행복감)을 다시 경험한다.
5. 오른손 단추는 긍정적 경험(행복한), 왼손 버튼은 나쁜 경험(우울감)인데 단추는 자신이 자유자재로 선택할 수 있다.

우리는 자신의 감정을 스스로 선택할 수 있는 존재이다. 긍정적이든 부정적이든 스스로 선택할 수 있다는 사실이다.

실존주의 철학자 롤로 메이Rollo May는 인간은 삶이 지속되는 동안 인간은 불완전한 존재이기 때문에 불안을 피할 수 없으며, 인간은 위협에 반응할 수 있는 잠재력을 지닌 존재라고 하였다. 과거를 통해 삶의 방향을 한층 더 성장시킬 수 있는 방법은 분명히 있다. 과거를 거울삼아 지혜로운 선택을 위해 노력하고, 후회보다는 감사하며, 생산적인 미래를 꿈꾸는 것이다. 후회하는 시간을 줄이고 더 나은 기회를 잡기 위한 발판으로 삼으면 좋다. 과거는 내가 할 수 없는 일로 채워져 있지만, 현재는 내가 할 수 있는 일이 많다. 할 수 있는 일이 보이지 않는다면, 아직도 과거에 머물고 있을 가능성이 높다.

내가 남긴 발자국은 어차피 내 것이다. 삶은 지금보다 나아질 때도 있고, 나빠질 때도 있다. 자신의 삶이 늘 해피엔딩이기를 바라기 전에, 지금 자신이 어떤 선택을 할 수 있고 무엇을 할 수 있는지 살펴볼 일이다. 실체 없는 괴물과의 싸움을 중단하고, 자신의 소중한 가치를 낭비하지 말아야 한다. 우리의 두 발이 서 있는 이곳은 현재, 바로 이 순간이다.

마음이 머문자리

초판인쇄	2023년 6월 12일
초판발행	2023년 6월 19일
지은이	임려원
발행인	조현수, 조용재
펴낸곳	도서출판 프로방스
기획	조용재
마케팅	최관호 최문섭
편집	이승득
디자인	호기심고양이
주소	경기도 고양시 일산동구 백석2동 1301-2 넥스빌오피스텔 704호
전화	031-925-5366~7
팩스	031-925-5368
이메일	provence70@naver.com
등록번호	제2016-000126호
등록	2016년 06월 23일

정가 16,800원

ISBN 979-11-6480-319-4 03810

파본은 구입처나 본사에서 교환해드립니다.